D1693242

SÓLO QUEDA EL SILENCIO

Juan Miguel de Mora

SÓLO QUEDA EL SILENCIO

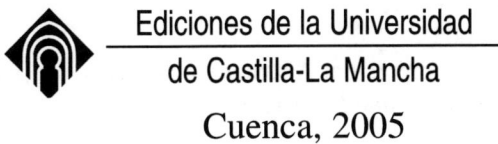
Ediciones de la Universidad
de Castilla-La Mancha
Cuenca, 2005

Esta edición es propiedad de EDICONES DE LA UNIVERSIDAD DE CASTILLA-LA MANCHA y no puede copiar, fotocopiar, reproducir, traducir o convertir a cualquier medio impreso, electrónico o legible por máquina, enteramente o en parte, sin su previo consentimiento.

Primera edición en México,
Daga editores, 2000.

© del texto: el autor, 1996.
© de la presente edición: Universidad de Castilla-La Mancha.

Edita: Servicio de Publicaciones
 de la Universidad de Castilla-La Mancha.
Directora: Carmen Vázquez Varela.

Colección LA LUZ DE LA MEMORIA nº 4.
Bajo la dirección de Manuel Requena Gallego.
1ª ed. Tirada: 500 ejemplares.

Diseño de la colección y de la cubierta:
 C.I.D.I. (Universidad de Castilla-La Mancha).

I.S.B.N.: 84-8427-361-X
D. L.: CU-420-2005
Fotocomposición e impresión: Alternativa Gráfica s. coop. (Cuenca)
Impreso en España - *Printed in Spain*.

A Néstor Sánchez Hernández, mexicano,
A Louis Gaveau, francés,
y a Bill Miller, estadounidense,
que lucharon en
las Brigadas Internacionales.
Donde quiera que estén, si es que están,
o a su memoria, si es que alguno de ellos ya se fue.

Y a la memoria de Roberto Vega González, Andrés García Salgado, Juan B. Gómez, José Jaramillo Rojas, Tito Ruiz Marín, José Conti Varcé... y a la de los muchos mexicanos que fueron allí entonces, todos a luchar y muchos a morir, cuya lista completa nunca será conocida porque México los ha olvidado.

Nosotros, los entonces,
ya no somos los mismos.

PABLO NERUDA

DELHI, ENERO DE 1985

Tenía como primer recuerdo el hecho de no recordar.

El esfuerzo por recordar, por atrapar un recuerdo, y la imposibilidad de lograrlo. El esfuerzo por recordar a un padre, el suyo. El «papá» como le decían los otros niños. Pero ese padre jamás había existido en su recuerdo. Lo más lejano que podía recordar, de cuando era muy pequeño, es que no recordaba a ningún padre.

Por eso ahora tendría que vivir el futuro, porque la ausencia de ese recuerdo le hizo soñar siempre con encontrarlo, en algún rincón de su memoria, en algún tiempo por venir.

Y será, por una chirigota del destino, en la India donde surgirá el ténue extremo del hilo.

Súbitamente verá que todo ha cambiado y estará viviendo el futuro que anheló desde niño. Tal vez jamás recuerde lo que hará en ese futuro que, para él, nunca dejará de serlo, aunque a cada segundo se convierta en presente.

Súbitamente todo cambiará.

Hasta algo tan trivial como la recta y empinada escalera de un solo tramo de la oficina de American Express, será, al bajarla, diferente de como fue al subirla. Connaught Place tampoco será igual.

Los vendedores que lo asalten no tendrán en la expresión la profunda paz interior y la sonrisa que les caracteriza, sino la dureza típica de las expresiones humanas en Occi-dente. Y las mujeres que desde el suelo en que están sentadas, suelo que es, en la India, amigo milenario del hombre civilizado, ésas que desde el suelo levantarán hacia él las manos para ofrecerle *pichoais* ya no serán las mismas. Y esos coloridos sueños de la India pintados en seda tampoco serán los mismos.

Su más antiguo recuerdo, casi su único recuerdo, era la imagen de la madre, unas veces cortante y llena de aristas y otras suave y tierna.

La madre, en ocasiones como una pesada losa de granito, aplastante. En otras como un palio de roca, que cubre y protege.

Diferentes serán los soportales de Connaught Circus y las tiendas y los letreros, en inglés o en hindi, y diferentes serán las personas. Y en este extraño mundo de diferencias se matizará lo distinto entre lo diferente.

Cosa extraña tener como primer recuerdo el hecho de no recordar. Recordar a los niños que hablan de sus papás y recordar que él no podía hacerlo. ¿Papá? ¿Qué es eso? Todos hablaban del suyo y él no tenía. Al pasar los años, pocos, la sorpresa se tornó en angustia. Saber que le faltaba algo, pero algo que nunca había visto ni conocido, algo que sabía que le faltaba pero que no sabía qué era.

La sensación de no tener algo sin saber qué es lo que no se tiene.

Llegará, sin darse cuenta, hasta cerca del Palika Bazaar e irá a bajar al subterráneo, mercado de todo para el hindú y de ilusiones para el turista, cuando se detendrá asombrado, sin saber cómo habrá llegado hasta allí; se preguntará qué estará ocurriendo para que repentinamente todo cambie de una manera tan total.

Al ser ya mayorcito y exigir explicaciones, surgió la de que su padre estaba de viaje, en un largo viaje. Y a los catorce años se le dijo que su padre había muerto, pero él no lo creyó.

A medida que pasaban los años, tenía más dudas acerca de su padre. Ya entre los dieciséis y los diecisiete llegó a sospechar ser hijo de madre soltera. Pero un día, registrando un ropero, encontró un acta de matrimonio extendida en Londres un año antes de su nacimiento por la cual supo el nombre de su padre: Nigel Whitman.

La elegancia de los saris se tornará un poco rígida y esas muchachas de ojos negros, tez morena y un diamante en la nariz reirán con menos alegría. Y en los ojos de los transeúntes habrá una expresión entre asombrada e interrogativa.

Al terminar sus estudios universitarios, exigió una explicación. Y su madre le dijo que su padre había estado verdaderamente de viaje muchos años pero que ya había muerto y eso fue todo.

Volverá sobre sus pasos y atravesará, sin conciencia de estarlo haciendo, una base de *scooters* (taxis-motocicleta de tres ruedas) en la que varios *sikhs* le ofrecerán sus vehículos. Y esos *sikhs* habrán perdido, también, la chispa sonriente que suele haber en sus ojos.

De la madre, sólo de la madre, todos los recuerdos. Pero otros tenían fotografías de sus padres. Retratos, anécdotas, algo. Él nunca tuvo nada. Y después de su hallazgo en el ropero, sólo un nombre: Nigel Whitman.

Estará a punto de atropellarlo un hombre que llevará en su triciclo un cadáver envuelto en lino blanco y cubierto de collares de caléndulas anaranjadas. En lo cual también estará patente la transformación y el cambio, pues si verá con frecuencia cadáveres en triciclos en las afueras de Delhi, será ésta la primera vez que lo verá en Connaught Place.

Lo que fue tantos años una angustia imprecisa se convirtió de repente en una angustia de aquí y ahora. Una opresión sin rostro, como el padre, como difusa en una niebla extraña.

Sí, definitivamente, de pronto cambiará todo.

Todo. Y será muy extraño, más propio de un cuento fantástico que de una realidad cotidiana. Algo ocurrirá y no podrá explicárselo, pero su razón, tan occidental como podrá ser la más occidental de las razones, le insistirá en que aquello no será posible y que la vida no será un cuento de magia en una ciudad como Delhi, capital de la India. India a la que él no irá por magia, ni siquiera por turismo, sino por negocios de la misma índole de los que maneja en Nueva York.

Tener o no tener un padre. Eso es todo. Pero de un padre se tiene siempre por lo menos un recuerdo. Un recuerdo propio o uno prestado por relatos de la madre y de otros parientes. Pero él no tiene ni siquiera un recuerdo prestado.

Tampoco ha podido ver, en toda su vida, una sola foto de su padre: ni un retrato de los de color sepia sobre cartulina gruesa con los bordes calados y la firma del fotógrafo; ni una pequeña instantánea arrugada por las esquinas y con huellas digitales alrededor de la imagen del sujeto con ojos casi cerrados contra el demasiado sol.

Quizá en la vieja Delhi, pensará en una búsqueda desesperada de equilibrio mental, tal vez en las cercanías de la gran mezquita, junto al Fuerte Rojo, lugares tan cargados de tradición, de historia y de leyendas, podrá suceder algo así, pero en Nueva Delhi... Será tonto pensarlo: el mundo será tan real en Connaught Place como en las cuevas de Ajanta o en Khajuraho y el mundo real no se transformará de pronto, aunque todo él sea ilusión para los hinduistas de Shanka-racharya.

¿Quién podría prestar un recuerdo? Un recuerdo no genera intereses. No se puede invertir, no crea ganancias. ¿Quién puede prestar un recuerdo?

Irá tan distraído que estará a punto de tropezar con las cobras que un hindú tendrá en el suelo, en su redonda canasta, y que moverá con una mano, haciéndolas salir, para obtener algunas rupias de una pasmada pareja de turistas ingleses que mirarán embobados a las serpientes. Con la otra mano tocará su flautín, el *tiktiri,* su entusiasmo acrecentado por la expresión de los turistas, y volverá a agitar a los reptiles para dar más interés al número.

Le llegó, como una revelación, el hecho de que la ausencia del padre había sido durante toda su vida su angustia oculta. Nunca fue tan consciente de la presencia de esa angustia. Por lo extraño, por lo increíble de la ausencia paterna. Sin un retrato, sin un comentario, sin un antecedente. Como si hubiera nacido sin padre. Como si su vida surgiese de la partenogénesis.

Se detendrá a unos centímetros de las cobras, a tiempo, y verá, sin mirarla, la aterrorizada expresión de la británica pareja: pelo color de zanahoria, ojos azules, rostros vencidos por las arrugas de los años que harán –o hicieron– posible la jubilación, pieles sonrosadas, rojizas las manos... Ellos sí, ellos creerán –o dudarán– en la magia de la India. La de Sai Baba, los yoguis tántricos y los cuentos del *Pañchatantra.* Pasearán un poco por el país y sus calles, verán algunos monumentos y regresarán a Liverpool, a Southampton o a Londres y dirán que en la India hay cosas bonitas, pero que huele mal. Esto ellos, los turistas. Pero él sabe que la India huele a incienso de azafrán y sabe también todo lo que hay debajo de la piel de la India, lo que muy rara vez ven los autollamados occidentales.

Algo extrañamente familiar en los ingleses. Algo ancestral, genético, ¿o imaginario?, algo tan confuso como la ausencia de su padre, esa ausencia total, fácil de decir pero tan difícil de concebir.

Por sus amigos, niños primero, adultos después, sabía que las mamás suelen hablar a los hijos de padre cuando está ausente. Hablar mal las madres vengativas respecto del padre divorciado. Con ternura las viudas que hablan de un recuerdo. Con ilusión las que lo esperan.

Pero para él nunca hubo comentario alguno. No recordaba siquiera que nunca su madre hubiese pronunciado la palabra «marido» y menos aún «padre».

Y se recuperará de su casi tropiezo con las cobras y seguirá un camino que no habrá escogido, que no sabrá a dónde conduce, y no será consciente del hecho de estar caminando.

Pero en algún momento se detendrá y verá que tiene algo en la mano, que tendrá algo en la mano y ese algo será el telegrama que le entregarán –¿le darán?– en American Ex-press. Entonces leerá otra vez el telegrama que le entregarán cuando llegue a American Express.

En ese instante comprenderá que el mundo no cambiará –no cambia– y tiempo después entenderá la profundidad absoluta y la inmutabilidad de las palabras "el mundo no cambiará", precisamente porque todo está siempre cambiando, y sabrá que...

Quien cambiará, cambió y seguirá cambiando es él mismo, en cada célula de su cuerpo y en cada celdilla de su cerebro.

Una joven mendiga tirará de su traje para atraer su atención y él la verá con unos ojos tan vacíos de expresión que ella se asustará y se alejará a buen paso.

Él cambiará, lo verá –¿lo vio?– todo distinto porque en un segundo toda su vida cambió o cambiará o está cambiando.

Para él, de ahora en adelante, todo será diferente.

Pero seguirá siendo Colin Whitman, nacido en Londres, educado en Princeton, Estados Unidos, un metro ochenta de estatura, a punto de alcanzar el medio siglo. Delgado y musculoso, de facciones enérgicas, ojos castaños, como el cabello, mandíbula firme, manos grandes y fuertes, atractivo y dominado por un aire general de melancolía.

Seguirá siendo todo eso hasta su muerte, con sólo los cambios que produce el paso del tiempo. Porque los otros cambios en el hombre, los grandes cambios, son siempre interiores.

Por eso hay viejos con espíritu joven y jóvenes con edad de un siglo y mediocres con éxito y grandes talentos fracasados y...

Pero para él, para Colin George Whitman, de hoy en adelante todo será diferente.

Su vida cambiará para siempre.

FILADELFIA, 1930

Pierden el santo temor de Dios y todo lo destruyen, todo lo marchitan, todo lo hollan con pezuñas hendidas que no se ven, pero que se presienten por sus actos.

Tengo quince años y he sufrido mi primer gran desengaño por creer en ciertos libros. Las cosas más bellas de la naturaleza, lo que Dios puso en la tierra para mostrarnos Su poder y Su bondad, las hurgan, las clasifican y las ensucian. Todo sale de ese ateísmo no declarado, casi siempre escondido arteramente detrás de la palabra «ciencia» que no sirve más que para esconder bajeza, abyección, vicio y podredumbre, como me dijo siempre mi pobre madre que ahora me cuida desde el Cielo.

La belleza es destruida, despreciada, menospreciada, para exhibir la concupiscencia y la vergüenza. E inventan palabras para ensuciar la limpia obra de Dios. Monocotiledóneas, dicen, por ejemplo. Que si son seis tépalos en dos verticilos. Y que si un verticilo interior con labelo. Y explican que tienen embriones provistos de un solo cotiledón. Cotiledón, palabra sucia en su primera acepción, que ya la vi en el diccionario y que usan también en botánica. Plantas sésiles les llaman.

Dios no hizo la naturaleza tan bella, tan clara expresión de Su poder, para que los incrédulos la mancillasen. Todo eso debería estar prohibido. Una planta es una planta y una flor es una flor. Pero ellos las escupen, arrojan estiércol a su hermosura. Han llegado a extremos tan increíbles que incluso aquí, en la total intimidad de mi diario, me ruborizo al escribirlo. Hablan de perigonio que así, sin más, nadie puede pensar que sea una ofensa contra la obra de Dios. Porque perigonio, me lleno de vergüenza al escribirlo, dicen que es la envoltura sencilla o doble de los órganos ¡sexuales! de una planta.

¡Los mismos que niegan a Dios diciendo que venimos de los monos! ¡Los mismos ateos que se consumirán en los infiernos!

Y en todo esto me metí inocentemente por querer saber algo acerca de nuestra flor, la que todas llevamos con orgullo en recuerdo de nuestra primera presidenta, la señora de Benjamín Harrison, el vigésimotercer presidente de los Estados Unidos. Ella amó mucho a esas flores, las usó y las pintó. La Primera Dama, nuestra primera presidenta cuando el 11 de octubre de 1890 se fundó nuestra organización.

Por eso las Hijas de la Revolución Americana somos tan aficionadas a las orquídeas. Cierto que yo apenas soy aspirante, pero ya me admiten con ellas y me consideran como una más.

Para gozar de la belleza de una flor que es, como tantas otras cosas, exponente de la gloria divina, para ver esos pétalos exquisitos de formas tan hermosas y colores tan fascinantes, no hay necesidad alguna de entrar en esa suciedad monocotiledónea de tépalos y labelos. ¡Y hasta se atreven a llamar parásitas a las orquídeas!

He sido víctima de mi inocencia, Dios lo sabe. Quise saber acerca de nuestras bellas orquídeas y encontré la obscena bajeza de los ateos. Dios me ha castigado por mi curiosidad.

Debí recordar que ya en 1923 (lo he leído en los libros de la organización) la Presidenta General Minor dijo en el congreso de las Hijas de la Revolución:

No queremos maestros que dicen que cada cuestión tiene dos lados, incluyendo hasta nuestro propio sistema de gobierno; que les importa más su libertad de expresión y de opinión (así llamada) que su país.

Debo recordar siempre lo que leí en un libro de Frederick Lewis Allen: "la intolerancia se volvió una virtud americana".

DELHI, 1985

Aunque los turistas no se den cuenta, los vendedores de Janpath, en Delhi, no son como cualesquiera otros vendedores en cualquier parte del mundo. Los que sí son siempre iguales entre sí son los turistas. Gente a la que la sociedad de consumo y las facilidades tecnológicas permiten salir a ver el mundo, pero a la que la presión de esa misma sociedad y de esa tecnología, aplicadas al comercio y la ganancia, han impedido tener la cultura y los conocimientos necesarios, en humanidades, para apreciar como se merecen a los pueblos extraños al propio. Esas características consubstanciales en los turistas arquetipo hacen que muchos de ellos se comporten como tontos aun sin serlo. Carecen de los horizontes y de la sensibilidad necesaria para aprovechar los viajes en dimensión de profundidad en vez de en la mera superficie. Por eso juzgan todas las cosas conforme a su apariencia, lo cual es sumergirse en el error y quedarse en él.

Por eso no comprenden que los vendedores tibetanos de Janpath no son como cualesquiera otros vendedores en otros lugares del mundo. Hay que ser algo más que un turista para darse cuenta de que en los ojos de los tibetanos hay una nostalgia, incluso en los de aquéllos que nacieron ya en el exilio. Nostalgia por las grandes montañas y por el palacio de Potala, donde reside el Dalai Lama cuando no se ha invadido su país y se le ha lanzado al exilio.

Pero la nostalgia de los tibetanos va mucho más allá del palacio de Potala, aunque muchos de ellos, especialmente los monjes, saben que fue fundado hace mil trescientos años por Srong-btsan-sgam-po, palabras que están mucho más allá del alcance de cualquier turista.

La nostalgia de los tibetanos es también por el Pangong Tso, el gran lago entre montañas a cuatro mil quinientos metros de altura sobre el nivel del mar.

Nostalgia por los monasterios como el de rGya-ma-khri-khang, del siglo XII, y nostalgia por el *"Om mani padme hum"* y por todo lo ancestralmente tibetano antes de que llegaran los chinos.

Nostalgia por Hevajra y otras figuras del budismo tántrico tibetano, que hacen el amor en bronce con tanta habilidad que las señoras turistas creen que es un dios que tiene en brazos a un niño; nostalgia de Heruka tal como se aparece a los difuntos durante el período que separa la muerte del renacimiento determinado por el *karma*.

Nostalgia por Mahakala-Thanka, nostalgia por las cúpulas, por los lamas, por el Tibet entero, patria perdida pero que perdura y perdurará por los milenios. Nostalgia por las esculturas y filigranas hechas con mantequilla de leche de yak, nostalgia por el té y los pasteles fritos tibetanos, nostalgia por los Bon-Po, aunque ellos mismos lo sean, nostalgia por el añorado palacio del rey del país del loto.

Vendedores tibetanos que llevan tras las pupilas todo el misterio de aquel Tibet de verdad y de leyenda que se envuelve deliberadamente en sueños y religiones de otros universos.

Los vendedores de Janpath venden dioses, venden misterios, venden conjuros y procedimientos para salvar el alma. Salvarla del infierno que es precisamente esta vida que nosotros conocemos, salvarla para que se reúna con Ishvara y no vuelva a renacer. Salvarla por el *karma*, por la *bhakti* o por el *jñana*, por los actos, por la devoción o por el conocimiento.

Figuras en hierro y bronce de Tamil Nadu. Ganeshas risueños con cabeza de elefante, que ríen entre un colmillo y medio y la trompa, que ríen del ratón que tienen a sus pies, que ríen sin boca pero sonríen de tal manera que irradian simpatía, simpatía del gordito al que lo rollizo no le impide saltar ni bailar, simpatía en su trompa traviesa y en su siempre amigable actitud de eliminador de obstáculos.

Él necesitará a Ganesha, que también se llama Ganapati.

Lo necesitará con urgencia para que elimine los muchos obstáculos que súbitamente surgirán en su vida cuando reciba un telegrama en la oficina de American Express de Connaught Place en Delhi, India.

Correrá desde Connaught Place por Janpath. Tropezará con los transeúntes, con los vendedores ambulantes, con los vendedores que permanecen a las puertas de sus puestos en el mercado tibetano. Tropezará con turistas, con hinduistas, con musulmanes, con jainistas, con cristianos. Tropezará, pero seguirá corriendo.

Habrá comprendido ya plenamente la situación. Sabrá dónde está y sabrá lo que quiere hacer, y por eso correrá por la acera de Janpath, en busca de la comunicación que necesitará.

A su derecha quedarán, mientras corre, las figuras de todas las manifestaciones de Dios creadas por el hombre. Ciertamente abundarán Vishnu, Shiva, Kali, Parvati, Lakshmi, Sarasvati, Durga, Rama, Krishna y Ganapati. Pero también se encuentran Cristos y representaciones de la Virgen María porque el comercio sabe comprender a todas las religiones cuando producen dinero.

Pero predomina Ganapati. Ganesha con su cabeza de elefante en hierro de Tamil Nadu o en marfil, o tallado en madera o hecho con molde en yeso o en otros materiales. Ganesha predomina, Ganesha está en todas partes, como corresponde a Dios. Pero Ganesha es más de lo que pueden pensar los artistas que elaboran su efigie y los tibetanos que la venden. Hay muchos Ganapatis pero no están los treinta y dos. Hay Bala Ganapati, el niño amado, con cara de infante, con cuatro brazos y con el color de los rayos del sol naciente; hay Taruna Ganapati, Ganesha de joven; está Bhakti Ganapati, el Dios de los devotos y Vira Ganapati, el héroe, el valiente guerrero.

Se puede ver también a Siddhi Ganapati, Dios de los logros, o Uchista Ganapati, deidad tántrica, o el también tántrico Urdhva Ganapati.

Con la facilidad que tienen las manifestaciones divinas del hinduismo para alternar unas con otras en virtud de que todas representan a un solo Brahman (Dios), está también Srishti

Ganapati, el Creador, y Uddanda Ganapati, el vencedor del mal. Y algunas variantes, como Dwimukha Ganapati, con dos caras, y Trimukha Ganapati con tres, además de Yoga Ganapati, el gran yogui. Y, como excepción, Sankatahara Ganapati, el que quita las penas, sentado en un loto rojo y vestido de azul con el cutis de color de la aurora. Sobre su regazo, sostiene su *shakti*, su energía femenina, en forma de mujer, de color verde y con una flor azul en su mano. Ésta es una de las formas tántricas de Ganapati, que suele estar siempre solo con su ratón, su medio de transporte, porque Ganapati, en el más alto concepto teológico, generalmente ignorado de los hinduistas que lo adoran, no es sino una representación del intelecto de Dios. Y como tal, patrón de intelectuales y artistas, símbolo del conocimiento, la inteligencia y la sabiduría. Conocimiento, inteligencia y sabiduría no pesan, por lo cual puede transportarlos un ratón, recordando así que, contra lo que creen los turistas –y el pueblo hinduista– no hay un dios con cabeza de elefante.

Pasará por delante de Narayana en la danza del fin de este kalpa, a un lado de Rama sonriente junto a Sita y Laksmana, delante de Hanuman y de Vishnu estático, hierático, o de Parvati siempre fiel a Shiva, o de Durga en su tigre, o de Kali sobre el tendido Shiva. Pasará, sin fijarse en él, por el toque tibetano que en Janpath coexiste con el hindú, por delante de éste que es, en verdad, un mercado de objetos del culto religioso de millones de seres humanos.

Pero él ya sabrá adónde va y correrá por la acera repleta, sorteando, empujando, golpeando y siempre adelante sin atender quejas ni protestas.

Y llegará hasta la puerta del viejo Hotel Imperial, con sus reminiscencias de la India británica y su honda entrada para automóviles al final de la cual, a la derecha, está la verdadera entrada. Y al llegar precisamente a esa altura de Janpath, girará a su izquierda y como un inconsciente suicida cruzará la gran avenida plena de loca circulación en ambas direcciones para llegar a la explanada con piso de cemento que sirve de atrio al edificio de Teléfonos. Y entrará corriendo para pedir comunicación con Nueva York y tendrá que esperar y esperar y esperar...

Hasta que por fin:
- Recibí su telegrama. Dice usted que al morir mi madre dijo que mi padre aún vive. ¿Qué dijo exactamente?
- Lamento mucho lo de su madre.
- ¿Qué dijo de mi padre? ¿Qué dijo?
- Solamente que estaba vivo. Acababa de dictar su testamento que le deja a usted...
- ¡Digame qué dijo de mi padre!
- Sólo eso, que estaba vivo.
- ¿Dijo dónde? ¿Dijo cómo encontrarlo?
- No. Lo último que dijo fue "Díganle a mi hijo que su padre vive y que me perdone por haberlo engañado tanto tiempo". Después de eso murió.
- ¿Y no hay algún dato, algo que me sirva para encontrar a mi padre?
- Ella dejó muchos papeles y abundante correspondencia de diversas personas. Tal vez haya allí algo que pueda servir para encontrarlo.
- ¡Gracias! Salgo para Nueva York mañana mismo.

El hombre que saldrá de los teléfonos ya no corre. Estará asumiendo la información que acabará de recibir. Buscará un taxi y al no encontrarlo subirá a una de esas motocicletas triciclo que sirven también de taxis en Delhi y que llaman *scooter*, y le dirá al sikh que la conduce que lo lleve otra vez a American Express en Connaught Place. Su idea es obtener de inmediato el boleto para salir a Nueva York lo antes posible.

El *scooter* va hacia Connaught Place. Al otro lado de Janpath, los diversos Ganapatis ostentan sus atributos tradicionales: flechas, arcos, cuchillos, los colmillos rotos, las armas de Shakti, espigas de arroz, libros en sánscrito de los que son unas cuantas hojas de palmera atravesadas por hilo, cuentas de oración, estandartes, bastones, serpientes...

Para Ganesha, inmortal representación divina, las minucias de la tierra no existen más que cuando se le pide que elimine los obstáculos que ponen trabas a los hombres.

Y él no pensará nunca en pedir nada a Ganesha. Ganesh en hindi.

NUEVA YORK, 1985

El socio de Colin George Whitman procede de una familia en la que el orden es una de las divinidades más veneradas. Lo insólito es casi obsceno, lo imprevisto no debe existir en familias que se respeten. La aventura y el azar son inconcebibles.

En 1850, en Boston, nació Thomas Wallace, hijo y nieto de tenedores de libros. Estudió lo necesario y, naturalmente, se hizo tenedor de libros, profesión de gente seria y respetable. Llevar los libros de contabilidad ayuda a vivir una vida ecuánime. Como su padre y su abuelo, trabajó en un pequeño banco de la época, de los que fundaba un solo hombre pero que, con algo de suerte, crecían poco a poco hasta proporciones imposibles de preveer.

Thomas se casó con la hija de otro tenedor de libros y tuvieron un hijo y una hija. Ella, Eglantine, se casó con un individuo lo bastante desequilibrado como para habérsela llevado al Canadá, tierra salvaje e inhóspita, en opinión de los Wallace, impropia de gente decente. Y allí desapareció para siempre, después de una que otra epístola espaciada, procedente de un lugar impensable llamado Toronto.

El varón, Frank, nacido también en Boston, en 1880, llegó a ser tenedor de libros en el mismo banco que su padre, ya que la negociación progresaba. Frank Thomas Wallace demostró extraordinaria capacidad para los asuntos bancarios, de manera que al abrir una sucursal en Nueva York, fue enviado allí en calidad de gerente. La principal razón de este nombramiento es que los bostonianos propietarios del banco no tenían confianza en «esa gente de Nueva York».

Todo esto tuvo graves consecuencias en los hábitos de la familia Wallace ya que Frank Thomas rompió la tradición familiar casándose con una neoyorquina de origen británico, de manera que, en 1909, y ya en Nueva York, nació otro Wallace, Percy, nombre que mereció la despiadada censura de sus abuelos paternos.

Percy Wallace hizo honor a su padre, mostrando no sólo excelentes cualidades para la banca, sino también para la Bolsa. A los cuarenta y cinco años era ya gerente de la oficina principal y, jugando a la Bolsa, había hecho una pequeña fortuna, de modo que cuando en 1936 nació Thomas, primero de cuatro hijos, lo hizo en una familia acomodada que llegó a ser lo suficientemente importante y respetable como para que él estudiara en Princeton.

Ya para cuando él se inscribió en la carrera de Economía, siguiendo, hasta cierto punto, la pauta marcada por las generaciones anteriores de los Wallace, Princeton había cumplido sus doscientos años de existencia e ingresaba en su tercer centenario con bombo y platillos. Thomas le dio sabor a sus alegres y despreocupados años universitarios con varias incursiones en el área de las humanidades, en la cual se distinguía la –para los Estados Unidos– vetusta institución.

Pese a su alto nivel universitario, conservaba en sus ojos grises un aire desconcertado, como de alguien que no comprendiese el acelerado cambio de las costumbres. Tenía el pelo cenizo y el rostro sonrosado y conservaba muchas de esas pecas que suelen irse con la juventud. Era alto, aunque no demasiado, y años atrás había perdido la línea de la cintura, lo que facilitaba cada mes de diciembre su costumbre de disfrazarse de Santa Claus para los dos hijos de su matrimonio que, aunque evidentemente fracasado, jamás se atrevería a deshacer como había hecho su socio Colin.

Con tales antecedentes de orden y respetabilidad, todos los ancestros Wallace se estremecieron en el ánimo del último Thomas cuando un cliente de la India llamó por teléfono para decir que Colin Whitman no se había presentado a una cita concertada y, además, había dejado el hotel.

Desde el terremoto de San Francisco hasta el torpedeo del «Lusitania», incluyendo el hundimiento del "Titanic", no hubo tragedia o hecatombe en la que Thomas Wallace no pensara.

- Estábamos citados a las cuatro –dijo por teléfono Vasant Vyas desde Delhi–, me dijo que solamente pasaría por American Express a recoger la correspondencia y venía. Lo esperé toda la tarde, pensando que habría sucedido algo imprevisto. Pero eso fue ayer. Esta mañana llamé a su hotel, el Claridges, y me dicen que ya se marchó con su equipaje. En American Express aseguran que pasó ayer a las tres y media a recoger la correspondencia. Es muy cerca de aquí, en Connaught Place, pero no vino. ¿Es que ya no quieren tratar conmigo?

Wallace demostró su larga estirpe de gente respetable y bancaria dando al hindú toda clase de excusas y asegurándole que el negocio seguía en pie. De hecho, terminó el trato por teléfono.

Pero apenas depositó el auricular en su lugar, se sintió aterrado. Ni en el banco de su bisabuelo, ni en el de su abuelo, ni en el de su padre, ni en Import-Export Inc., la empresa suya y de Whitman, había ocurrido jamás nada semejante. Permaneció estupefacto, sin saber qué hacer, sin imaginar ninguna posible razón para el comportamiento de Colin.
Después de un rato, se le ocurrió llamar al Hotel Claridge en Delhi, para averiguar qué sabían de Whitman.

- No dijo adónde iba, señor, pero al taxi le pidió que lo llevara al aeropuerto.

La situación era complicada, porque del aeropuerto podría haber volado prácticamente a cualquier lugar del mundo.

Y entonces Thomas Wallace tuvo la reacción que correspondía a sus antecedentes familiares: ordenó revisar los libros para ver si se descubría alguna irregularidad.

TABASCO, 1935

Filogonio Hauptmann nació cuando su padre ya había muerto.

Otto Hauptmann, obrero alemán, había leído apasionadamente a Bakunin y a Kropotkin. Desde *Federalismo Socialismo y Antiteologismo*, del primero, hasta *Ideal y Realidad en la Literatura Rusa*, del segundo, casi no había obra de ninguno de ellos, amén de algún folleto de anarquistas italianos, que no hubiese leído, estudiado y releído. Se sabía de memoria algunos textos de Bakunin como el que dice: «Es lo propio del privilegio y de toda posición privilegiada el matar el espíritu y el corazón de los hombres. El hombre privilegiado, ya políticamente, ya económicamente, es un hombre intelectual y moralmente depravado».

A consecuencia de esas inquietudes libertarias, participó, en 1914, en una manifestación contra la guerra en las calles de Colonia, que no fue muy nutrida pero sí muy entusiasta. Se comprometieron a asistir unos trescientos obreros anarquistas pero se manifestaron, en total, trece con un letrero antibélico sujeto entre dos palos. Doce de ellos fueron a la cárcel; dos de los doce fueron ejecutados sumariamente por alta traición. Pero Otto Hauptmann escapó literalmente de entre las manos de dos policías y no paró hasta Italia, que todavía era neutral.

Y de allí, con muchas dificultades, logró llegar a España, donde consiguió trabajo de fogonero en un barco en el que llegó a México. Deseando estar lo más lejos posible de autoridades y policías, se embarcó en Veracruz en un pequeño bote costero que lo llevó hasta Frontera, en Tabasco. Se instaló en Comalcalco y se casó con una tabasqueña llamada Lourdes Ochirica. Cuando supo que iba a ser padre, encontró socios para un negocio de maderas preciosas y se fue a la selva, por el rumbo de Tenosique, para buscar caoba. Nunca supo que *nahui*, en lengua náhuatl, quiere decir cuatro y que *yacatl* significa nariz. Pero fue una serpiente de las llamadas nauyaca, conocidas también por «cuatronarices», la que le mordió y le causó la muerte.

Otto Hauptmann vio a la serpiente pero todavía no estaba lo suficientemente bien entrenado en la vida selvática. Llevaba un machete y cuando la serpiente se levantó para morderle le cortó la cabeza de un solo tajo. Craso error porque la cabeza saltó sobre su brazo izquierdo y le mordió con todo el veneno de las glándulas que tenía en los colmillos. De haber sabido algo más sobre el asunto, Otto habría golpeado la serpiente con el canto del machete y no con el filo, con lo cual la habría quebrado sin que la cabeza se hubiera separado del cuerpo y, por lo tanto, no habría llegado hasta su brazo. El hecho es que así terminaron los días de Otto Hauptmann.

Filogonio Hauptmann nació (dos meses después del ataque de la nauyaca) pelirrojo, de piel muy blanca y sonrosada y con ojos de color azul turquesa. Y eso fue lo único que tuvo de su padre porque, criado en Tabasco, con Lourdes, su madre, resultó un tabasqueño puro que no tenía idea ni del idioma alemán, ni de Alemania, ni siquiera de Europa, fuera de lo que aprendió en la escuela primaria, que no fue mucho.

Filogonio había nacido en 1916 de manera que le tocó la escuela primaria durante el gobierno de Tomás Garrido Canabal. Aunque él no supo jamás nada acerca de las ideas anarquistas de su padre, estudió en lo que Garrido llamaba la escuela racionalista «Francisco Ferrer Guardia» en memoria del pedagogo español asesinado en 1909 por el gobierno Maura por sus ideas anarquistas. Para Garrido, lo principal de Ferrer Guardia fue fundar la «Escuela Moderna» independiente de la Iglesia. La independencia del Estado, que Ferrer Guardia defendió, no existía para Garrido, que era, en Tabasco, el Estado mismo, pero la independencia de la Iglesia era fundamental porque Garrido odiaba definitivamente al clero de tal modo que impuso a curas y monjas la obligación de casarse o salir del estado de Tabasco. También derribó iglesias, aunque en muchos casos dejaba en pie la fachada por su valor artístico con el resultado de que las iglesias tabasqueñas parecían escenografías: fachadas aisladas y solitarias, sosteniéndose de milagro, cuyas puertas daban al campo.

Filogonio aprendió en la escuela racionalista a quemar santos y a odiar el alcohol, que era una más de las obsesiones de Garrido; las otras eran luchar contra el analfabetismo, impulsar la agricultura y pavimentar las calles de Villahermosa.

Filogonio creció, pues, acostumbrado a los autos de fe de imágenes religiosas, quemas de santos que organizaba la escuela racionalista de Garrido con el declarado propósito de impedir el fanatismo desde la infancia.

Filogonio se conocía buena parte de la Chontalpa como las habitaciones de su casa. Potreros y selvas podía recorrerlos con los ojos cerrados sin perderse. Sabía qué hacer ante una nauyaca, gustaba de la tortuga en verde, distinguía perfectamente entre la hicotea, el guao y el chiquiguao, variedades de tortugas, le encantaba la masa de nixtamal reventado, molido en grueso, que se bate con agua fría y se bebe en jícara y que los tabasqueños llaman pozol, aunque prefería el chorote, lo mismo con cacao. También le gustaba el polvillo, el pinole –harina o polvo de maíz tostado– molido con cacao. Le seducían las garnachas, tortillas pequeñas y abarquilladas con carne y otros ingredientes, y muy pronto aprendió a tirar con pistola, como cualquier tabasqueño de su tiempo.

Sabía cómo desprenderse de las garrapatas acercándoles el calor de un cigarrillo para que no dejasen el aguijón, dominaba la habilidad de eliminar las sanguijuelas de la piel después de haber pasado un pantano o un río de aguas tranquilas, y conocía el arte de echar ceniza o agua de tabaco en la picadura del colmoyote, exprimiendo el absceso para sacar el gusano. Manejaba el humo del cigarro con gran habilidad para espantar los moscos y montaba a caballo desde los cinco años, cuando su tío Agustín, hermano de su mamá, le encaramó por primera vez en el lomo de un equino.

A los dieciséis años, su madre y él se fueron a vivir a Villahermosa para que pudiera estudiar en el Instituto Juárez, radicando en la casa de dos hermanos de Lourdes, Guadalupe y Manuel. Lupe, la tía de Filo, limitaba su vida a cobrar las rentas, magras pero suficientes, administrar la casa e ir a la iglesia: misas, rosarios, novenas y demás contaban siempre con su presencia.

El tío, don Manuel Ochirica, era un tipo singular. Alto, fornido, con barba, tenía el aspecto que podría suponerse en un viejo hidalgo de Castilla. Fue muchos años patrón y propietario de un barco fluvial que transportaba pasajeros y mercancías por el Grijalva y sus afluentes, pero un año antes de la llegada de Filogonio vendió el barco, se retiró y se proclamó almirante.

Lo peculiar de su almirantazgo es que se decía, y así mandó hacer sus tarjetas, «Almirante en Derechos». Cuando le preguntaban por qué el plural, él explicaba que hay derecho mercantil, derecho marítimo, derecho civil, derecho internacional y otros y que él era almirante en todos.

Pero los derechos no le impidieron hacerse un uniforme, ciertamente sobrio, sobre el que se colocó una hermosa condecoración de metal hecha por él mismo.

- Pero tío –le dijo Filogonio–, si esa cruz se la hizo usted mismo.

- Claro, hijo. Lo que pasa es que aquí la gente nada sabe de órdenes ni de condecoraciones. Esta es la Orden del Almirante Ochirica, que soy yo, y como es una orden recién creada por la corona de Inglaterra en mi honor, me pidieron que yo hiciese la primera medalla a mi gusto. Pero todas las demás serán iguales a ésta y la llevarán todas las personas que merezcan la Orden de Ochirica.

No quedó convencido Filogonio, pero como don Manuel era serio, formal, discreto y buena persona, la gente le quería y le escuchaba sin burlarse de él. Paseaba por las calles de Villahermosa y la buena gente le saludaba diciéndole:

- Buenos días, almirante. ¿Cómo van las cosas?

- Bien, bien, muchas gracias –respondía Ochirica–. Me han encargado la flota del rey Jorge. Hay que reorganizarla toda.

- Vaya, pues, al trabajo.

Y cada uno se iba por su lado, Ochirica solemne y serio, saludando ceremonioso a las damas que cruzaba en el camino.

Fue el «Almirante en Derechos» el que implantó en el joven Filogonio el amor a los viajes. Porque Manuel Ochirica, el patrón de barco fluvial, había soñado siempre con salir al mar, conocer puertos y países, ver el ocaso vespertino en el Océano Indico y el matutino en los mares de China. Aunque a lo más que llegó, aparte del Grijalva, fue al Usumacinta, lo cual, bien considerado, no es poco.

Ante tantas conversaciones tan cuerdas, en las que su tío consultaba con frecuencia una enciclopedia, de la que estaba orgulloso, Filogonio, que ya conocía *El Quijote*, comprendió que su tío estaba como el Caballero de la Mancha, loco sólo en lo que afectaba a un asunto, que fue la caballería andante para Alonso Quijano y el almirantazgo para Manuel Ochirica. Éste era mucho más culto de lo que usualmente corresponde a un patrón de barco fluvial, y conversando con su tío, Filogonio pudo apreciar lo mucho que había leído acerca de los mares, la navegación y los países lejanos.

Lo curioso es que la tía Guadalupe, que no tenía ni la más mínima idea de qué cosa fuese la palabra «Quijote» y que en toda su vida no había leído más que misales, solía decir que su hermano había perdido la cordura de tanto leer libros, lo mismo que la sobrina y el ama decían del hidalgo manchego.

El «Almirante en Derechos» tomó afecto a su sobrino y las conversaciones entre ambos se hicieron costumbre. También iban diferentes personas a visitar, con frecuencia, a don Manuel Ochirica, escuchándole y viendo los planos de barcos que hacía y que enviaba al rey de Inglaterra. Más de una vez, alguna oficina británica le acusó recibo y le dio las gracias y él mostraba esas cartas como pruebas de su excelente relación con la corona de Inglaterra.

– Pero almirante –le decía algún amigo–, si usted trabaja para la marina de guerra inglesa, ¿por qué no lo llevan a Londres?

Y Ochirica contestaba con aplomo:

– Esto de concebir nuevos barcos de guerra y hacer los planos es peligroso porque espías de otras naciones están siempre al acecho. Si yo estuviera en Londres, o en Liverpool, tendrían que cuidarme y andaría siempre con escolta, mientras que aquí, en Villahermosa, Tabasco, ¿quién va a pensar que vive el verdadero jefe de la flota del rey Jorge V?

Así de razonadas eran siempre las explicaciones de Ochirica, cuyo sobrino soñaba ya con los mares y los países lejanos.

Como Filo era pelirrojo todo el mundo le llamaba «Chelo», el «Chelo Ochirica» por el apellido de su madre porque el de su padre no era de fácil pronunciación para el hablar tabasqueño. Algunos decían "Jauman", lo que no se aproximaba mucho a Hauptmann. Pero el nombre extranjero en Tabasco no preocupaba a nadie porque había otros, algunos también alemanes, otros holandeses, sin faltar anglosajones. El Tabasco de entonces se preocupaba más por la simpatía personal de la gente que por su apellido y, de todas maneras, pelirrojo y todo, Filogonio era más tabasqueño que Juchimán, una escultura sedente prehispánica, olmeca, encontrada en la selva y puesta en el centro del patio del Instituto Juárez para decorarlo.

FILADELFIA, 1939

Para mostrar su orgullo de pertenecer a las Hijas de la Revolución Americana (DAR), cada miembro en activo tiene derecho a llevar la insignia oficial de las DAR: un torno de hilar en oro de siete octavos de pulgada de diámetro, fijado en una rueca de platino de pulgada y media.

La llanta de la rueda es de esmalte azul y las estrellas que rodean su circunferencia representan a las trece colonias originales, raíz y origen de lo que hoy son los Estados Unidos. La insignia simboliza el lema de las DAR, «Hogar y país», y deberá usarse encima del seno izquierdo. Para ocasiones oficiales la insignia se lleva suspendida de un lazo de centro azul de una pulgada de ancho, prendida al hombro izquierdo por una barrita de oro en la que está grabado el nombre del antepasado que sirvió para permitir la entrada del miembro en la sociedad.

En los congresos y actos oficiales, después de la invocación, el juramento a la bandera, el credo del americano y dos estrofas del «Star Spangled Banner», todos se sientan...

Todo eso es maravilloso. Es la forma de distinguirnos, el ritual de nuestra organización, pero no todo se limita a distintivos y rituales. Muchos de nuestros folletos atacan las filtraciones bolcheviques en el Consejo Nacional de Iglesias y otros piden que se prohíba la fluorización de los sistemas citadinos de agua. Porque las DAR sabemos muy bien que la fluorización del agua es de inspiración comunista, ya que fuertes dosis de fluoruro han sido usadas en la URSS para el lavado de cerebros.

También cuidamos la pureza racial de nuestro pueblo y este mismo año, el 9 de abril, domingo de Pascua, nuestra organización negó el uso del Constitution Hall a Marian Anderson. Hay que recordar que una cosa son los negros y otra muy diferente los blancos. La penetración bolchevique llega a extremos tan repugnantes como el de ese obispo McConnell, que se ha atrevido a llamarnos, a las DAR, «madres del fascismo».

Aunque no se refiere a cosas que yo haya vivido, me hace mucho bien poner todo esto en mi diario porque al escribirlo clarifico mis ideas y fortalezco mis principios.

CALCUTA, 1933

Hasta que Manavendra cumplió los diez años, no supo por qué su mamá le llamaba cariñosamente «el ladrón de requesón» o «ladrón de cuajada». Cuando llegó a esa edad, su padre se lo explicó un día:

- Krishna de niño era muy travieso. Todavía andaba a gatas cuando le gustaba meterse en el lodo y agarraba la cola de las vacas para que lo arrastrasen de un lado a otro. Y una de sus travesuras era robarle a su mamá la cuajada de leche, que le encantaba.

- ¿Y cómo sabes todo eso? –preguntó el niño.

- Porque está en el *Bhagavata Purana*, en el capítulo VIII del libro 10 –contestó el padre.

Tiempo después le enseñó en un mercado una figura de bronce, muy popular en la India, representando a un niño que se arrastra sobre las rodillas y la mano izquierda, mientras levanta la derecha con algo en ella.

- Esa figura se llama «el ladrón de cuajada» y representa a Krishna de niño.

Sahadeva Bajpai, tipógrafo en Calcuta, no era muy religioso. Manejaba con la misma facilidad las letras latinas que las del alfabeto *nagari* y tenía una verdadera pasión por la lectura. Leía toda clase de textos, unos por su trabajo y otros por el placer del conocimiento. Respetaba la religión de los suyos, pero no la practicaba mucho. Le preocupaba más la justicia social, los sindicatos, el Partido del Congreso y la lucha por la independencia de la India.

Sahadeva Bajpai nunca se preocupó por la religión. Era hinduista porque su padre, su abuelo y su tatarabuelo –para no ir más lejos– lo habían sido. Pero para cumplir con Dios, ya fuese en su forma de Vishnu, o en la de Krishna, o quizás Rama, era suficiente con realizar un mínimo ritual doméstico ante los altares que su esposa, ella sí muy devota, mantenía en el hogar.

Una que otra vez, siempre por petición de Devaki y mientras ella vivió, iban a algún templo, rezaban una oración, daban una o dos rupias al brahmán y salían con la señal en la frente de haber honrado a la divinidad.

En cuanto a lecturas, le interesaba más la historia de la India, la poesía de Kabir, el *Gita Govinda* y hasta el *Manifiesto Comunista* que el *Rig Veda* o el *Bhagavad-Gita*, obras estas últimas que había leído más por sentido de responsabilidad que por gusto.

Como buen bengalí, estaba libre del vegetarianismo a ultranza y en su casa se comía pescado, pollo y a veces cabra. Lo único que, naturalmente, nunca comía, ni hubiese podido hacerlo, era carne de vacuno. Las vacas son nuestras madres, nuestra riqueza, nuestra vida y no se las puede matar.

Reverenciar a las vacas es una de las grandes enseñanzas del hinduismo, el Sanatana Dharma. Pero eso no significa que se adore a las vacas o que éstas sean sagradas en el sentido de que estén dedicadas a Dios o que sean veneradas por su relación con lo divino, sino porque la posición que ocupan las vacas es como la de una madre. La madre da su leche al hijo y las vacas nos dan su leche, a niños y adultos, al joven y al viejo, al hinduista y al no hinduista. Dentro del hinduismo, que establece el respeto por todas las formas de vida porque todas ellas tienen alma, la vaca es un símbolo, es la Madre que nos da leche, necesaria para nuestro desarrollo y nuestra alimentación. Por eso es necesario respetar a las vacas, sin que ello signifique adorarlas como se adora a Brahman (el Dios único) en cualquiera de sus encarnaciones, sea Krishna, Vishnu, Shiva o Rama. Ningún hinduista adora a una vaca como adora a Krishna, por ejemplo. Pero eso no lo saben los occidentales, que sólo ven las apariencias, pero que tampoco se comen a las vacas lecheras en plena producción.

No obstante, Sahadeva sabía, por haber leído el *Ramayana*, que en la antigüedad se comía en la India carne de vaca. Y un día que, por curiosidad y no por religiosidad, leía el *Brihadaranyaka Upanishad*, quedó sorprendido al encontrar que en él se recomienda, para tener un hijo sabio y famoso, que los padres coman arroz con carne de ternero o de toro. Le asombró tanto que se aprendió de memoria dónde se decía tal cosa: en la Lección 6, Sección 4, Versículo 18.

En un tiempo eso le preocupó. ¿Por qué no podemos comer carne de vacuno si uno de los dos más importantes y antiguos *upanishads* la recomienda? Pero a medida que pasó el tiempo, se interesó cada vez menos en lo relacionado con la religión y más en la lucha social y en la mejoría de las condiciones de vida de los proletarios. Años más tarde, su hijo heredaría el mismo desinterés religioso y las mismas preocupaciones sociales.

Devaki, su esposa, era, por el contrario, una mujer muy devota, sencilla y analfabeta, de una dulzura infinita y consagrada a las labores de la casa y al cuidado de su esposo y su hijo.

Manavendra fue para ella especialmente importante, porque era hijo único. Debido a graves problemas ginecológicos ocurridos durante su nacimiento, ella ya no podría tener más hijos. Esto hizo que Devaki se dedicase a él con un cuidado y una atención excepcionales.

Pero cuando el niño tenía sólo ocho años, murió Devaki y Sahadeva quedó convertido en padre y madre para Manavendra, en un tiempo en que su actividad le había hecho dirigente de algunos sindicatos y estaba consagrado a la defensa de los derechos obreros.

Sahadeva quería mucho a su hijo y le inculcó su misma ansia de saber. Y viendo que no podría dedicarse a él como hubiera querido, logró que un internado regido por jesuitas concediera a Manavendra una media beca, que el muchacho mismo se ganó por su dedicación al estudio.

De lo cual se derivaron muchas cosas como, por ejemplo, que el inglés que hablaba Manavendra era mucho más puro y británico que el generalmente hablado por los hindúes.

El mundo de Manavendra en esa época era más europeo que hindú. Los jesuitas no obligaban a sus educandos a convertirse, por lo que entre ellos había musulmanes e hinduistas, amén de católicos, que eran los más. La vida en el internado se atenía a normas europeas. Se comía con cubiertos y no con la mano, como es habitual en la India; se estudiaba de todo y los maestros de la Compañía de Jesús eran muy exigentes, principalmente con los becarios. Pero eso no molestaba a Manavendra, cuya voluntad de conocimiento no tenía límites.

Sahadeva tenía problemas a veces. Participaba en manifestaciones, que a menudo eran disueltas violentamente con los *lathis* (bastones) de los policías. Una o dos veces estuvo detenido. Por lo cual se sentía mucho más tranquilo teniendo a Manavendra en el internado.

Sin embargo, los fines de semana eran exclusivamente para su hijo. No aceptaba ni tareas políticas, ni demostraciones, ni reuniones. Cada sábado iba a buscar a Manavendra y lo devolvía a primerísima hora del lunes, privilegio que se le otorgó en virtud de la dedicación, el entusiasmo y la capacidad del muchacho.

A medida que Manavendra crecía, iba perfeccionando su inglés y ampliando sus conocimientos. Entre los maestros, había un padre Ruiz, español, que simpatizó con él, sentimiento que pronto fue mutuo por lo que, al cabo de cierto tiempo, Manavendra le pidió que le enseñase el idioma español.

El padre Ruiz le explicó que el español no le serviría para nada en la India y le recomendó que mejor aprendiese el hindi, ya que su lengua natal era el bengalí, y ya había aprendido el inglés, lengua común en los medios de cierto nivel en la India en aquel entonces. Manavendra resultó ser una de esas personas a las que la naturaleza concedió dotes especiales para aprender idiomas. Al año de haber terminado la primaria, hablaba ya perfectamente bengalí, inglés e hindi. Y sus calificaciones fueron tales que logró no sólo renovar la beca, sino que se la aumentaron a tres cuartos, debido a sus facultades.

El padre Ruiz no pudo ya negarse, y durante cinco días a la semana le daba una hora diaria de lengua española. Faltaban alrededor de cuarenta años para que la Universidad Jawaharlal Nehru –que ni siquiera existía entonces– tuviese en Delhi una escuela de idiomas con un promotor del español doctorado en la Universidad Complutense de Madrid, el doctor Susnigdha Dey. Y casi otro tanto para que en la Universidad de Delhi, la antigua y tradicional, se enseñase también el español merced a la doctora Vibha Maurya, que lo estudio y aprendió perfectamente en Moscú y en La Habana.

Manavendra fue probablemente el precursor en la India de los estudiantes del idioma español. Y lo aprendió tan bien y con tanta facilidad que el padre Ruiz, entusiasmado, le proporcionaba libros en español y hasta llegó a pedir algunos a España para regalárselos a su alumno predilecto.

Para cuando Manavendra dejó el colegio, Sahadeva Bajpai había evolucionado, era ya miembro del Partido Comunista y aleccionó a su hijo sobre los problemas sociales y políticos de su patria, como la situación de la India en su calidad de colonia inglesa, con todo lo que eso implicaba, las condiciones de vida de los trabajadores y la lucha sindical.

Pero lo que más impresionaba a Manavendra era la miseria que veía cada fin de semana en las calles de Calcuta. Sus condiscípulos eran hindúes –musulmanes, hinduistas o cristianos– de familias más o menos acomodadas, y los becarios no se distinguían de los demás dentro del colegio. Pero fuera del colegio se enfrentaba a Calcuta, es decir, a la miseria más espantosa, los enfermos en las calles, los leprosos, los cadáveres que recogían por la mañana los carros municipales, los niños hambrientos y los hombres y mujeres escuálidos. Era la India, la India después de trescientos años de explotación de sus riquezas naturales por los británicos.

Por Sahadeva supo cómo las mejores tierras de Benarés fueron dedicadas por los colonialistas al cultivo del opio que introducían en China; conoció la historia de la Compañía Británica de las Indias Orientales y comprendió que los grandes adelantos que introdujo Inglaterra en la India fueron solamente los que ella necesitaba para extraer y manejar las riquezas del país: ferrocarriles, puertos, carreteras, electrificación, enseñanza para grupos privilegiados de hindúes que necesitaba para ocupar cargos menores en la administración colonial y otras cosas que tenían el mismo fin.

Sahadeva enseñaba a su hijo, pero le daba entera libertad para juzgar y decidir por sí mismo. Manavendra no quiso ingresar al Partido Comunista, pero sí al del Congreso, para luchar por la independencia de la India. Se convirtió en gran admirador de Gandhi y en seguidor de Nehru. Y apoyaba al hinduismo en lo que tenía de hindú y de resistencia al ocupante británico. Las peculiaridades de la India eran, para él, lo que había que defender frente a la transculturación inglesa y la religión era una de ellas. De todas formas, descendía de hinduistas desde los más remotos tiempos.

Aquella India, multicolor en los desfiles oficiales y gris sucio en lo cotidiano de la calle, con banquetes de lujo auténticamente asiático en los palacios, palacetes y búngalos de los ingleses y de los maharajás, y hambrina feroz para la gran masa del pueblo. Aquella India en la que los británicos discriminaban y despreciaban a todos los hindúes, incluso a los que ellos mismos habían educado y entrenado para que les sirviesen en la administración pública. La India de los hombres que corrían, hambreados o mal comidos, tirando de un carrito con una o varias personas arriba; la de las mujeres famélicas amamantando hijos que crecían mal nutridos, carentes de las proteínas indispensables para el desarrollo.

Esa India formó la conciencia de Manavendra.

NUEVA YORK, 1985

Lo primero que encontró entre los papeles de la madre fue un montón de correspondencia con alguien llamado Elizabeth Mary Guthrie. Cada carta estaba engrapada con su sobre y copia de la respuesta. Pero por más que leía una y otra, no encontró nada que tuviera ni directa ni indirectamente relación con el padre. Le sorprendió encontrar una serie de temas políticos en una correspondencia entre dos amigas jóvenes. La mayoría de las cartas trataba de temas intrascendentes propios de dos jovencitas, pero de pronto, por ejemplo, una carta de la señorita Guthrie decía:

> *Tienes toda la razón y no te olvides que en el congreso de 1925 se tomó la resolución más importante que nunca había tenido nuestra amada organización. Aquélla de que las* Daughters of the American Revolution (DAR) *recomendaban una campaña definitiva e intensa, a organizarse en cada estado, para combatir a los internacionalistas rojos, pidiendo a las regentes estatales que nombraran una presidenta para dirigir la campaña de cooperación sobre la defensa nacional.*

En vano buscó entre las copias de las cartas escritas por la madre algo que justificara lo de «tienes toda la razón». No encontró nada pero la respuesta de su madre a la carta anterior decía:

Siempre se lanzan contra nosotras porque el bolchevismo está profundamente infiltrado en nuestra patria. Debes recordar que en 1927 The Woman Citizen nos atacó diciendo que las DAR estaban difamando a ciudadanos americanos leales. Lo firmó Carrie Chapman Catt. Y cuando la organización lo negó, una tal Helen Tufts Bailie, que desgraciadamente era miembro de las DAR, insistió en lo mismo diciendo que las listas divulgadas por la organización contenían nombres de americanos muy prominentes incluyendo algunos muy conocidos por haber luchado contra el comunismo y el socialismo. Figúrate, como si no supiéramos los muchos trucos que emplean los bolcheviques para disfrazar su traición.

Todo eso carecía de sentido para él y no llevaba a nada de lo que le interesaba. Pasó rápidamente muchas cartas de ese tipo, ojeándolas nada más al pasar para confirmar que o bien se centraban en intrascendentes asuntos de mujeres jóvenes o en hablar de la organización de las Hijas de la Revolución Americana, lo cual para nada le servía.

Cuando menos lo esperaba, dio con un sobre cerrado. La dirección estaba escrita con la letra de la madre así como el remitente, pero la carta había sido devuelta por ausencia del destinatario. Su madre la había escrito desde un hotel de Lon-dres a una amiga residente en Liverpool. Sin muchas esperanzas, abrió el sobre y leyó la carta. Estaba fechada en 1935 y decía:

Querida Mary: Estoy enamorada. Sí, no te sorprendas. Estoy total, absoluta e íntegramente enamorada. Estoy escribiendo a todas mis amigas, ¡a todas!, para contarles mi felicidad. Es muy simple: he encontrado al hombre más maravilloso del mundo.
Me imagino que estás riéndote, pensando que es sólo algo pasajero. Pues no, querida, no. Esta vez va en serio y me voy a casar con él. Es inglés, se llama Nigel Whitman y es profesor de literatura

inglesa. Lo conocí por una verdadera casualidad, por una de esas cosas que sólo suceden en las novelas.

Estaba yo en Harrods viendo unas preciosas corbatas de la India, de seda pura. Tenía dudas sobre cuál de ellas le gustaría más a papá y había apartado tres que examinaba una vez tras otra sin acabar de decidirme. Lucy y Patty, que iban conmigo, estaban viendo otras cosas en un departamento cercano y el dependiente me sonreía mecánicamente mientras esperaba con paciencia. Y de pronto escuché detrás de mí una voz que decía:

- *Espero que no sea para su novio, porque ninguna de las tres le va a gustar.*

Me volví indignada y allí estaba él: alto, de ojos y pelo castaños, y una sonrisa que era como el Canto a la Alegría multiplicado por cien. Quedé impresionadísima pero tenía que defender mi dignidad y le dije:

- *¿Y a usted qué le importa y cómo sabe los gustos de mi novio?*

La sonrisa se hizo más encantadora. Era una sonrisa que estaba en los ojos, en las mejillas, en todo el rostro. Pero lo que me dijo me desconcertó primero y me enfureció después. Porque has de saber que con todo cinismo y desfachatez me contestó:

- *Me importa y lo conozco porque el único novio que usted va a tener de hoy en adelante seré yo.*
- *¡Es usted un insolente! –fue lo único que alcancé a decir.*

Pero ya estaba perdida, porque caí en sus redes. ¡Y qué dulces redes! Ya escribí a mis padres. Nos casamos en una semana. Iremos a Nueva York, a verles, y después volveremos a Inglaterra pues Nigel no puede dejar sus clases por ahora.

¡Soy la mujer más feliz del mundo! Sé que eso suena manido y vulgar y que se ha dicho muchas veces, pero es así como me siento.

> *Imagínate, a mí, que los ingleses me parecían estirados y pedantes y fui a caer con uno. Claro que Nigel no es ni lo uno ni lo otro. ¡Es maravilloso!*
>
> *No te aburrro más.*
> *Un abrazo de tu vieja amiga*
> *Agatha.*

La carta le agradó y le desconcertó. Era evidente que sus padres se casaron enamorados. Pero eso hacía más incomprensible lo que sucedió después. La madre diciendo que el padre había muerto sin ser cierto. Decididamente no entendía nada.

Siguió revisando una hora más papeles sin ningún interés hasta encontrar otra carta dirigida a su madre y fechada en diciembre de 1936, que decía:

> *No puedo creer que hayas tenido la desgracia de caer con alguien así. Tú que estabas tan ilusionada, tú que te enamoraste tan completamente. Comprendo muy bien tu reacción y comparto tus puntos de vista. Hay cosas que no se pueden tolerar. Nuestra fuerza es, precisamente, podernos sobreponer a los golpes de la vida anteponiendo a todo la dignidad y los grandes intereses de la patria.*
>
> *Como siempre tuya*
> *BIMSY*

No podía coordinar sus ideas. No entendía absolutamente nada y no se imaginaba qué era aquello terrible que sucedió. A la una de la madrugada, todavía con el desnivel horario en el cuerpo por el vuelo desde Asia y con el cansancio del viaje, se durmió sin haber cenado.

Salió temprano de la casa a desayunar en el restaurante de abajo. Y mientras comía estaba pensando qué hacer. Decidió empezar a revisar sistemáticamente cada libro porque recordaba que es una vieja costumbre, que también tuvo su madre alguna vez, guardar papeles en los libros.

Pero a las dos de la tarde, llevaba cinco horas revisando libros y no había encontrado nada. Hasta que llegó al volumen XLIV, parte V, de *The Sacred Books of the East* editado por F. Max Müller, Clarendon Press, 1900, que era una traducción del *Satapatha Brahmana* hecha por Julius Eggeling, según la escuela Madhyandina.

Al abrir el volumen, cayeron dos hojas apretadamente manuscritas. No estaban dirigidas a nadie ni firmadas. No era letra de su madre, ni letra que reconociera pero él no conocía la de su padre. Primero buscó apresuradamente a ver si había algún nombre o ex libris en el tomo pero no encontró nada. Entonces leyó:

> *Un fantasma recorre Europa en estos años.*
> *Tenemos en los oídos ese trueno rítmico, esos miles de tacones golpeando el suelo al unísono, como tambores monocordes.*
> *Tenemos en los ojos esos grandes estandartes, esas camisas pardas, esos millares de brazos alzados y esas hileras de botas relucientes que golpean y vejan al suelo.*
> *Escuchamos ese rumor creciente de tormenta, y se siente un palpitar de dolor y de estiércol.*
> *Sentimos los golpes, las patadas y los palos que reciben tantos infelices.*
> *Sentimos el desprecio de lo humano en nombre de la fuerza, la fuerza bruta que parece indetenible. Un fantasma recorre Europa.*
> *Es un trueno rítmico y repetido. Tambores reiterativos. Miles y miles de botas que caen al suelo como lluvia sonora en un solo golpe.*
> *Estandartes rojos con círculos blancos. Correajes, camisas. Discursos virulentos. Exhibición de fuerza. Cantos de agresión. Consignas impías. Y botas. Cientos de miles de botas resonando hasta que su retumbar lastima.*
> *La cobardía como principio, como idea. Mata, golpea, patea, rompe, clava, humilla.*

Se desprecia, se escupe, se mata. Y se queman libros. Un fantasma nacido en Europa que poco a poco va aterrorizando las mentes de unos europeos y atemorizando las de otros.
Terror inmediato para algunos, terror más lejano para otros. Amenaza para todos.
Europa huele a bota recién lustrada, a tela de bandera recién bordada. A correaje, a camisa parda, a mano alzada, a sudor de axila, a ventosidad que estalla en un discurso.
Europa huele a miedo, un miedo que llega desde las cortinas de seda hasta los andamios. Un miedo que es más grande en los sindicatos y en las sinagogas.
Para unos la muerte aquí y ahora. Para todos, mañana, la negación como fin en sí misma.
Sangre. Alambres con púas. Barracones. Cachiporras de goma. Esclavitud. Desprecio. Angustia. Dolor. Miseria. Heces fecales. Prepotencia. Animalidad.
Cualquiera que ayer pensaba y vivía yace hoy con los huesos rotos, con los dientes rotos, con los ojos saltados. O ayer andaba y se movía y hoy está encadenado, golpeado, humillado.
O ayer era un ser humano y hoy es menos que un perro. Los perros han sido enseñados a humillar y morder a los que ayer respetaban.
Un fantasma recorre Europa. Un fantasma que se mete poco a poco por los ojos, por los oídos, por el tacto, por el olor, por el sabor acre. Y que llega al cerebro, a las venas, a las arterias, a los nódulos linfáticos.
Primero fue sólo en un lugar. Como una pequeña herida infecciosa. Pero la gangrena se fue extendiendo.
- Comenzaron a verse en todas partes camisas de uniforme con correajes y botas militares. Camisas negras, camisas pardas, camisas azules. El brazo en alto fue cubriendo países. Los seres humanos (¿los verdaderamente humanos?) sentimos la opresión. Sentimos que va faltando el aire, sentimos que cada vez es más difícil respirar.

Muchos fingen no verlo ni sentirlo. Pero les caerá encima.
Otros, hemos decidido combatirlo.
Eso es una forma de contarlo. Otra es imaginar a la dignidad humana personificada, como una mujer, por ejemplo. Y a esa mujer se la arrastra por el estiércol, se la sumerge en una fosa séptica, se la azota, se la llena de mierda, se la patea, se la golpea, se le rompen los huesos, se la viola con barras de hierro...
Esas cosas se están haciendo, no con imágenes sino con seres humanos vivos y auténticos. Con seres humanos que, sin proponérselo, representan esa dignidad humana que se está vejando y destruyendo.
Un fantasma recorre Europa, un fantasma que los más no quieren ver, porque es incómodo, porque molesta, porque es desagradable.
Algunos queremos defender la dignidad. Y si Don Quijote se enfrentó a sus molinos de viento, que eran gigantes disfrazados, ha llegado la hora de enfrentarnos con los nuestros, que son terror, abyección y muerte.

Septiembre de 1933.

VILLAHERMOSA, 1935-36

En cualquier ciudad pequeña es difícil mantener algo en secreto y mucho más difícil si se trata de una relación amorosa. La gente combate la monotonía y el tedio de la existencia provinciana entrometiéndose en las vidas ajenas, comentándolas, criticándolas y divulgándolas. Y muchas veces mejorándolas con adiciones e invenciones.

Ahora bien, si eso es verdad en cualquier parte del mundo, en el Tabasco de los años treinta los asuntos de faldas además de ser preferentes en el comadreo habitual, con frecuencia resultaban peligrosos porque en aquel tiempo era cosa natural que algún galán fuese muerto a tiros por maridos irritados y no pocas veces por padres, hermanos o parientes de «ella» en el caso de que hubiera sobre el asunto alguna duda enojosa.

Cuando la aventura afectaba a una viuda o a una divorciada, la cuestión se volvía mucho más delicada porque, de llegar a saberse, ella quedaría como una ramera sin poder nunca más rehacer su vida. Por lo que las viudas o divorciadas se casaban pronto o dejaban el estado de Tabasco yéndose a un lugar donde nadie las conociera, o se mantenían en una integridad propia de monjas de clausura.

Filogonio Hauptmann había llegado al corazón de una joven viuda que precisamente enviudó cuando el marido reclamó a un extraño sus galanteos a la esposa. Pero no podía ni pensar en casarse por la diferencia de edades –él era diez años más joven– y la segura y violenta oposición de su madre a tal matrimonio. Por lo cual, para vivir su romance, tuvo que usar imaginación y astucia.

En aquellos tiempos, corría por todo México la conseja del «Charro Negro», misterioso fantasma a caballo, jinete del Averno que galopaba de noche, a la misma hora en que «La Llorona» (fantasma pseudohistórico femenino), lloraba por sus hijos, los aztecas vencidos por los españoles, con lamentos estremecedores.

Y así en Jalisco, en Tabasco, Colima o Veracruz, nunca faltaba quien asegurase haber oído el galopar del caballo del Charro Negro. Charro porque vestía esa indumentaria típica del hombre del campo mexicano a caballo, pero en su caso toda negra. Algunas veces el Charro iba sin cabeza y otras con ella, según la región del país en que de él se hablase, detalle que muestra la raíz de la conseja en la vieja leyenda europea del jinete sin cabeza.

Así es que por aquel tiempo el galopar del Charro Negro comenzó a ser escuchado en un barrio de Villahermosa por cuyas calles la buena gente no quería pasar cuando se acercaban las doce de la noche.

Que por ese barrio y aquellas calles viviese la viuda y que nadie viera a Filogonio en parte alguna por las noches debe atribuirse a mera coincidencia.

Durante varios meses todo el mundo rehuyó esas calles por miedo a topar con el Charro Negro, el sonoro galope de cuyo caballo no dejaba lugar a dudas acerca de su existencia.

Pasó el tiempo y el Charro Negro dejó de galopar misteriosamente, lo que coincidió con el compromiso formal de la joven viuda con un hombre maduro y rico, don Juan Manuel González Romanizo, con el que pronto se anunció el enlace.

Celebróse la boda con asistencia de cientos de invitados y el juez del Registro Civil, que era poeta, quiso lucirse leyendo a la concurrencia lo que llamó «Soneto Epitalámico» que decía:

Don Juan Manuel González Romanizo,
amigo siempre fino y estimado,
ya sabes que desde hoy eres casado,
y así tu porvenir no está indiviZo.

Quisiera darte un verso todo hechizo,
un soneto realmente delicado,
mas, elevo mis votos de inspirado,
por tu luna de miel, que al fin se te hizo.

Y no es tan solo para ti que pida
a la fortuna su riqueza toda,
también tu compañera de la vida,
la morena juncal que hace la boda,
ha de gozar la gloria prometida,
aunque ya la ha gozado entera toda.

Cuando lograron desprender las manos de don Juan Manuel del cuello del juez del Registro Civil, éste desapareció y se cuenta que pidió su traslado a un lugar lejano.

Por lo que respecta a Filogonio, todo hubiera ido como miel sobre hojuelas de no ser por las malas lenguas que parecen tener antenas parabólicas, aunque entonces no las había, para enterarse de todo lo que sucede por más escondido que ocurra.

Así, no faltó quien dijese a don Juan Manuel González que el fantasmagórico Charro Negro no había sido otro que Filogonio, asíduo visitante nocturno de la hermosa viuda, ahora señora de González. Y el señor González no necesitó más confirmación ni aclaración para buscar a Filogonio, encontrarlo por fin en una cantina, empuñar una pistola calibre .45 y agotar doce balas intentando sacarle de las miserias de este mundo.

Consecuencia de esto fueron la rotura del espejo de la cantina, el balazo que rozó el brazo derecho del cantinero, la destrucción total de un quinqué, el susto del gato del cantinero, que nunca regresó a la cantina, y el no menor de los parroquianos. Lo que salvó a Filogonio Hauptmann fue que al saber lo bien atendida que había estado la viuda antes de ser su esposa, González quedó tan afectado que se bebió entera una botella de alcohol de caña, del que en Tabasco llaman «zorro», para quitarse la tristeza. Y como buscó a Filogonio por las cantinas y tuvo que recorrer ocho, llegó ya en tal estado que no hubiera podido acertar aunque el blanco hubiera sido el Palacio de Gobierno y le disparase desde diez metros.

Pero Filogonio sabía perfectamente que a González se le pasaría la borrachera y que en la siguiente ocasión no sería él mismo, sino pistoleros profesionales los que le buscarían. Bien sabía Filogonio que después de haberse sabido lo que se supo era imposible pensar que González tolerase su presencia en Villahermosa en calidad de escarnio permanente.

Por lo tanto, el joven Hauptmann agarró sus cosas, que no eran muchas, y no paró hasta Veracruz. Y cuarenta y ocho horas más tarde, adscrito a la tripulación de un buque de carga con bandera panameña, lavaba cuidadosamente la cubierta mientras navegaba en dirección a Europa.

OXFORD, 1936

Después de caminar despacio por la calle de St Aldate, la más vieja de Oxford, después de recorrer por ella el trayecto que va del Támesis a la ciudad propiamente dicha, lo que más le gustaba para pensar tranquilamente era la biblioteca del Queen's College. Si a St Aldate's Street le censuraba las demoliciones de principios de siglo que le habían quitado el carácter de estampa de Carlos Dickens que tenía la calle, para construir los Christ Church Memorial Gardens, la Saint Catherine's Society (hoy facultad de música) y la estación de policía, al Queen's College no le censuraba nada.

Respecto de la calle, tal vez fuese significativo el hecho de que el progreso demoledor hubiese cuajado, entre otras cosas, precisamente en una estación de policía.

Pero aquel día de 1936 necesitaba meditar, tomar una resolución, y en busca de paz y serenidad, siguiendo una costumbre que tenía desde sus tiempos de estudiante, se fue a la biblioteca del Queen's College y se sentó a un lado del pasillo central, con el sillón ligeramente cargado a un lado para poder correr la vista sobre los espacios del local. Siempre le había gustado ese amplio pasillo central con las esferas terrestres instaladas sobre veladores Chippendale y con ba-randillas circulares en torno al Ecuador, sujetas cada una por seis sólidos barrotes de roble.

Le agradaban también los libreros macizos a los lados, de madera labrada y con los recios pupitres que daban, por lo menos a él, una grata sensación de solidez y de serenidad.

Era necesario que tomase una decisión. Él lo sabía, pero llevaba ya varios días con el mismo problema y sin haberlo solucionado.

Los deberes del hombre, los deberes de un hombre, la relación entre ambas clases de deberes y la difícil tarea de discriminar para saber qué es lo válido y qué no lo es. Decidir sobre la vida y la muerte, he ahí el problema. Decidir sobre qué tipo de vida merece ser vivido y cuál no. Desechar la idea de vivir a toda costa y a cualquier precio, rebajando la calidad humana a su parte meramente zoológica.

Echó atrás la cabeza para contemplar, una vez más, la obra maestra de estuquería que era el techo. Allí donde el estuco formaba ramas, círculos, rectángulos, hojas, flores, variedad de hojas, variedad de flores... Recordó que Queen's College era nuevo en Oxford. Apenas de fines del siglo XVII. El más consistentemente clásico de todos los colegios. Amaba el resultado de la reconstrucción de principios del siglo XVIII, cuando el cuadrángulo frontal medieval fue reemplazado por un patio de tres lados con las alas residenciales saliendo de una capilla nueva.

Se descubrió a sí mismo pensando en otras cosas, distintas a las que le preocupaban, y volvió a su problema.

Otra vez Hamlet. Otra vez ser o no ser. Otra vez el lugar común. Otra vez la duda. ¿Tendrá cada hombre un momento en su vida que exige una decisión definitiva?

Porque era consciente de que su decisión, cualquiera que fuese, sería definitiva en uno o en otro sentido. Era una decisión que afectaría a toda su vida para siempre. Y, como ocurre en todas las grandes decisiones, tendría que tomarla él solo.

Su vista cayó en el globo terráqueo más cercano y los barrotes de roble le parecieron rejas. ¿La mitad del mundo entre rejas? ¿Sería el planeta un todo, sería la especie humana un todo? Siempre había concebido a la humanidad como una sola cosa. Un tejido epitelial, por ejemplo, es un todo y, sin embargo, está compuesto de una infinidad de células, cada una de las cuales a su vez se compone de varias partes. ¿Seríamos los humanos parte de algo más grande como las células que componen un tejido lo son?

Las células nos dan la impresión de estar pegadas unas a otras, pero en lo microscópico los valores y los espacios son diferentes. ¿Acaso no sabemos que un átomo, que no podemos ver, contiene electrones girando en torno a un neutrón como un pequeño sistema solar?

A un nivel infinitamente pequeño, las células pueden no estar unidas entre sí como nos parece. Tal vez estén tan separadas, en proporción a su tamaño, como lo están unas de otras las personas.

Pero si no somos más que partes infinitesimales de un todo, la humanidad es el todo. Y como tenemos conciencia de existir y conciencia de ser, debemos estar obligados a sentirnos solidarios con el todo, es decir, con todas y cada una de las células-personas que lo componen.

Sus ojos pasaron otra vez sobre el estucado, aunque sin verlo. Y sin embargo, se dijo pensando en otra cosa, en esta universidad, fundada en el siglo XII, se quemaron libros. Fue a finales del siglo XVII, a la restauración de Carlos II y tan sólo para probar la lealtad de la universidad a la Corona. Se quemaron libros que contenían "doctrinas condenables y destructoras a las sagradas personas de los príncipes". Se quemó *Leviathan* de Thomas Hobbes, se quemaron otros libros. Se quemaron libros. Se destruyó el producto del pensamiento de diversos hombres.

El viejo Hobbes creía que el estado natural del hombre es la lucha contra el hombre. Hobbes aceptó las palabras de Plauto *Homo homini lupus* y creyó que solamente con un señor absoluto y mediante convenios que hicieran una especie de *Commonwealth* podrían los hombres convivir sin matarse mutuamente. En *Leviathan* propugna por un estado absolutista, rigurosamente materialista y utilitario, cuyo único objeto es proteger a los súbditos. Si el soberano no los defiende, pueden renunciar a la fidelidad y a la sumisión. La libertad no existe para Hobbes ni en política, ni en moral, ni en metafísica. Es apenas una necesidad controlada y limitada. Así que, después de todo, Leviatán, el monstruo bíblico, o, como dijo Hobbes, "La materia, la forma y el poder de un estado eclesiástico y civil" es muy discutible. Pero quemar libros nunca.

Afortunadamente no sentó precedente; afortunadamente aquel auto de fe en la biblioteca bodleiana, en el que profesores y estudiantes gritaban "¡Hurra, hurra!" mientras se quemaban libros, es ahora una vergüenza para Oxford. Afortunadamente.

Se fijó en los dorados del techo. Pero ahora lo importante es decidir si tenemos o no obligaciones con los otros ejemplares de la especie. Aunque no sean insulares, aunque no hablen inglés, aunque no observen nuestras normas y costumbres, aunque sean extraños a nuestra cultura y a nuestro medio.

¿Tenemos obligaciones para con ellos?

NUEVA YORK, 1985

Nadie sabe dónde ni cuándo nace. Ni de quién nace.

Forzosamente debe creer a personas de más edad, que dicen ser sus padres, o sus tíos, o sus abuelos, o simplemente quienes lo recogieron en alguna parte.

Pero sean quienes fueren los informantes, cada hombre y cada mujer deben aceptar la versión de otros para saber, o creer saber, dónde, cuándo y de quién nacieron.

Ahora pensará eso porque la contínua declaración de la madre diciéndole toda su vida que el padre había muerto le hará poner en tela de juicio toda información sobre sí mismo o con él relacionada, salvo la que personalmente le conste.

Sabe bien que estudió en Princeton, en la misma universidad que su abuelo materno, y que el abuelo mismo se encargó de la inscripción con la antelación debida. Sabe igualmente que sus más lejanos recuerdos son de Nueva York, aunque su madre le dijo siempre que había nacido en Londres.

Y sabe –¿lo sabe realmente?– que su padre era profesor, porque de todas las preguntas que durante años hizo a la madre acerca del ausente, eso fue lo único que ella le dijo.

Pero si durante toda su vida le dijo ella que el padre había muerto y no era verdad, bien pudiera ser que el padre hubiera sido cualquier otra cosa. Comerciante, industrial o, ¿por qué no?, obrero, agricultor o bombero. Todo su mundo cambió desde el telegrama que recibió en Delhi, por el que supo que el padre vivía.

Algunos recuerdos de infancia permanecían muy vivos, como si hubiesen quedado grabados para siempre en una especie de película sonora.

Como aquel día, en Central Park, en que vio sus primeros negros. Tendría cinco o seis años.

- Mira, mamá, ¡un niño negro!

Y al instante:

- ¡Y la mamá! ¡También es negra!
- Tú no tienes que tratar nunca con negros. Nunca.
- ¿Por qué, mamá?
- Porque son gente sucia y mala. Nos odian.

Él volvió la cabeza para mirar al negrito y su mamá.

- Pero el negrito sonrió...
- ¡Te he dicho que nunca tienes que tratar con negros! ¡Son como animales!

Mucho más tarde, ya en *high school*, habló algunas veces con un condiscípulo puertorriqueño.

- Conozco a un puertorriqueño, mamá. Si quiero, me puede enseñar español.
- Tú no necesitas para nada el español. Además, no debes juntarte con esa gente.
- Pero no es negro; los puertorriqueños que van a mi escuela son blancos.
- No importa. Todos esos latinos son gente de color en algún sentido. Mexicanos, puertorriqueños, centroamericanos, no son nuestros iguales. Algunos de ellos sirven para criados.
- Pero mamá, los que van a la escuela son ricos. A mi amigo lo lleva un automóvil con chófer.
- Eso no tiene nada que ver. También hay negros con automóvil.

Otra constante de la madre era su odio a los comunistas. El problema consistía en que consideraba comunistas a muchos estadounidenses ilustres que de ninguna manera lo eran y que, además, luchaban contra el comunismo. No entendió esa extraña actitud de su madre hasta que comprobó que lo único que ella hacía era seguir la pauta que marcaba las *Daughters of the American Revolution*, las Hijas de la Revolución Americana, organización de la que Agatha era una afiliada ferviente.

Durante años escuchó a su madre y creyó lo que ella le decía. Pero ya cuando la guerra de Viet Nam, la conmoción nacional fue tan grande que le hizo adquirir conciencia y se unió a todos los que se oponían a esa guerra. Fue activo entusiasta de la lucha por la paz en Viet Nam, naturalmente sin decírselo a la madre. Ella decía horrores de los que tenían la posición de su hijo pero él la escuchaba en silencio y no le hacía caso.

Consideraba que su madre tenía valores equivocados y diferentes a los suyos pero respetaba su derecho a disentir de sus propias ideas.

Ahora bien, todo respeto intelectual o personal hacia su madre se derrumbó con el cable recibido en Delhi. No es que se diera cuenta de ello en el momento mismo de recibir el telegrama. Pero en las largas horas de vuelo hasta Nueva York, la figura de su madre se fue derrumbando poco a poco.

Y dentro de ese derrumbe imperaba la duda, la duda de todo, incluso sobre si ella era verdaderamente su madre, si Nigel Whitman fue realmente su padre, si él mismo era en efecto quien su madre le había dicho que era.

Necesitó tiempo para serenar su ánimo y situarse en el plano de la razón. Pero aun así, seguía siendo consciente de que nadie sabe dónde y cuándo nace. Ni de quién nace.

Un ruido extraño le llamó la atención: alguien estaba intentando abrir la puerta. Alguien que metía gazúas y llaves y que se movía con entera libertad, sin hacer intento alguno por atenuar el ruido.

Se acercó a la puerta y escuchó voces. La abrió y se topó con la expresión boquiabierta de su entrañable amigo y socio Thomas Wallace, además de un cerrajero arrodillado ante la cerradura y otro empleado que los acompañaba.

- ¿Qué haces aquí? –balbuceó Thomas.
- Es mi casa. Más bien te preguntaría yo a ti lo mismo.

La sangre subió a la cabeza de Wallace, cuyo rostro adquirió el color de un autobús de Londres.

- Es que... Bueno... Yo...

Colin se dio una palmada en la frente.

- ¡Perdona! He olvidado avisarte, he olvidado todo. Pasa.

Thomas despidió al cerrajero con una propina y envió al empleado a la oficina.

- Me llamó por teléfono Vasant Vyas, de la India. Le dejaste en el aire, desapareciste. Nunca pensé que pudieras estar en Nueva York sin haberme avisado. Vine con el propósito de ver si encontraba algún indicio de tu paradero y traje dos testigos...

- ¡Tienes toda la razón! ¡Toda! Estoy enloquecido. Debes entenderme. Ahora, a mis cuarenta y nueve años, acabo de saber que mi padre vive.

- Iba a hablarte por teléfono cuando supe lo de tu madre. Pero el notario dijo que te informaría. Lo siento mucho, yo...

- Antes de morir, mi madre le dijo a Pearson que mi padre vive y que ella me engañó toda la vida.

Thomas Wallace no estaba hecho para este tipo de cosas, pues estaba convencido de que no suceden nunca, salvo en novelas cursis o en películas idiotas. La gente seria y honorable jamás vive situaciones así. Creyó que era una broma de Colin, pero vio su expresión, recordó la reciente muerte de la madre, comprendió que no era momento para bromas y cayó sobre un sillón que afortunadamente estaba allí, porque Thomas cayó, literalmente, sin saber dónde caía.

- ¿Que te...?

- Sí, que me engañó. Me dijo que había muerto, jamás me habló de él, nunca vi ni siquiera una fotografía suya y, antes de morir, confiesa que vive mi padre. El telegrama de Pearson me lo dieron en Delhi y enloquecí. Lo olvidé todo y vine a buscar aquí, a ver si encuentro algún papel, algo...

- ¿Y lo has encontrado?

- Nada que me indique algo sobre mi padre. Y debo confesarte que mi padre ha sido la obsesión de toda mi existencia. Una obsesión hiriente, un pensamiento cruel. Todo el mundo tiene, por lo menos, una fotografía del padre. Y yo, ni eso. Nada, ni un recuerdo, ni una mención, ni un comentario. Recuerda que nunca en Princeton te hablé de mi padre.

- Una vez me dijiste que había muerto.

- Sí, la versión de mi madre. Pero muchos huérfanos hablan de su padre. Yo jamás pude hacerlo.

- Es, es, es... ¡Es increíble!

- Debe haber alguna razón, alguna explicación. Pero tendrá que ser muy buena para que yo pueda perdonar a mi madre.

NUEVA YORK, 1936

La primera infancia de John Donovan era el recuerdo más agradable de toda su existencia. Un padre y una madre que lo querían, que le acariciaban, que le mimaban

Tenían una tienda de comestibles y vivían en el primer piso del mismo edificio. Ciertamente era un viejo edificio de Brooklyn, con la entrada sucia y las paredes pintarrajeadas. En las escaleras varias generaciones habían labrado en el yeso, con clavos o punzones, falos y sexos de mujer. Era una casa decrépita, habitada por algunas personas de muy dudosos medios de vida y por otras acerca de cuyos medios de subsistencia no había ninguna duda, como Evelyn, la prostituta, o Chuck, el gangstercillo. Pero para John nada de eso contaba porque era feliz, a pesar de que sus padres no le dejaban jugar en la calle con los otros niños, ya desde muy pequeños organizados en pandillas.

John pudo haber tenido una vida plenamente feliz y haberse quedado con la tienda de su padre y tener hijos que hubieran seguido el mismo camino y así sucesivamente. Pero las circunstancias lo sacaron de esa cadena de tranquila mediocridad reiterada por generaciones.

Franklin, su padre, olvidó un día en su casa apuntes que le eran necesarios para hacer sus pedidos y cuando llegó el representante del proveedor le encargó el establecimiento y subió a su casa. Subía a una hora en que jamás lo había hecho, porque era imposible que dejase sola la tienda. Subía rápidamente porque, aunque confiaba en Anthony, el representante comercial, que era su amigo, no quería alejarse del mostrador por mucho tiempo. Subía hacia su destino y llegó a él cuando, afortunadamente, John estaba en la escuela.

Abrió la puerta y encontró a Joan, su esposa, completamente desnuda, en la cama, haciendo el amor con Chuck. Franklin dio la vuelta y bajó corriendo las escaleras, llegó a la tienda, agarró el revólver que tenía en la caja para defenderse de un posible asalto, volvió a su departamento y mató a Chuck de dos balazos. El primero le dio en el pecho y el segundo en la cabeza, cuando caía.

El jurado consideró que fue un crimen con premeditación porque bajó por el arma y volvió a subir, y le condenaron a veinte años de prisión.

La madre comenzó a beber desde el mismo día en que ocurrieron los hechos, convirtiéndose en alcohólica. Y cuando John tenía quince años, cinco después de la tragedia, Joan Donovan subió una tarde hasta la azotea y se arrojó de cabeza a la calle.

John, ya huérfano y solo, decidió trabajar y vivir para recibir a su padre cuando saliese de la cárcel, y buscó trabajo como cargador en los muelles.

Los líderes sindicales daban trabajo a cambio de un importante descuento en los sueldos que oficialmente era cuota sindical y en la práctica dinero que ellos se embolsaban. Tenían sus incondicionales y a los demás les daban o les quitaban el trabajo según sus preferencias o su estado de humor. Cuando John cumplió veinte años, se hartó de ser explotado y se enfrentó a los líderes encabezando a un grupo de inconformes. Hacerlo le costó una paliza tan seria que le llevó al hospital por dos semanas. Al salir fue a ver a su padre a la prisión, como solía hacer con frecuencia, y se enteró de que había muerto de una úlcera perforada con su consiguiente, súbita y terminal hemorragia.

Unos días más tarde, mientras vagaba en busca de trabajo, se enteró leyendo los titulares de los diarios en los puestos de que en España había estallado una rebelión militar apoyada por los fascistas.

Pero no fue sino hasta meses más tarde, cuando pertenecía a un sindicato auténtico, cuando comprendió el verdadero fondo de lo que se dilucidaba en España.

PRAGA, 1952

Se levantó. Caminó dos pasos. Se estiró. Miró al hombre anodino que estaba sentado leyendo una revista y habló pensando en voz alta, dirigiéndose a sí mismo, como acostumbran muchos seres que han padecido largas soledades.

- Morir no me preocupa. La posición de cada uno ante la muerte depende mucho de la vida que se ha llevado. Claro está que la mayoría de los seres humanos llevan vidas grises, pálidas, sin inquietudes verdaderas. Vidas encarriladas en la monotonía de la egoísta mediocridad que caracteriza a la mayor parte de la humanidad.

- Y para ellos la muerte es algo terrible, monstruoso, algo cuyo solo nombre aterra. Pero para quienes hemos vivido años enteros rozándonos con la muerte, ella es ya algo cotidiano, algo habitual. La hemos visto tantas veces a nuestro lado, llevándose amigos, conocidos, gente ajena, gente enemiga... Para nosotros la muerte es el final y nada más.

- La muerte va a llegar por ese pasillo, se detendrá ante la reja de esta celda y parecerá un hombre. ¿Por qué la muerte parece siempre otra cosa? Unas veces parece un hombre, otras una máquina, algunas un vehículo, no pocas un animal, frecuentemente un arma, a veces un abismo y aquí una soga. Pero bajo cualquiera de sus miles de formas, siempre es la muerte.

- Es curioso que yo, que tuve miedo muchas veces, nunca lo tuve a la muerte, nunca la conciencia de tener miedo a morirme. El mío ha sido ese miedo automático, ajeno a la conciencia, que se siente bajo un bombardeo o durante un ataque enemigo. Un miedo que no se para uno a analizar y que, si se analiza, nunca es miedo consciente a la muerte, sino miedo instintivo, miedo animal.

- La muerte entrará por ahí, me llamará: «¡Laszlo Sedlachek!». Me sacará de aquí y me llevará a morir en otro lugar, colgado de una cuerda muy probablemente o, quizás, de un tiro en la nuca. La muerte. Pero como no hay fragor, ni explosiones, ni la tierra se estremece ni salta a mi alrededor, no tengo miedo.

Miró con una sonrisa al hombre sentado.

- Siento hacerle escuchar todo esto, pero siempre he pensado mejor en voz alta.

Dió dos pasos, volvió sobre ellos y se sentó.

- Estar seguro de que la muerte no es más que el fin es tranquilizador. Pobres los que tienen ese anhelo de inmortalidad derivado de la infinita vanidad del ser humano. Esa vanidad que hace a la gente sentirse fuera de la zoología, ¡ingénuos!, e inventarse dioses para soñar en edenes y paraísos que los reciban después de muertos.

- La mente humana es maravillosa, extraordinaria, capaz de los mayores alardes de ficción. A mí, por ejemplo, se me ha sometido a juicio, a un proceso que ha durado casi tres meses. Se han tomado declaraciones, se han escrito miles de papeles, se han consultado archivos, se han multiplicado las firmas y los sellos. Y, sin embargo, en el momento en que fui detenido, antes de que se iniciara el proceso, ya estaba condenado a muerte.

- ¡La mente humana! ¿Cómo es posible que de la mente humana salga una tecnología maravillosa y también la mayor crueldad y las mayores aberraciones? El hombre no es más que un mamífero vertebrado; el más alto escalón, al parecer, en la evolución de las especies. Es zoología. Biológicamente es un animal, fisiológicamente también. Le dominan los mismos instintos que a los otros vertebrados: la defensa del territorio, la lucha por la hembra, la lucha por la comida y el instinto de conservación.

- La inteligencia es algo adquirido. El cerebro se desarrolla con el uso, como el músculo. El cerebro humano tuvo una gran facilidad y dos sólidas bases para ser usado y desarrollarse. La primera fue la mano, el pulgar opuesto a los otros dedos.

Las bases, el lenguaje y la memoria. Sobre esos elementos el cerebro humano se fue desarrollando a lo largo de los siglos y de los milenios. Y merced a la memoria y al lenguaje, la especie aprovechó el conocimiento útil que iba acumulando. La ley de la evolución hizo que el hombre fuese cada vez más débil físicamente y su cerebro cada vez más desarrollado.

- Pero el factor clave, decisivo, fue la memoria. Si a los más grandes sabios de nuestro tiempo los hubiera criado desde recién nacidos una tribu salvaje en el corazón de Amazonia, sus inventos habrían sido cosas como perfeccionar el arco, quizá inventar la ballesta o mejorar la azagaya. Nada más. Porque la inteligencia no sólo es adquirida, sino educada con la memoria de la especie.

- Y la memoria de la especie es la de la naturaleza, la de la zoología. Por eso seguimos matándonos unos a los otros, porque la naturaleza nada sabe de piedad, ni de compasión. Esos conceptos son invenciones de algunos hombres, pocos, que de hecho no influyen gran cosa en la marcha de la especie. Sin embargo, la humanidad descubre cada día nuevos secretos del universo y la ciencia progresa. Y con la ciencia la tecnología, de manera que podemos matar mucha más gente con mayores facilidades y en menos tiempo.

- Pero en valores morales, en la solidaridad con otros miembros de la especie, o en sentimientos verdaderos de preocupación por lo que pueda ocurrirle al prójimo, vivimos en el mismo presente desde hace cuatro mil años o más. Y los pocos que han progresado, los que sienten esa preocupación, los mejores de cada época, ésos viven siempre en un futuro hipotético que, siglo tras siglo, no ha dejado de serlo. A ellos no se les perdona, porque son diferentes. ¿No te aburres de escucharme?

El carcelero levantó la mirada de la revista deportiva que estaba leyendo.

- A mí no me molesta. Puede seguir.

- Yo tengo, iba a decir «tuve», pero aún estoy vivo y sé que él es mi amigo, tengo un amigo que se llama Nigel Whitman. Es inglés, es una persona excelente. Él luchó a mi lado, vio la muerte como yo la vi y sé que él tampoco tendría miedo si estuviese en mi lugar.

Se dirigió directamente al carcelero:

- No quiero ofenderte, no te molestes, pero si tú estuvieras en mi lugar, tendrías mucho miedo.

- Claro que sí –dijo el carcelero–, eso es lo natural.

- Te diré por qué lo sé, porque eres carcelero. Los carceleros siempre tienen miedo, por eso matan. Pero no hablo de tu nivel. Aunque tú no lo creas, los que me han metido aquí, los que han ordenado que me maten, son más carceleros que tú.

El carcelero escondió ostensiblemente el rostro insignificante tras la revista para alejarse deliberadamente del peligro de haber oído algo contra sus jefes.

- Te hablaba de mi amigo Whitman, que es como un hermano. Pues bien, él y yo fuimos, como otros muchos, a luchar por la libertad de todos, hasta por la tuya. ¡Qué ingenuidad la nuestra! Luchar por la libertad es luchar por lo imposible, por lo menos en esta época. Todos aquéllos, los de entonces, pertenecíamos a un futuro que todavía no llega. A un futuro que todavía está muy lejano. Y por eso nadie nos perdonó.

Caminó un poco y sujetó la reja con las manos.

- ¡Nigel Whitman! ¿Dónde estará ahora?

Lejos se escuchó el ruido de una puerta, de una reja al abrirse y de unos pasos lentos, todavía lejanos.

- Por eso no nos han perdonado. Porque perteneciendo a un futuro remoto estamos todavía aquí.

NUEVA YORK, 1985

Estaba detrás de un mueble muy pesado y lo vio por casualidad, por un pequeño rectángulo blanco contra la pared. Seguramente cayó sin que su madre lo advirtiera. Tenía polvo de años.

Era un sobre dirigido a Agatha Whitman, pero a casa de los padres de ella, en Filadelfia. No había sido abierto nunca y el remitente vivía en Percy Street, por Tottenham Court Road, en Londres, y era N. Whitman.

Tuvo que hacer un esfuerzo para no rasgar el sobre de cualquier modo. Allí, seguramente, estaba el secreto de la vida de su padre. Lo abrió cuidadosamente, con unas tijeras. Contenía una carta manuscrita con una letra parecida a la del documento que había encontrado antes, dirigida a su madre, fechada en Londres en 1948. Y decía:

> *Querida Agatha:*
> *Me han devuelto, sin abrir, todas las cartas que te escribí con remitente. Y supongo que las que no indicaban a dónde ser devueltas las habrás roto o quemado también sin abrirlas. Agatha, te quiero y te he querido siempre. Necesito que me creas y hagas un esfuerzo por comprenderme. La vida de cada hombre no puede estar reducida a su existencia particular y egoísta. Los seres humanos debemos ser solidarios de otros seres humanos. Recuerda a John Donne: «Ningún hombre es una isla». Compréndeme, Agatha. ¡Te lo suplico!*

Nunca pensé que tomaras así las cosas, pues creí que si verdaderamente me querías me entenderías. O, por lo menos, me perdonarías. Pero han pasado doce años, doce años terribles, quizá los peores de todo el siglo XX, y tú mantienes tu actitud de absoluta indiferencia, ignorando mis ruegos que ni siquiera lees. Me condenas sin escucharme. Pero no creas que lo que hice lo hice yo solo. Bastantes compatriotas tuyos lo hicieron también, algunos de Yale y de Harvard. Y conmigo estuvo gente de Cambridge y de Oxford, profesores, poetas y escritores que sintieron y actuaron como yo. Y de todos los que tengo noticia, ninguno ha sido tratado por sus seres queridos como yo lo he sido por ti.
¿Por qué yo sólo estoy condenado al desamor?
Te ama por encima de todo

Nigel.

- Tengo que ir a Londres. En realidad no sé ni cuánto tardaré ni si tendré que ir a otros países. Pero, debes comprenderme, tengo que encontrar a mi padre.
- Lo entiendo, entiendo tu angustia. Lo que no entiendo es por qué tu madre te dijo durante toda su vida que tu padre había muerto para revelar, ya en su lecho de muerte, que está vivo.
- Yo tampoco lo entiendo. Hay un gran misterio en nuestras vidas, en la de mis padres, que necesito conocer. Tendrás que perdonarme que te deje todo el trabajo. Creo que debemos hacer un arreglo para que tú te lleves el total de las utilidades durante el tiempo que yo no trabaje.
- ¡Por favor, Colin! Si estuvieses enredado con una bailarina de strip-tease y por ella dejaras el trabajo, tal vez te lo aceptase, pero por un asunto como ése... Tómate todo el tiempo que necesites y no te preocupes de nada. Yo te mandaré los fondos que te hagan falta, a donde los necesites, tan pronto me lo digas.

Colin y Thomas se conocieron en Princeton. Ambos habían pedido, en su hoja de ingreso a la universidad, un cuarto doble, a compartir con un compañero. Y el día de su llegada al dormitorio se encontraron frente a frente en el que sería su cuarto durante mucho tiempo. La curiosidad por conocer al otro, junto con el carácter más bien pacífico y amable de ambos, hizo que se llevaran bien. Al término del primer año, cuando muchos de sus compañeros optaron por pedir un cuarto sencillo para el resto de la carrera, ellos decidieron seguir juntos. Nadie se molestaba si uno de ellos tenía que estudiar hasta muy tarde por la noche y el otro tenía sueño y se dormía temprano. Además, compartían libros y discos favoritos, se reían de los mismos chistes, iban a las mismas fiestas y, con los años, se volvieron uña y carne.

Hicieron, pues, juntos toda la universidad y al terminarla acordaron formar un negocio de importaciones y exportaciones. Estaban perfectamente conscientes de que nunca iban a conocer a ningún otro socio tan bien como se conocían el uno al otro, y que esa confianza que se tenían valía mucho. Cada uno puso, con el préstamo familiar respectivo, la mitad del capital y cada uno hacía la mitad del trabajo. Les fue tan bien que al cumplir la empresa el segundo año ya habían pagado el préstamo a sus familias y el negocio marchaba con excelente ritmo.

- Para decirte toda la verdad–, dijo Thomas, –tu caso me ha dejado estupefacto.

- Pues imagínate cómo estaré yo. Cuando recibí aquel telegrama del notario... Por cierto, estoy tan trastornado que ni siquiera te pregunté si se hundió el negocio de la India.

- No, tuve que mentir un poco a Vasant diciéndole que habías enfermado súbitamente, pero con dos conversaciones telefónicas lo arreglé. Compramos todo y logramos otro cinco por ciento de descuento. Y en verdad no mentí. Tú estabas realmente enfermo. Despreocúpate de todo y vete a Londres. ¡Y que tengas suerte!

DELHI, 1937

Su conocimiento del inglés y el español había proporcionado a Manavendra un buen trabajo en una compañía inglesa exportadora de especias de la India.

Trabajó en ella algún tiempo y hubiera progresado de no ser porque cuando fue detenido por participar en manifestaciones antibritánicas la policía informó a la empresa y ésta canceló su contrato.

Después de eso, se concentró en su trabajo político en el Partido del Congreso en una imprenta clandestina en la que se imprimían las directivas de Mahatma Gandhi y los manifiestos del Partido en las etapas en que éste era perseguido por las autoridades coloniales. No ganaba tanto como antes, pero el Partido cubría, aunque estrictamente, todas sus necesidades, que eran pocas pues estaba soltero.

Un día le dieron una noticia que le dejó sorprendido y emocionado: el Pandit Nehru, que hacía poco tiempo que había salido de la cárcel, quería verle.

Manavendra no imaginaba qué pudiese desear de él nada menos que el Pandit Nehru, a quien había visto unas pocas veces y solamente en actos políticos del Partido del Congreso.

Casi tembloroso acudió a la cita. Después de una breve espera, le hicieron pasar. Entró al despacho del líder y vio a Nehru vestido impecablemente de blanco, como acostumbraba, salvo el chaleco de lana tejida a mano en uno de los ashrams que auspiciaba Gandhi. Parecía un *tweed* de varios tonos de café, desde un crema claro a un moka muy oscuro. Nehru sonrió y avanzó hacia él con un *namaskar* en los labios y las manos juntas en el tradicional *añjali*.

Manavendra se apresuró a tocarle los zapatos con las manos que se llevó a la frente en demostración de respeto y reverencia. Nehru trató de impedir este gesto, tomándolo por los hombros e incorporándolo.

Manavendra permaneció callado, esperando que el Pandit le dijera por qué lo había llamado.

- Manavendra Bajpai –dijo Nehru–, sé que eres un fiel militante del Partido del Congreso. Sé que también has visitado las cárceles inglesas.

- Así ha sido, Panditji –respondió Manavendra, agregando el sufijo honorífico "ji" que se deriva del sánscrito *arya* a través del prácrito *ajja* y que se usa tanto en hindi.

- Ahora te necesito.

- Estoy enteramente a lo que usted mande.

- Me han dicho que hablas bien el español. ¿Es cierto?

- Sí, Panditji. Hablo inglés –la conversación era en hindi–, español y bengalí.

- Pues te necesito.

- ¿Qué debo hacer?

- Vendrás conmigo a España. Nuestro Partido tiene que ser solidario con las causas justas. Y la de la España republicana es una causa justa.

LONDRES Y PARÍS, 1985

La dirección de Percy Street era una casa de huéspedes. Pero habían pasado más de treinta años y los dueños, la dueña, para ser exactos, ya no era la misma de 1948.

- Lo siento mucho, no puedo hacer nada.
- Perdóneme que insista, pero el caso es... Bueno, la verdad es que el hombre que busco es mi padre. No sabemos de él desde entonces.
- ¡Espere! Recuerdo que la casa llevaba un libro en el que anotaban las nuevas direcciones de los huéspedes que se iban, para reexpedirles la correspondencia. Lo malo es que eso está en el desván y...
- Si usted quiere, yo puedo buscarlo.
- No, gracias. Mañana por la tarde tengo tiempo y lo buscaré yo misma. ¿Podría regresar pasado mañana, el jueves?
- Sí, con mucho gusto. Y muchas gracias.
- El nombre es Whitman, ¿no?
- Sí, Nigel Whitman.
- Lo recordaré. Deséeme suerte para que encuentre lo que usted necesita.
- ¡Me la deseo a mí mismo!

La puerta se cerró y Colin pensó que había tenido suerte. La señora Brown era amable, simpática y deseosa de ayudar, y nada tenía que ver con la proverbial dueña de casa de huéspedes gruñona y antipática.

Lo que no impidió que Londres le pareciera más tedioso e insoportable que nunca. Recorrió despacio toda Oxford Street, una vez por cada acera, y cualquiera que lo hubiese notado habría creído que estaba viendo las vitrinas del comercio. Pero la verdad es que las veía sin mirarlas, mecánicamente, porque sus pensamientos estaban en otra parte, en el ansia casi biológica de encontrar a su padre y en la angustia de desentrañar el misterio en torno a él. A cada instante miraba el reloj y el tiempo le parecía detenido.

Convencido de que de seguir así se torturaría inútilmente, decidió distraerse y fue al museo de cera de Madame Tussaud en Baker Street, la misma calle en la que enseñan «la casa de Sherlock Holmes».

En el museo vio a Guy Fawkes a punto de volar el Parlamento, a las hermanas Bronte y a Enrique VIII con todas sus esposas. Miró de muy cerca a la reina Victoria y a Winston Churchill, además de acercarse a un cañón de barco en plena batalla de Trafalgar y observar algunos criminales famosos en la «cámara de los horrores». Pero sus momentos de distracción eran breves. Su cerebro volvía una y otra vez a su problema.

Al salir pensó en visitar la casa de Sherlock Holmes pero súbitamente, riendo de su propia estupidez, sintió ira porque Holmes no existiera realmente para que le ayudase a encontrar a su padre. Y no fue.

Recorrió varios *pubs*, huyendo todo el tiempo del regreso al hotel porque sabía que sería mucho peor la espera entre cuatro paredes. Por la calle Baker caminó hasta Oxford Street y por Regent hasta Picadilly Circus; vagó sin rumbo por muchas otras calles y sólo cuando estaba tan cansado que no podía más, tomó un taxi hasta su hotel.

Todo el miércoles anduvo también en la calle. Paseó por Hyde Park, Park Lane y otros lugares y plazas hasta agotarse. Comió en la calle *fish and chips* (pescado y patatas fritas) y por fin cayó rendido en la cama.

A primera hora del jueves llegó a Percy Street.

- Tuvo usted suerte. Encontré el libro de las direcciones y el nombre: Nigel Whitman. Vea, dejó la casa en 1949 y encargó que la correspondencia le fuese remitida a cargo de Marcel Dupont, 3 rue André Bréchet, Saint-Ouen, París.

- Muchas gracias.

Al día siguiente estaba en París, llegando a la dirección indicada.

La portera no tendría más de treinta o treinta y cinco años.

- No, señor, aquí no vive ningún Marcel Dupont. Y en los diez años que llevo aquí tampoco ha vivido.

- Le ruego que recuerde o que me indique alguien que pudiera saberlo. Es para mí un asunto de vida o muerte.

La conserje le miró con suspicacia.

- ¿De vida o muerte?

- Es a mi padre a quien busco. Y él dio como dirección para recibir cartas la de Marcel Dupont, aquí en Saint-Ouen, en esta casa.

Los cabellos despeinados parecieron suavizarse y la mirada pasó de la sospecha a la comprensión mientras la mujer se rascaba pensativa la cabeza.

- Pues lo siento, pero no recuerdo... Aunque hay una señora que lleva aquí treinta años. No sé si le servirá hablar con ella, porque ya está mal de la cabeza, se le olvidan las cosas.

Colin se felicitó de que su educación hubiera incluido el dominio de la lengua francesa. De no ser así, este viaje se le habría complicado mucho.

- Suba, si quiere, es el segundo a la izquierda. Se llama madame Sartrou.

La puerta era tan vieja y descascarada como las demás del edificio, uno de esos viejos inmuebles de París que aparentan tener siglos y muchas veces los tienen.

- ¿Quién es?

- Madame Sartrou, necesito hablarle.

- A mí ya nadie necesita hablarme. ¡Váyase!

- Se lo ruego, es algo muy importante.

Desde el común de la humana ignorancia, con su crueldad habitual, podría decirse que abrió la puerta una vieja bruja. Pero desde el respeto debido a nuestros semejantes, fue sólo una anciana con los cabellos alborotados la que le miró escrutadoramente por una rendija ya que la puerta estaba sujeta con una cadena.

- ¿No le preguntó a la conserje?

- Ella me envía con usted.

- ¿Qué es lo que quiere?

- Estoy buscando al señor Marcel Dupont.

— ¿El viejo Marcel? ¿Y para qué?

— Mi padre desapareció y era amigo del señor Dupont, de manera que dejó la dirección de él para que le reexpidieran la correspondencia. Por eso le busco. La vieja quitó la cadena y la puerta se abrió.

— Pase, pase. Y siéntese, si puede.

Entró a una sala en desorden, con muchos objetos heterogéneos por el suelo y encima de los muebles, ocupando totalmente un viejo tresillo luído, con flecos que denunciaban su pertenencia a una época ya olvidada.

La mujer quitó de un sillón la jaula de un canario, la puso en una cómoda, levantó al gato que había ocupado su sillón, lo puso en su regazo al sentarse y le señaló el sillón que había ocupado el canario.

— Le recibo por tratarse de alguien que busca al viejo Marcel. Pero Marcel murió hace quince años. Lo siento.

Colin sintió una vez más, casi físicamente, cómo se hundía su esperanza.

— ¿No dejó algún familiar, algún amigo?

— No, que yo sepa.

— ¿Usted le conoció?

— No sólo lo conocí. Era mi amigo. Una de las pocas personas decentes que he conocido en mi larga vida.

— ¿Y no tenía hijos?

— No tuvo tiempo. Llevó una vida muy difícil y muy ocupada. Luchó en la Resistencia, estuvo en Vercors al mando de una compañía de *maquisards* (guerrilleros) y ya había luchado antes. Si yo le contase...

— Debe haber tenido un amigo, alguien.

— Ahora que lo dice... Sí, tenía un amigo muy querido, se llamaba René Gobariau.

— ¿Y dónde está?

— Tenía un quiosco de periódicos y revistas en la plaza de la Bolsa, en el noveno distrito. Creo que vivía en alguna de las calles que dan a la rue Lafayette, Cadet o Bellefond, no sé. Lo del quiosco sí, de eso estoy segura.

— René Gobariau. Muchas gracias. Lo buscaré.

Le pareció que tardaba demasiado el metro hasta la Place de la Bourse. Era un intento absurdo, totalmente absurdo y sin esperanza alguna, pero había que hacerlo. Era su única posibilidad de mantener el hilo que podría conducirlo a su padre. Y a su misterio.

En la Place de la Bourse había dos puestos de periódicos. En el primero, cerca de la salida del metro, encontró una mujer joven.

- Perdone, busco al señor René Gobariau. ¿Lo conoce?
- Está en el otro quiosco, al otro lado de la plaza, pero no se llama René, sino Jean.

Cruzó toda la plaza a paso vivo.

- Perdone, busco a René Gobariau.
- ¿Para qué lo quiere?
- Era amigo de mi padre. Estoy buscando a mi padre y quizá él sepa dónde está o dónde fue.
- René Gobariau era mi padre. Murió hace unos cinco años.
- ¿No habrá alguien que fuese su amigo? Quizá algún amigo del padre de usted pudo haber conocido al mío.
- No, sus amigos ya no vivían. El más íntimo fue Marcel Dupont, y murió antes que él.
- Sí, precisamente en la casa en que vivió Marcel Dupont me dieron el nombre de su padre.
- ¿La anciana del segundo a la izquierda?
- La misma, madame Sartrou.
- Pues lo siento, no puedo hacer nada. El único gran amigo, amigo de hace treinta o cuarenta años, que le quedaba a mi padre es griego y está en Atenas.
- ¿Tiene su nombre y sus señas?
- Debe estar entre los papeles de mi padre. Mañana se lo traigo, si es que lo encuentro.

Entró a tomar un café en «Le Vaudeville». Otra vez una esperanza que muere y otra que nace. Pero tomando en cuenta que seguía una pista de 1948, se consideró muy afortunado.

Al día siguiente no recordaba nada de lo que hizo desde que se despidió de Jean Gobariau porque sólo había pensado en él.

Lo recibió con una sonrisa:

- Encontré dos amigos de los que mi padre hablaba mucho. Aquí están los nombres y dónde viven.

- No sabe cuánto le agradezco–, dijo William al tomar el papel. –Si pudiera corresponder de algún modo...

- No hay nada que agradecer. Si su padre era amigo del mío y de gente como ésa, era alguien que valía la pena.

Colin estaba leyendo los nombres:

Dimitrios Vidalis, Thespidos A-L, Plaka, Atenas.

Laszlo Sedlachek, 5 Fatyolka, Praga.

- Vuelvo a darle las gracias, muy sinceramente.

Empezó a caminar y Jean Gobariau le miró con aire dubitativo. Colin se alejó unos pasos cuando escuchó que le llamaban:

- ¡Espere! ¡Por favor!

Regresó al puesto de periódicos.

- Dígame.

Jean tenía unos papeles en la mano y una expresión indecisa.

- Mi padre luchó en la Resistencia y durante la liberación de París encontró estos papeles en el macuto de un soldado alemán. Está escrito en francés. Es interesante pero no creo que a usted le sirva de nada, por eso he dudado en dárselo. Sin embargo, si su padre era amigo del mío y de gente como Marcel Dupont o Vidalis, creo que vale la pena darle esta fotocopia.

- Se lo agradezco. Todo puede servirme. ¿Dice usted que era de un soldado alemán?

- Sí, fue uno de los que murieron en La Cité, cerca de la Prefectura. Mi padre estaba con las fuerzas de Rol Tanguy.

Nada de eso tenía significado para Colin Whitman, educado en Princeton y cuyo francés no había tenido más objeto que poder leer a Molière, Montaigne, Voltaire y otras glorias de Francia. Pero cualquier papel relacionado con la misteriosa vida de su padre le interesaba mucho. Por lo cual se apresuró rápidamente a llegar al hotel para leerlo. Papeles encontrados en el macuto de un soldado alemán en 1944, durante la liberación de París. Pudiera ser, para entonces su padre ya había desaparecido y él tenía ocho años de edad.

Comenzó a leer:

Un día comenzó el horror.
Los que había aprendido en Mein Kampf que "el arte y la ciencia eran alemanes", que... "el que poseía y difundía verdaderas ideas artísticas era el alemán"; los que habían incrustado en sus mentes que "el porvenir de un movimiento depende del fanatismo y aun de la intolerancia con que lo exaltan sus partidarios"; los que se habían desembarazado "de la idea de que el manejo del cuerpo de cada cual es un negocio reservado exclusivamente al individuo", estaban actuando.
Los discípulos de Philipp Lenard, que dijo que la ciencia "es racial y está condicionada por la sangre"; los alumnos de Rudolph Tomaschek, el que escribió que "la física moderna es un instrumento del judaísmo para la destrucción de la ciencia nórdica" y que "la verdadera física es creación del espíritu alemán", todos ellos venían con antorchas que, paradójicamente, sólo servían para iluminar el oscurantismo.
Saltaban en torno al fuego y sus sombras agitadas deberían caer sobre la vegetación de la selva, pero caían sobre el pavimento. Gritaban como salvajes y deberían estar cubiertos con taparrabos, pero estaban vestidos. Parecían, por sus actos, aborígenes de algún territorio selvático, exótico y remoto, pero eran alumnos de una de las más famosas universidades de Europa.
Sean condenadas "todas las tendencias artísticas y literarias pertenecientes a algún género capaz de contribuir a la disgregación de nuestra vida como nación". Sean condenados los libros, sea condenada la cultura, sea condenado el pensamiento. Condenamos el pensamiento libre. Condenamos y anatematizamos los libros, base y fuente del pensamiento y de la cultura, para que sean destruidos y arrojados al fuego, como destruidos serán quienes los han escrito y quienes los han leído. Como destruidos

serán los judíos, los comunistas, los socialistas, los izquierdistas, los católicos, y los liberales.

Que todos ellos sean eliminados de Alemania y que para siempre se apague su luz.

Malditos sean por la eternidad, malditos en el Reich de un milenio.

No haya debilidades hacia ellos. Ni piedad. Ni compasión. Ni tolerancia.

Ni comprensión. Ni respeto. Ni trato.

Que el Führer los maldiga, que el Partido los maldiga, que las Secciones de Asalto los maldigan –antes de ser malditas ellas mismas–, que las Schutz-Staffel (SS) los maldigan, que la Gestapo los maldiga, que cada militante los maldiga, que cada alemán los maldiga y que sus libros sean arrojados al fuego.

Sea condenado el pensamiento donde quiera que esté, sea en la casa, en la calle, en la oficina, en el campo, en el bosque, en el agua o en alguna iglesia. Sea maldito en vida y muerte, sea maldito en todos sus aspectos.

Sean malditos Thomas y Heinrich Mann; sea maldito Lion Feuchtwabger; sean malditos Jakob Wassermann, Arnold y Stefan Zweig, por judíos; sea maldito Erich María Remarque, por pacifista; sean malditos todos los que osaron tener ideas propias y sean quemados sus libros; sea maldito Walter Rathenau y sea maldito el miserable judío Albert Einstein; sean malditos Alfred Kerr y Hugo Preuss y quede Alemania limpia para siempre de esa ralea que la ensucia y mancha a los verdaderos arios.

Sean malditos en vida y en muerte. Sean malditos en todas las facultades de su cuerpo. Sean malditos comiendo y bebiendo, hambrientos, sedientos, ayunando, durmiendo, sentados, parados, trabajando o descansando y sangrando.

Y sean malditos también los no alemanes que en cualquier parte del mundo hablen y escriban ideas que no estén en la raíz de la raza aria y que sus libros sean también quemados.

Al fuego Jack London, por cerdo comunista y maldito sea interior y exteriormente; al fuego Upton Sinclair, socializante de la degeneración norteamericana, y sea maldito en su vida y en su muerte; y sea maldita Hellen Keller y su libro al fuego, maldita inválida que exalta a los físicamente inferiores que deben ser eliminados para mejorar la raza, maldita sea en su vida y en su muerte; al fuego los libros de Margaret Sanger, H. G. Wells, Havelock Ellis, Arthur Schnitzler y André Gide, y malditos sean en su corazón y su cerebro, malditos en vida y en muerte.

Al fuego los libros del judío Sigmund Freud y los de Émile Zola y Marcel Proust y sean malditos ellos en sus entrañas.

Malditos todos ellos y todos los demás "que obren subversivamente contra nuestro futuro o ataquen las raíces del pensamiento alemán, la patria alemana y las fuerzas impulsoras de nuestro pueblo".

Todo esto lo vi y lo viví en la Plaza Unter den Linden, frente a la Universidad de Berlín, con miles de estudiantes con antorchas quemando libros, montones de libros, mientras en otras ciudades alemanas se hacía lo mismo.

Y entonces tomó la palabra el doctor Goebbels, en un discurso dirigido a los estudiantes:
- "El alma del pueblo alemán puede de nuevo expresarse por sí misma. Estas llamas no sólo iluminan el final definitivo de una vieja era; iluminan también la nueva".

En efecto, se iniciaba una nueva era, una era en la que el horror no tendría límites ni freno alguno. Estaba claro: malditos los libros, malditas las ideas, maldito el pensamiento. Aquel día, el 10 de mayo de 1933, sólo en el ámbito del Tercer Reich. Pero ese ámbito se ampliaría unos años después a toda Europa. En aquel momento comenzó todo.

Millones en el planeta fueron indiferentes. No oyeron, aunque tenían oídos; no vieron, aunque tenían ojos. Pensaron que si no eran judíos, ni liberales, ni izquierdistas, ni socialistas, ni comunistas, ni alemanes, no les afectaba nada.

Sin embargo, algunos en cada país lo entendieron. Algunos, sólo unos pocos en el conjunto del mundo, se dieron cuenta de que el horror no tendría límite ni freno alguno.

Años más tarde, yo, profesor alemán que cree en el espíritu humano, comprendí que Auschwitz comenzó cuando se quemó el primer libro.

Después de leer, permaneció pensativo un buen rato. El que escribió era, evidentemente, un alemán antinazi. Un profesor, un hombre culto y sensible horrorizado ante el nazismo y que, paradójicamente, fue a morir como soldado de Hitler.

Sí, pero ¿qué tenía que ver su padre con el nazismo?

No había relación alguna.

E inmediatamente activó su viaje a Grecia.

ATENAS, 1985

Apenas llegó al hotel de Atenas, alrededor de las once de la mañana, dejó su equipaje y corrió a buscar a Dimitrios Vidalis. Conocía Atenas de tiempo atrás, a consecuencia de varios viajes de placer y de negocios. Por Leóforos Amalias dobló a Kidathineon y de allí siguió derecho, subiendo por las calles de la Plaka, a Thespidos.

La gente estaba en la calle, muchos sentados a la puerta de sus casas. Al dar vuelta en alguna esquina se veía al Partenón, allá arriba, con esas columnas suyas que en un cierto sentido han sostenido buena parte de lo que hoy constituye el mundo. La parte no tecnológica, pensó, a pesar de los grandes sabios científicos que hubo en la antigua Grecia. La de ellos fue siempre una tecnología a la medida del hombre. La actual no.

Las casas y las calles del barrio de Plaka, en Atenas, parecen escenografía para reproducir un modo de vida que desgraciadamente está siendo desplazado del planeta cada vez con más fuerza. Las primeras veces que estuvo en Atenas, no podía ver el Partenón sin pensar en que Sócrates, Platón, Pericles y tantos otros hombres eminentes había pasado por allí. Pero ahora sólo pensaba en Dimitrios Vidalis y lo encontró al llegar a la casa que buscaba, puerta de madera pintada de verde sobre el blanco impoluto de la fachada. Y recostado contra ella, en una silla de madera y mimbre, con una sarta de cuentas azules en la mano derecha, cuyos dedos movía incesantemente, pasándolas de un lado a otro, un anciano con el rostro labrado de infinitas arrugas.

- Perdón, ¿Dimitrios Vidalis?

El viejo levantó la cabeza, pero sus ojos no indicaban que lo estuviese mirando.

- ¿Habla usted inglés? ¿O francés? Soy Colin Whitman.

Los ojillos del anciano parecieron brillar al oír el nombre, pero eso fue todo.

En la puerta de la casa apareció una mujer que le preguntó en francés:

- ¿Qué se le ofrece?

- Estoy buscando a mi padre que desapareció hace años. Y sé que fue amigo de Dimitrios Vidalis. ¿Es este señor?

- Sí, es mi padre. Pero ya es muy anciano. No recuerda nada y no reconoce a nadie.

- ¿No tiene señas de algún amigo, alguna referencia de algún otro compañero de la misma época?

- No, toda la casa y todo lo que teníamos se quemó durante la guerra. Lo siento.

Colin se volvió al viejo:

- ¿Conoció a Whitman? ¿Recuerda a Nigel Whitman?

- Nigel Whitman... –El anciano había susurrado el nombre. Después levantó la voz para decir, en inglés, –¡Nigel! ¡Cuánto tiempo!

Él se entusiasmó con ese indicio pero, por más que insistió, no hubo ninguna otra señal de que hubiera entendido o recordado. Se despidió de la hija dándole las gracias y comenzó a descender por Thespidos. Y entonces, el viejo comenzó a cantar.

Empezó muy ténue, con una voz que casi no se oía. Y poco a poco fue subiendo. Colin se detuvo muy sorprendido porque la canción era norteamericana o irlandesa, una canción que nada tenía que ver con la Plaka, ni con Atenas, ni con un anciano griego.

Él la conocía como «Red River Valley» pero el viejo Vidalis la cantaba con una letra para él desconocida. Y las palabras en inglés se desgranaban en el acento griego y parecían rodar por las inclinadas y empedradas calles de la Plaka:

We are proud of the Lincoln Batallion,
and the fight for Madrid
that we made,
there we fell like you,
sons of the people,
as a part of the
Fifteen Brigade. (1)

1. Estamos orgullosos del Batallón Lincoln, y de la lucha que libramos por Madrid; allí caímos como vosotros, hijos del pueblo, como parte de la Quince Brigada.

OCÉANO ATLÁNTICO, 1935-36

A Filogonio le tocó en suerte el capitán más borracho que jamás haya navegado por los siete mares. Y esto es mucho decir, pues los marinos afectos al ron o a la ginebra, o a cualquier otro destilado, han sido muy abundantes a lo largo de la historia de la navegación.

Pero ése fue el destino de Filogonio. Además, y esto era original, cuando el capitán estaba muy ebrio, es decir, casi siempre, gustaba de contar sus aventuras, para lo cual necesitaba auditorio. Y como todos a bordo estaban hartos de lo mismo por años, Filogonio, «Filo», fue el encargado de escuchar al capitán horas enteras, día tras día, mientras el segundo de a bordo gobernaba el barco.

El capitán, al que llamaban «Capitán Kidd», sin que se sepa que pudiera tener relación alguna con el legendario pirata, medía un metro noventa y cinco, tenía cabellos color paja, siempre en desorden, unas cejas que parecían marquesinas y una mirada dulce, azul muy claro, como incrustada por error en ese corpachón y en un rostro curtido por los vientos marinos y labrado por los años.

Y este capitán, cuyo verdadero nombre nunca llegó a saber Filo, no se conformaba con hablar, sino que exigía que se le escuchase y se le dieran opiniones, naturalmente favorables, pero documentadas en el relato. Debido a esta exigencia de su carácter, el capitán se veía obligado a explicar cuidadosamente a Filo, que no sabía inglés, todo lo que le contaba. A veces con gestos, otras repitiendo una palabra y explicándola con mímica, en algunas ocasiones con un hablar lento y muy modulado.

Y como no había nadie en el barco que hablase español –cosa insólitamente frecuente en barcos de bandera panameña–, a los cinco meses de estar a bordo, Filogonio no sólo había ido tres veces de América a Europa y regreso, sino que hablaba ya inglés con cualquiera. Ciertamente un inglés que hubiera horrorizado a cualquier británico, provocado una crisis nerviosa a un profesor de Oxford o de Cambridge y causado la muerte instantánea de Shakespeare si hubiera estado vivo para escucharlo.

Pero, elegancias idiomáticas aparte, lo esencial de los idiomas es que sirvan para entender y hacerse entender y eso ya lo había logrado Filo, aunque no por ello dejaba de perfeccionarse en la lengua recién adquirida.

El «Albatros», nombre nada original, por cierto, y copiado de una novela de Salgari, era un viejo barco mercante dedicado a fletes de empresas pequeñas o de particulares nada exigentes, que preferían correr el riesgo de perder la carga a pagar los altos fletes de las líneas seguras e importantes. Y, de todas formas, la carga iba asegurada, a menor precio de su valor real, para que en caso de desastre no se perdiera todo. Por cierto, la razón de que el «Capitán Kidd» conservase su puesto a pesar de que quien gobernaba el barco era el segundo, un griego llamado Aquiles Papadopoulos, era muy sencilla: el capitán era el dueño y armador del barco.

Papadopoulos era la antítesis del capitán. Pelo muy negro, cejas negras y barba cerrada jamás bien afeitada, en un rostro recio con los ojos también negros. Pero lo más original era su estatura: difícilmente alcanzaba el uno sesenta, con tacones. Por lo tanto, era todo un espectáculo verle hablar con el capitán en las ocasiones en que ambos estaban de pie. Pero, eso sí, era un marino experto y muy competente. Papadopoulos no tuvo inconveniente alguno en que Hauptmann no hiciera casi nada más que escuchar al capitán. Antes de Filo, era él quien debía oír historias y cuentos cientos y cientos de veces en los diez años que llevaba en el barco. Y como tenía participación en las ganancias, le convenía más dedicarse al trabajo mientras el capitán y propietario contaba sus aventuras al nuevo marinero.

De manera que todo el mundo estaba contento y Filogonio iba aprendiendo inglés.

- Antes de que tú llegaras –contaba el capitán a Filogonio–, hicimos algunos viajes a Etiopía. Yo mismo hacía mis fletes: les compraba algunas cosas y vendía otras y todos ganábamos. Íbamos a Djibouti, en el Mar Rojo, pero tuve que dejarlo porque los fascistas italianos atacaron a los pobres abisinios. Los fascistas con ametralladoras, tanques, cañones y morteros; los etíopes con lanzas y flechas. Y la Sociedad de Naciones más inútil que una gallina para defenderse de dos zorras. Allí conocí el fascismo.

- ¿El fascismo? –dijo Filogonio–. ¿Qué es el fascismo?

- El de Mussolini en Italia. El de Hitler en Alemania. Los reconoces porque levantan el brazo con la mano extendida, como si se interesasen en saber si está lloviendo. Pero son malos, te lo digo yo.

El capitán llenó su vaso y lo chocó con el de Filogonio, que lo tenía enfrente y lo chocaba en los brindis, pero que nunca bebía. Afortunadamente el capitán, caso poco frecuente entre los borrachos, no mostraba interés en que su interlocutor bebiese. Lo único que quería era ser escuchado.

- Los fascistas mataban a los pobres negros como si cazaran patos. Los fascistas son asesinos, si lo sabré yo. Mira, esto no lo cuento nunca porque me da vergüenza, pero te lo voy a decir: la última vez que estuve en Abisinia vi a los fascistas matar a veinte negritos. Seis o siete eran niños, de diez a doce años. Pero los asesinaron. Parece que habían tirado piedras a los soldados o algo así. Y los mataron allí, delante de mí. Me da vergüenza.

-¿Por qué? ¡Usted no los mató!

- No, pero los vi asesinar y no hice nada. ¿Comprendes? ¡No hice ni dije nada!

- No era asunto suyo.

- ¿Asunto mío? Mira, mexicanito, debes aprender que todo lo que se relacione con hombres y mujeres es asunto tuyo y mío, y de los demás seres humanos. Hasta que no entiendas eso, y lo entiendas bien, no serás un hombre verdadero, aunque lo parezcas. Hay muchos que parecen hombres, pero no lo son.

- Es que...
- ¿Crees que estás solo en el mundo? ¿Que los demás no te importan? Tu querías salir de tu pueblo, de tu país. Por lo que fuera, pero querías irte, ¿o no?
- Sí.
- ¿Y hubieras podido hacerlo sin la ayuda de otros hombres, en este caso la nuestra? ¿Habrías podido viajar nadando?
- Porque no tengo dinero.
- No seas idiota. Si hubieses tenido dinero, todo el dinero que quieras, sería lo mismo. Tendrías que haber comprado, o alquilado, o tomado un camarote en un barco hecho por otros hombres, porque los barcos no se hacen solos, y con una tripulación humana que lo hiciera navegar. Habrías tenido que apoyarte en otros seres humanos como tú. Piénsalo, cernícalo.
- Visto así...
- No hay otra forma de verlo. Nadie es una estrella sola en el espacio. Todo ser humano nació de hembra humana, fecundada por macho humano, y no hubiera podido valerse por sí mismo durante los primeros años sin la ayuda de otros humanos, fuesen ellos sus padres u otros. Y toda la vida estará, a cada paso que dé, en relación con otros como él, con otras personas, con gente de su especie. ¿Lo entiendes?
- Sí, claro.
- Por lo tanto, nadie que se sienta persona puede abandonar a otras personas o decir que no le importa lo que les pase. Yo sí lo aprendí, en Abisinia. Pero me resarcí.
- ¿Cómo?
- El otro fascismo, que es peor aún, el de los alemanes, está persiguiendo y asesinando a los judíos sólo por ser judíos. Y yo estuve, con el «Albatros», sacando judíos de Alemania hasta que me descubrieron. Es verdad que algunos pagaban muy bien, pero otros muchos no pagaban o pagaban muy poco y yo les sacaba igual de aquel infierno. Cuando me descubrieron, me ordenó detenerme un barco de guerra alemán ya casi en el límite de las aguas jurisdiccionales. Yo llevaba ciento cincuenta judíos, incluyendo mujeres y niños. Pensando dónde iban a parar si los agarraban los nazis, preferí salir a toda máquina a riesgo de que nos mata-

ran a todos. Dispararon delante de la proa un cañonazo para que nos detuviésemos, cuando ya muy probablemente habíamos salido de las aguas alemanas. Y entonces, se produjo el milagro: casi con el estruendo del cañonazo apareció, como caída del cielo, una fragata inglesa, de la Royal Navy. Los alemanes se hicieron los distraídos virando hacia sus aguas y mis judíos y yo nos salvamos. Pero claro, no puedo volver nunca a esas costas. Por eso ahora llevo carga inofensiva.

–¿Y cómo son los judíos?

–¿Cómo quieres que sean? ¡Como tú y yo! Todos los que yo conocí tenían dos ojos, una nariz, una boca, dos brazos y dos piernas.

–¿No son ellos los que mataron a Cristo?

–¡No seas idiota! Cristo murió hace más de mil años. ¿Cómo podrían haberlo matado los judíos de hoy?

- No, si yo no soy creyente. Dije eso porque lo oí en alguna parte, no sé dónde. Pero en mi pueblo nos enseñaban desde niños a quemar figuras y estampas de santos, cruces y lo demás de la Iglesia.

–¡Ése es el error de todos vosotros! Creer que cuando me emborracho pierdo la conciencia. Yo soy siempre un borracho consciente. Y te equivocas si crees que me vas a hacer tragar lo que me has dicho.

- Pues es la verdad, capitán.

–¿De dónde diablos eres?

–De México, capitán, del estado de Tabasco en la República Mexicana.

- Pues yo creía que México era un país católico.

–Lo es, pero no Tabasco. Allí gobierna Garrido Canabal, que es un señor que no quiere saber nada ni de obispos, ni de curas ni de monjas. Les obliga a casarse o los expulsa del estado.

El capitán estaba estupefacto. Le miró atentamente convenciéndose de que Filo no le estaba tomando el pelo.

–¡Nunca deja uno de saber cosas nuevas! –dijo.

En el puente de mando, Papadopoulos fumaba tranquilamente una pipa, encantado de no tener que soportar los relatos del capitán.

NUEVA YORK, 1985

Tras su fracaso en Atenas, que subrayaba los anteriores de Londres y París, Colin volvió a Nueva York y se dedicó a revisar la casa de su madre y su contenido casi centímetro a centímetro. Los libros, página por página, los sobres y las cartas, leyendo hasta la última letra, los objetos, levantándolos para ver qué había debajo, los viejos floreros, vaciados de polvo y de basura para ver si no escondían algo.

Y cuando estaba más desesperado que nunca, descubrió un doble fondo en el viejo costurero de su madre que contenía varios sobres.

El primero era una carta de Elizabeth Mary Guthrie, desde Estados Unidos, dirigida a Agatha Whitman, en Londres, en octubre de 1936:

> *Querida Agatha:*
> *Desde que leí tu carta estoy aterrorizada. Jamás pude sospechar que te ocurriese algo así. Nunca creí que los enemigos de Dios y de la patria pudiesen descender tan bajo como para fingir amor y hasta casarse. No debes decirle nunca que tiene un hijo, para que no pueda contaminarlo. Lo que me dices que vas a hacer es lo único que puede hacerse: no volver a tener con él relación ninguna, ni por carta ni menos aún en persona. Que no vuelva a saber nada de tí, que nunca reciba una letra o un recado tuyo.*
> *No sabes cuánto siento, amiga querida, que tengas que sufrir un dolor tan grande, estando a punto de tener a tu hijo. Dios te dará fuerzas. Espero que,*

como me dices, tan pronto te sea posible regreses a la patria. ¡Bastantes malos recuerdos tendrás de Inglaterra durante toda tu vida!

Amor y besitos,
Elizabeth

El segundo, también dirigido a su madre en el mismo mes de octubre de 1936, contenía una carta procedente de Liverpool, de una tal Mary, que decía:

Querida Agatha:
Ya que me cuentas tu problema y me pides opinión, te diré que creo que no debes apresurarte. Tómalo con calma y analízalo con la mayor ecuanimidad posible.
No estoy segura de que el hecho de que Nigel se haya enrolado en las Brigadas Internacionales en España signifique precisamente que sea comunista. Hasta aquí han llegado informaciones de que gente no comunista (concretamente dos muchachos de Liverpool) también ha ido a España, a defender la democracia. Se llaman "Voluntarios de la Libertad". Y aunque vayan comunistas no todos lo son.
En fin, querida Agatha, siento muchísimo que estés en esa situación y que no le hayas dicho que va a ser padre. Quizás eso le hubiese hecho recapacitar.

Con la amistad de siempre,
Mary

Al margen izquierdo de la carta, la enérgica mano de su madre había escrito con tinta: *¡Imbécil!*
Otra carta más, procedente de Boston, era categórica:

Lo único que puede hacer una Hija de la Revolución Americana es mantenerse firme y no tratar jamás, ¡jamás!, con un sujeto de tal calaña, agente del Kremlin y peligroso para los ideales americanos.

De modo que eso había sido: su padre se había enrolado en las Brigadas Internacionales de la Guerra Civil Española y su madre no se lo había perdonado nunca. Tendría que investigar a fondo todo lo relacionado con esas brigadas y buscar a los supervivientes de ellas.

Recordó la mención de Madrid en la canción del viejo griego y las palabras de Jean Gobariau y todo comenzó a tener sentido, incluso aquel texto sobre el nazismo encontrado en un libro y escrito seguramente por su padre.

Lo sacó del cajón en que lo había colocado y lo leyó y lo releyó, llenándose el espíritu con la idea de que estaba viendo no sólo las ideas, sino la letra manuscrita de su padre. Estaba fechado en 1933, el año en que Hitler llegó al poder. «Un fantasma recorre Europa», ése era el inicio del Manifiesto Comunista. ¿Sería realmente comunista Nigel Whitman?

Leyó: «Muchos fingen no verlo ni sentirlo. Pero les caerá encima». Tenía razon Nigel Whitman. La Segunda Guerra Mundial lo había demostrado. Londres destrozado, París invadido. Y el remate: «Otros, hemos decidido combatirlo». Y lo hizo. Nigel Whitman hubiera estado con su hijo en las grandes manifestaciones de Washington contra la guerra de Viet Nam. Era estúpido acusar de comunista a cualquiera que amase la paz y la democracia, y esa estupidez Colin la había visto y vivido. Probablemente sería igual o peor en tiempos de su padre. Quiso ordenar sus ideas. Por lo pronto necesitaba leer sobre la Guerra de España, necesitaba informarse sobre las Brigadas Internacionales.

Fue a la biblioteca para anotar los títulos de los libros que deseaba adquirir sobre el tema. El primero se llamaba precisamente *The Spanish Civil War (La Guerra Civil Española)* y era de un historiador inglés, Hugh Thomas. También encontró, de Vincent Brome, *The International Brigades, Spain 1936-39*, Londres, 1965. De Jacques Delperrier de Bayac: *Les Brigades Internationales*, París, 1968. De Peter Elstob: *L'Épopée d'Espagne; Brigades Internationales*, París, 1957. De Gabriel Jackson, *The Spanish Republic and the Civil War*, Princeton University Press, 1965. Y, desde luego, no podía olvidar la obra de Hemingway:

For Whom the Bell Tolls. Esta última la había leído en su juventud y le había agradado. Pero ahora que sabía que su padre había sido, tal vez, un Roberto Jordan, y había tratado con gente como la que Hemingway describe, tendría que leerla con mucha más atención.

Durante casi un mes no hizo otra cosa que leer acerca de la Guerra de España. Cuando terminó, había decidido buscar a Laszlo Sedlachek en Praga.

ALBACETE Y MADRID, OCTUBRE-NOVIEMBRE DE 1936

Albacete, nombre de origen árabe, era en 1936 una ciudad provinciana, más bien gris, famosa solamente por sus navajas, esos cuchillos portátiles que se caracterizan porque la hoja se guarda en el mango. Las navajas de Albacete eran las mejores de España, así como el mejor acero para espadas era el de Toledo.

Albacete estaba situado estratégicamente y fue habilitado por el gobierno republicano como base para las Brigadas Internacionales.

Por ello, del colegio de las monjas dominicas, cerca de la vía del tren, a la plaza de toros, en las afueras, y al edificio de la antigua Guardia Civil, rebautizada «Guardia Republicana», todo Albacete era un pandemónium lingüístico: francés, inglés, alemán, italiano, griego, croata, búlgaro, eslovaco, húngaro, polaco, sueco y otros idiomas se escuchaban en cuarteles, calles y plazas.

Los recién llegados haciendo la instrucción militar; grupos de brigadistas veteranos de otras guerras en pleno entrenamiento; mensajeros corriendo de un lado a otro con órdenes, instrucciones o partes; casi no había un lugar en el que la gente estuviese quieta.

Habían llegado de las naciones más lejanas, desde lugares en los que España no era más que el nombre de algo remoto y no fácilmente identificable, hasta de la vecina Francia. Habían vendido sus cosas para tener dinero para el viaje, por lo menos hasta París, donde algunos centros de reclutamiento les ayudaban a llegar a España. Unos tomaron trenes de mercancías, de noche, bajándose todavía en marcha, antes de llegar a las estaciones, para no ser descubiertos. Algunos navegaron en barcos de pesca, otros en barcos de cabotaje, muchos utilizaron ómnibus para atravesar Europa. No pocos tuvieron que escapar de la policía de sus países; algunos utilizaron documentación falsa para ello.

Los había que llegaban con sus familiares al centro de reclutamiento en la rue Lafayette de París. Los había que se inscribían con sus hijos, como un austríaco con el suyo de dieciséis años. Algunos llevaban cazadora de cuero y un cierto equipo militar mientras otros llegaban prácticamente en harapos. Alemanes antinazis e italianos antifascistas; gente de los Balcanes escapada de gobiernos dictatoriales; trabajadores de diversas naciones emigrados en Francia. Algunos llegaban con paquetes, otros con maletas, los más con lo puesto y una mochila.

Los que llegaban por Francia entraban por Figueras y se concentraban en el castillo de esa ciudad catalana. Los que llegaban por mar desembarcaban en Barcelona o en algún otro puerto republicano.

¿Qué les llevaba? ¿Qué hacía a obreros polacos emigrados en Francia dejar trabajo y familias para ir a luchar a España? ¿Qué incitaba a estudiantes y algunos profesores de Oxford o de Cambridge a dejarlo todo y acudir a luchar a España? Cuando Julian Bell, sobrino de Virginia Woolf, se fue a España, ella escribía: «No hago más que preguntarme sin encontrar respuesta, ¿qué sentía él por España? ¿Qué le hizo sentir la necesidad de ir, sabiendo, como sabía, la tortura que aquello iba a suponer para su madre?... A veces estoy furiosa con él; sin embargo, tengo la impresión de que estuvo muy bien, como están muy bien todos los sentimientos intensos...».

«Casi la mitad de los efectivos internacionales –escribió Andreu Castells, investigador del tema– estaba formada por artistas y estudiantes, escritores, periodistas y editores, científicos e ingenieros, médicos y políticos... Escritores y escritores en potencia acudieron a España para vivir aquí el contenido de sus próximos libros. Los periodistas, presos por el frenesí del combate, se sumaron a él. Muchos murieron».

Fuera de algunos aviadores durante los dos o tres primeros meses, en el lado republicano de la guerra no hubo mercenarios. Los que habían dejado vidas confortables de ambiente universitario, o vidas tranquilas de obreros en Francia o en Bélgica, por ejemplo, iban a España a luchar y morir por diez pesetas diarias.

Se calcula que un sesenta por ciento eran militantes comunistas, lo cual no les quita mérito. Y el otro cuarenta no eran comunistas sino entusiastas de la causa de la libertad. Gente que había comprendido el peligro mundial que representaba el fascismo.

Las manipulaciones detrás del escenario y los crímenes del estalinismo (de los que hubo bastantes en España) no restan ni un ápice de mérito al entusiasmo, la voluntad y el espíritu de sacrificio de cada uno de aquéllos que fueron a España a luchar, y muchos a morir, por algo en lo que creían.

> *En principio, toda la explicación de por qué vinieron tantos extranjeros voluntarios sólo se puede encontrar en el hecho que el estallido de la guerra de España provocó, entre la gente de izquierda, un sentido de solidaridad internacional como pocas veces se ha dado en la historia, y ello a pesar de la política de dudas y demora que siguieron los gobernantes de muchos países.*[1]

Pero aquel día, mientras esperaban que hablase André Marty, se formaban grupos que se iban conociendo. Era el 14 de octubre de 1936 y había llegado el primer contingente de voluntarios. Quinientos que salieron de la estación de Austerlitz, en París, llegaron a Albacete en el tren número 77 pasando por Perpignan y Barcelona. Había muchos franceses, y también polacos y alemanes residentes en París, además de algunos ingleses. Pero bastantes más habían llegado antes a España.

Hablando de los voluntarios de las Brigadas Internacionales, Arthur Koestler diría más tarde: «Medio mundo les

---

[1] Castells, Andreu: *Las Brigadas Internacionales en la Guerra de España.* Editorial Ariel, Barcelona 1974, pág. 93.

ensalzaba como héroes y santos; el otro medio los despreciaba como locos y aventureros. En realidad lo eran todo, pero, por encima de cualquier otra cosa, eran los militantes de la vanguardia de sus creencias...».

- ¿Cómo llegaste? –le preguntaban a un pelirrojo que hablaba un inglés lamentable.

- Yo era marinero en un viejo barco de carga. Había venido ya antes a Barcelona. Pero esta vez, cuando llegamos, nos quedamos con la boca abierta. El práctico del puerto llegó con dos milicianos. Llevaban puestos trajes de faena de una pieza de los que aquí llaman «mono» y cada uno un fusil y una pistola. Llegamos al muelle y estaba lleno de milicianos con el mismo atavío. Armas por todas partes, alegría por todas partes también. Entusiasmo, euforia, puños levantados y vivas a la República, a la CNT y a la FAI. ¡Ah! Y todos llevaban al cuello pañuelos rojos y negros. Y yo me pregunto, ¿qué demonios sucede aquí? Y resulta que hay una revolución o una guerra o algo así. A mí ni me va a la cosa pero alguien grita «¡Muera el fascismo!». Y yo pregunto: ¿Hay fascismo por aquí? Y me dicen: «¡Vaya si lo hay! Los fascistas se han alzado en armas contra el gobierno y el pueblo».

- Yo no sé mucho de política pero el capitán del barco me explicó algo sobre los fascistas. Y le pedí permiso para quedarme y me lo dió. Y aquí estoy.

> *Ilya Ehrenburg, que residía en Barcelona desde el mes de abril de 1936, escribió refiriéndose a una expedición de un centenar de extranjeros que llegaron en las primeras fechas de la guerra: «En julio de 1936 acudieron profesores exiliados alemanes, metalúrgicos parisienses, estudiantes croatas, campesinos de Ohio, polacos, mexicanos, suecos».*[2]

- ¿Eres antifascista?
- No sé nada de política pero con lo que sé del fascismo me basta para estar contra ellos.

---

[2] A. Castells, op. cit. Pág. 20.

- No alcanzo a identificar tu acento –le dijo otro en un inglés perfecto, aristocrático y oxfordiano.
- Soy mexicano. ¿Y tú?
- Yo soy inglés. Profesor de literatura inglesa en Oxford. Me llamo Nigel Whitman.
- Yo soy Filogonio Hauptmann. Vieron mi apellido y me mandaron a las Brigadas, aunque debería estar con los españoles y me entendería mejor. No sé nada de alemán y resulto ser un mexicano hablando inglés.
- Puedes pedir tu cambio y te lo darán.
- Ya no. Aquí hay mucho movimiento y mucho argüende[3]. Me gusta.

Filogonio se volvió al tercero y le dijo:
- ¿Y tú, de dónde eres?
- Yo soy checoslovaco. Abogado. Me llamo Laszlo Sedlachek. Soy de Praga, y a mí no me fue tan fácil llegar como a ti. Soy comunista y la policía me tiene fichado y, además, quieren impedir que los checoslovacos nos enrolemos en las Brigadas en España.
- Estaban a punto de agarrarme –prosiguió–, cuando escapé en un tren hacia Viena. Venía con otros cuatro compañeros. Antes de cruzar la frontera con Austria, un inspector del ferrocarril que es del Partido nos avisó que en la frontera había una revisión especial para impedir el paso de voluntarios para España. Tuvimos que saltar del tren y recorrer caminos vecinales hasta pasar, por las montañas, la frontera con Hungría. Uno de los nuestros fue capturado antes de cruzarla pero dijo que iba él solo y no nos buscaron.
- ¡Vaya viajecito!
- De Hungría pasamos, también a campo traviesa, a Albania, donde hicimos contacto con gente del Partido que nos llevó hasta Grecia. En el Pireo embarcamos clandestinamente en un barco mercante de la República Española que nos trajo hasta Valencia.
- Yo –dijo el inglés, Nigel– no tuve problemas. Salí con otros voluntarios, dos de Oxford y uno de Cambridge. Uno de

---

[3] Argüende: mexicanismo que significa 'chisme, chismorreo, enredo' (debe proceder de "argüir"). Francisco J. Santamaría: *Diccionario de Mexicanismos*. Editorial Porrúa, Méxiso, 2ª edición, 1974.

ellos excelente poeta. Y no nos pusieron ningún obstáculo. A quienes impiden venir, si pueden, es a los obreros. Mentalidad policíaca. Para ellos la «gente bien» no es comunista.

- ¿Tú eres del Partido? –preguntó el checo.
- No, ni pienso serlo. Soy demócrata, convencido de la gran verdad de John Donne: «Ningún hombre es una isla». He venido aquí a luchar por la libertad y, hasta donde yo sé, no estoy plenamente seguro de que haya libertad en la Unión Soviética.
- Es un país socialista cercado por el capitalismo –dijo Laszlo–. La defensa del socialismo en un solo país tiene que hacerse con un gobierno fuerte.
- He escuchado muchas veces ese argumento. No quiero discutirlo, pero no soy comunista.

Los dos se volvieron a Filo:
- ¿Y tú?
- Yo no tengo carácter para disciplina. Un señor que me conocía muy bien me dijo una vez que soy un anarquista nato. ¿Qué es eso?
- Alguien que no acepta ningún gobierno. Los anarquista tienen como lema: «Ni Dios ni dueño».
- ¡Hombre! ¡Qué buen programa! En ese momento llegó André Marty, se subió en un cajón y dijo:
- El pueblo español y su ejército todavía no han vencido al fascismo. ¿Sabéis por qué? Porque las guerras no se ganan sin disciplina y entrenamiento militar. Así es que vamos a trabajar. Y los que quieren ir inmediatamente al frente, a lo tonto, que se olviden. Aquí habrá siempre una disciplina total.

> *André Marty fue un fanático servidor de Stalin que con el pretexto de perseguir a los trotskistas y «desviacionistas» cometió innumerables injusticias e impuso un cierto nivel de terror entre los comunistas de las Brigadas que, por su militancia, estaban más sujetos a las órdenes de Moscú. Lo que no significa que no se molestase también a brigadistas no comunistas.*

- Eso no me gusta mucho –comentó Filogonio–, pero supongo que no hay de otra.

- El entrenamiento militar te ayudará a vivir más tiempo –dijo Whitman.

- Por supuesto, –remachó Sedlachek.

Pero a pesar de las palabras de Marty, apenas hicieron quince días de prácticas y pasaron a formar parte de una compañía de ametralladoras integrada en su mayor parte por ingleses entre los que se encontraba el poeta John Cornford, estudiante de historia en el Trinity College de Cambridge, bisnieto de Charles Darwin e hijo de un profesor de filosofía, quien moriría poco después en el frente de Andújar, en Andalucía, al día siguiente de cumplir veintiún años.

Fue autor, entre otros, del excelente poema dedicado a Margot Heinemann, que termina así:

And if bad luck should lay my strength
Into the shallow grave,
Remember all the good you can;
Don't forget my love.[4]

Los fascistas llegaron el 6 de noviembre a las puertas de Madrid. El gobierno republicano huyó a Valencia dejando, en dos sobres, instrucciones para dos generales. El pueblo madrileño combatía en las calles y en los suburbios de la capital española. Los coroneles españoles Galán y Romero, al mando de las brigadas mixtas 3ª y 4ª detuvieron el día 7 a los militares sublevados impidiéndoles cruzar el Manzanares.

Y el día 8 de noviembre, desfiló por la Gran Vía la primera unidad de las Brigadas Internacionales, camino del frente. Primero un batallón de alemanes antinazis, exiliados y perseguidos. La sección de ametralladoras de este batallón estaba integrada por ingleses. El batallón se llamaba «Edgar André» en memoria de un comunista alemán de origen belga decapitado por Hitler cuatro días antes.

---

[4] *Y si la mala suerte sepultara mi vigor en la poco profunda fosa, recuerda todo lo bueno que puedas; no olvides mi amor.*

Le seguía el batallón «Comuna de París», de franceses y belgas, al mando del coronel Jules Dumont, exoficial del ejército francés.

El tercer batallón era el batallón «Dombrowski» (por el general de la Comuna), compuesto por mineros polacos comunistas y socialistas residentes en Francia y en Bélgica desde poco tiempo antes. El comandante de este batallón era Boleslaw Ulanowski. El conjunto de los tres batallones integraba la XI Brigada Internacional y estaba al mando del húngaro Kleber. Cerraban la marcha dos escuadrones franceses de caballería.

Hombres, mujeres, niños y ancianos llenaban las calles para aplaudir y vitorear a los internacionales. Los hombres que iban hacia el frente se detenían un momento para estrechar sus manos, levantar el puño y decir: «¡Salud, camaradas!"» Los viejos tenían los ojos húmedos y los puños levantados diciendo: «¡No pasarán!».

Y gritos como «¡Bravo, compañeros!», «¡Vivan los antifascistas de todo el mundo!» y otros semejantes seguían a los internacionales en ese desfile que terminaría esa noche directamente en la línea de fuego.

> *Las calles de la capital se atiborraban de refugiados llegados de los pueblos abandonados, con sus pobres bienes y sus animales domésticos, atemorizados. Hombres, mujeres y niños construían parapetos y trincheras para proteger los puntos más vulnerables de la ciudad.*[5]

Los que cerraban su casa o una tienda y salían para el frente, los que iban caminando, los tranvías llenos de milicianos que hacían un alto para dejar pasar a los internacionales, todo estaba erizado de puños y de vivas.

Los alemanes cantaban *Rot Front* y los ingleses y polacos coreaban el estribillo musical. Todos daban pasos firmes, recios, como de auténticos soldados profesionales. Pero eran profesores, estudiantes y obreros.

El batallón alemán *Edgar André*, con su sección inglesa de ametralladoras, fue, con el *Comuna de París*, a la Casa de

---

[5] A. Castells, op. Cit. Pág. 101.

Campo, parque dominguero de los madrileños en tiempos de paz, por el que estaban intentando entrar en Madrid los moros y el Tercio.

El batallón «Dombrowski» reforzó al Quinto Regimiento que había detenido a los fascistas en Villaverde.

Las Brigadas Internacionales habían entrado en acción. Y Filo, Laszlo y Nigel se encontraron frente al ataque de los regulares marroquíes, en la Casa de Campo, junto al Puente de los Franceses, integrando la dotación de una ametralladora Maxim. El abogado checoslovaco disparaba; el británico profesor de Oxford pasaba la cinta de balas y el marinero mexicano traía las cajas de municiones.

Para ellos la guerra comenzaba.

> *El jefe de la escuadrilla de «chatos» (aviones de combate de la República) fue el americano Dickinson, y era jefe de patrulla el mexicano Manuel García Gómez, quien cayó prisionero en Guadalajara.*[6]

Cuenta Rafael Alberti que una noche en Madrid, al ir a su casa, encontró en el Paseo de Recoletos soldados internacionales durmiendo junto a sus fusiles. Y que, al pasar, un joven le tiró del pantalón y le preguntó en mal español:

- Señor, dígame: ¿esta ciudad es bonita?
- Bueno... sí, es bonita. ¿Por qué?
- Yo soy irlandés. He venido a defender esta ciudad y es posible que mañana muera por ella. Por eso quería saber si es bonita. Si se muere por una ciudad, es mejor que sea hermosa.

En la oscuridad se daban órdenes en voz baja dirigidas a hombres que nunca habían visto la ciudad que habían venido a defender: «*Bataillon Thaelmann, fertig machen!*» *Bataillon André Marty, descendez vite!'*, «*Garibaldi, avanti!*».[7]

---

[6] A. Castells, op. Cit. Pág. 53
[7] Regler, Gustave: *The Great Crusade*, Nueva York, 1940, citado por Hugh Thomas en La guerra civil española, traducido del inglés por Neri Daurella, Ediciones Grijalbo, Barcelona, 10ª Edición, 1988, tomo II, pág. 531.

MOSCÚ, 1985

Cebollas. Cebollas con el tallo hacia arriba. Forma de bulbos de cebollas con el tallo hacia arriba tienen las cúpulas de todas las iglesias del Kremlin. Ya lo había leído en alguna parte. Las cúpulas bizantinas tienen forma de cebollas.

La cita era por la tarde y él había llegado a Moscú la noche anterior. Era la primera vez que visitaba la capital soviética. No podía estar todo el día esperando en su cuarto de hotel y salió a las calles moscovitas. Como hace todo el mundo que visita la ciudad que fundó Yuri Dolgoruki, príncipe de Suzdal, primero fue a la Plaza Roja. Krasnaya Plosetz. Plaza Hermosa. Colin sabía lo que ignora la inmensa mayoría de los turistas, que la Plaza Roja se llamaba así mucho antes de que nacieran Marx o Lenin ya que la raíz de kras significa en ruso «rojo» o «bello», indistintamente. Se llama así desde que Iván IV, el Terrible, la hizo, poniendo en ella la catedral de San Basilio, allá por el siglo XVI.

Teniendo a su espalda el edificio de ladrillo rojo del Museo de Historia, Colin permaneció un largo rato observando la catedral de San Basilio mientras avanzaba lentamente hacia ella.

Ninguno de los ilustradores de cuentos infantiles, ni los creadores de dibujos animados, hubieran podido imaginar una silueta y unos colores como los de San Basilio, arrancados de las páginas de un cuento fantástico que nadie había escrito.

Después de un largo rato de contemplar la iglesia, miró hacia su derecha, a la tumba de Lenin que, arquitectónicamente, es la antítesis definitiva de San Basilio. Líneas rectas y sobrias, un bloque en varias etapas con una sensación de solidez absoluta a modo de símbolo de la diferencia de mundos entre el de Iván el Terrible y el de Vladimir Ilich Ulianov.

Como siempre, había una larga cola para visitar el cuerpo embalsamado del dirigente máximo de la Revolución Bolchevique. Colin prefirió dejar eso para otra ocasión, y después de haber contemplado y admirado con toda calma a San Basilio y al mausoleo por fuera, echó un ojo a los almacenes del GOUM y se abstrajo reflexionando en sus esperanzas de que su ida a Moscú le sirviese para encontrar a su padre.

Varios meses antes, había escrito a Laszlo Sedlachek en Praga:

> *Me dirijo a usted porque soy hijo de Nigel Whitman que, según mis informes, fue amigo de usted en España, en las Brigadas Internacionales. Le agradecería escribirme ya que, si puedo verle, iría a Praga a hablar con usted.*
>
> *Hace años que estoy buscando a mi padre y no tengo ninguna orientación acerca de su paradero.*
>
> *Atentamente,*
> *Colin Whitman*

Pasó algo más de un mes sin que recibiera respuesta alguna y envió una segunda carta, muy semejante. Durante dos meses tampoco obtuvo respuesta.

Estaba ya persuadido de que nada podría averiguar por ese conducto cuando recibió una carta de Moscú, escrita en inglés, que decía:

> *Mister Colin Whitman*
> *Nueva York.*
>
> *He recibido las dos cartas que usted dirigió a mi padre y que me fueron reexpedidas desde Praga. Lamento mucho no poder ayudarle en lo relativo a encontrar a Nigel Whitman, ya que mi padre murió en 1952.*

> *Sin embargo, tengo algunos textos que quizá le interesen por referirse a lo que su padre y el mío vivieron juntos.*
>
> *Como usted ve, ahora vivo en Moscú, en la dirección arriba indicada.*
>
> *Si piensa venir, le agradeceré que me informe oportunamente.*
>
> *Ludmila Sedlachek.*

Su cita con Ludmila era en el Hotel Moscú, donde él se había alojado. Debería estar a las tres cerca de la recepción y avisar al encargado de quién era. Ella preguntaría al recepcionista para que éste le señalara a Colin.

A las tres en punto, Colin estaba sentado en un sillón cerca del mostrador cuando vio entrar a una mujer alta, joven, de entre treinta y treinta y cinco años, vestida con más elegancia de la habitual en las rusas, de tez clara, pelo rubio y ojos muy vivos de un azul intenso. No tuvo que esperar a que el recepcionista, a quien ella se había dirigido, lo señalase para darse cuenta de que se trataba de Ludmila Sedlachek.

Se saludaron con una evidente expresión de curiosidad por ambas partes. Colin estaba muy interesado en conocer a la hija de alguien que había sido amigo de su padre. Ludmila tenía una gran curiosidad por conocer a un norteamericano hijo de un miembro de las Brigadas Internacionales. Sin dejar de mirarse escrutadoramente, se saludaron.

- Yo soy Colin Whitman.
- Y yo Ludmila Sedlachek, mucho gusto en conocerle.
- ¿Nos sentamos a tomar algo?
- Vamos al restaurante a tomar un café. A esta hora, no habrá casi nadie.

Y así lo hicieron. Se sentaron y Ludmila pidió café.

Por unos segundos se miraron ambos a los ojos. Cada uno tenía la necesidad de decidir si el otro le inspiraba o no confianza. A primera vista, el resultado fue positivo. Se agradaron mutuamente.

Cuando se retiró el camarero después de haber depositado las tazas con un amable *Pazhalsta*, ella le miró a los ojos y le preguntó:

- ¿Es usted comunista?
- No. No lo soy.
- ¿Simpatizante?
- Tampoco. Y por lo que he podido leer e indagar, no era necesario serlo para luchar por España en 1936.
- Así es. Tiene usted razón. Pero el Komintern auspició el reclutamiento de voluntarios para España y por eso muchos de ellos eran comunistas.
- Lo sé.
- Mi padre también lo era. Era un comunista sincero, honrado, que creía en el socialismo.

Ludmila hizo una pausa, miró a los ojos a Colin y agregó despacio:

- Por eso lo mataron.

El estadounidense quedó estupefacto.

- ¿Lo mataron? ¿Dónde?
- En Praga. Con un proceso y un juicio. Fue víctima de las purgas de 1952. En noviembre de ese año fueron juzgados y condenados Rudolf Slansky, fundador del Partido Comunista de Checoslovaquia y Secretario General del mismo, y Clementis, Ministro de Relaciones Exteriores, además de Otto Sling, Arthur London y diez u once comunistas más, varios de ellos ex-combatientes en España. Algunos fueron ejecutados. Pocos, como Arthur London, sobrevivieron. Por cierto, London luchó en España de 1937 a 1939. En España se llamaba Gerhard, supuestamente yugoslavo. Después, en la Resistencia Francesa contra los nazis, fue el Camarada Gérard.
- Pero si eran comunistas, ¿por qué los mataron los comunistas?
- En plena Guerra Fría, Stalin necesitaba apretar las clavijas a los países satélites para hacerlos más dependientes de la URSS. Y en las purgas estalinianas se acusaba a los chivos expiatorios de las cosas más absurdas. Espías del capitalismo, agentes extranjeros, pro-nazis o cualquier cosa que sirviera para denigrarlos y justificar los asesinatos con aspecto legal.

- ¡Es increíble!
- Veo que usted no es un hombre político.
- No, no lo soy.
- Si hubiera seguido la trayectoria interna de los países del este de Europa, estaría familiarizado con ese tipo de «procesos».
- Nunca me interesé en esas cosas. Pero lo de su padre debe haber sido terrible para usted.
- Era yo muy pequeña, pero lo fue. Sin embargo, para mí fue peor el año 1970, cuando mi esposo, que también era comunista, fue asesinado de la misma manera por el gobierno de Hussek, impuesto por los rusos después de la «Primavera de Praga» del '68. A él, que era gerente de una fábrica, le acusaron de sabotaje. El Ministerio de Industrias en Praga exigía desde los escritorios de sus despachos mucho más de lo que realmente se podía hacer en materia de producción. Y como el ministro y el gobierno tenían que protegerse entre sí, se echaba la culpa a los gerentes de las fábricas y de vez en cuando se asesinaba a alguno mediante un proceso amañado.
- Yo no supe hasta este mismo año que mi padre vivía. Es una historia larga, pero tampoco sabía que hubiera estado en España. Cuando supe esto último, leí todo lo que pude acerca de aquella guerra pero en lo que se refiere a los países socialistas, prácticamente no sé nada. O solamente lo que se puede leer en los periódicos estadounidenses.

Ludmila sonrió.

- En ese caso, no es mucho porque, como he comprobado desde que estoy en la embajada, esos periódicos sólo publican lo malo y aunque hay mucho malo, no lo es todo.
- ¿Fue a raíz de lo de su esposo cuando vino usted a Moscú?
- No. No me dejaban salir del país. Durante un tiempo estuve obligada a trabajar barriendo las calles. Fue con el Glasnost cuando pude salir de Praga. Esta Unión Soviética y este Moscú que usted vé no son los mismos que había hace muy pocos años. Mikhail Gorbachov ha cambiado todo, lo está cambiando, aquí y en los países satélites. Muchos de los asesinados por el poder llamado comunista

han sido rehabilitados, entre ellos mi padre. Pero yo me asfixiaba en Praga, bajo los mismos que a partir de 1968 oprimían otra vez a mi pueblo. Un amigo húngaro, diplomático, me ayudó a salir a Moscú dándome un empleo de traductora en la embajada de Hungría. Por eso estoy aquí.

El tiempo fue pasando y en Moscú se cena temprano.

- Vamos a cenar a alguna parte –sugirió Colin–. Pero le agradeceré que usted sugiera dónde, ya que usted conoce Moscú.

- Hay muchos restaurantes, el «Metropol», el «Praga», el «Pekín»...

- Prefiero algo más original. Aquí en el hotel he visto en un folleto de turismo que hay barcos fijos en el río que son restaurantes y tienen música folclórica. ¿Podríamos ir a uno de esos?

- Usted ya empieza a conocer Moscú –sonrió Ludmila–. Vamos al barco.

Durante la cena, acompañada de violines y de canciones rusas y gitanas, Ludmila estuvo constantemente haciendo preguntas acerca de los Estados Unidos. Como a todos, o casi todos, los habitantes del llamado mundo socialista, el capitalismo le parecía una versión del paraíso. Había leído algo, aunque no mucho, porque solamente después de Gorbachov se podían leer en Moscú revistas norteamericanas, francesas y de otros países de Occidente. Pero después de tantos años de prohibición absoluta de ese tipo de publicaciones, los rusos, y los checosclovacos, húngaros, búlgaros, rumanos, etcétera, tenían una idea muy vaga y muy equivocada acerca del mundo occidental.

Colin contestó lo mejor que pudo a todas sus preguntas, informando cuidadosamente a Ludmila y ateniéndose a la verdad. A veces ella parecía decepcionada de las respuestas y adoptaba una actitud suspicaz, sospechando que Colin fuera comunista y no quisiera dar una impresión demasiado favorable del capitalismo.

Después de cenar y bailar, decidieron regresar caminando. La casa de Ludmila no estaba muy lejos del hotel y fueron caminando hacia ella.

- Esto que acabamos de hacer, cenar donde lo hicimos y regresar a pie por las calles, antes de Gorbachov hubiera motivado una investigación de la KGB y un informe sobre mí a la embajada húngara.

- Francamente, no imaginaba nada parecido.

- Pues así era. Y en cuanto a no imaginar, en algunas de las cosas que usted me ha dicho sobre los Estados Unidos encuentro coincidencias con afirmaciones de los comunistas de Praga.

- ¿En qué, por ejemplo?

- Usted me ha hablado de gente durmiendo en las calles y de mucha gente sin trabajo.

- ¿Y no lo cree? –Colin sonrió–. ¿De veras creen ustedes que los Estados Unidos son una versión moderna del paraíso terrenal?

- Bueno, no tanto, pero sí un país totalmente democrático, absolutamente libre de ambiciones de dominio como las que tuvo Stalin sobre Polonia, Hungría, Rumanía, Bulgaria y otros países.

Colin permaneció pensativo sopesando si debería decir la verdad a una persona criada y educada en el comunismo estaliniano. ¿Valdría la pena decepcionarla?

- Le voy a relatar un caso concreto –dijo por fin– que me consta porque coincidió con la guerra de Viet Nam y yo estuve en contra de esa inútil y sangrienta guerra.

- Sobre la guerra de Viet Nam, aquí en el este muchos creíamos que la habían ganado los Estados Unidos y que las autoridades comunistas nos mentían –dijo Ludmila–. Yo he venido a saber la verdad después de Gorbachov y de estar en la embajada húngara.

- Pues le voy a explicar el caso que digo. En 1944, un alto funcionario soviético, Víctor Kravchenko, desertó pasándose a los Estados Unidos. Él estaba también enamorado de la democracia estadounidense y harto de la dictadura de Stalin. Escribió una obra voluminosa, en dos tomos, que se llamó *Escogí la Libertad*. En ese libro, que fue traducido a muchos idiomas, denunciaba toda la dictadura estaliniana, toda la opresión y los crímenes de Stalin.

- Víctor Kravchenko se adaptó a la vida norteamericana, en la que creía, y luchó durante décadas en su favor a través de la divulgación que se hizo de la obra que denunciaba la tiranía en la URSS. Pero pasaron los años, conoció a fondo la parte de los Estados Unidos de la que no se hace propaganda en el extranjero y vio el afán de dominio de los gobiernos de Washington en el mundo. Presenció la guerra de Corea y algunas intervenciones norteamericanas en América Latina y vivió la época del senador McCarthy en la que se persiguió a la gente por sus ideas. Y cuando llegó la guerra de Viet Nam y comprendió que Estados Unidos no tenía justificación posible para invadir aquella nación, Víctor Kravchenko se suicidó. El 25 de febrero de 1966. Para quedarse solo, Kravchenko envió al amigo con quien compartía la vivienda a hacer unas compras y se dio un balazo en la sien con un revólver calibre .38. Dejó una carta que las autoridades estadounidenses jamás dieron a conocer. No obstante, por sus amigos –él vivía bajo el nombre de Peter Martin– se supo que «estaba muy deprimido por la guerra de Viet Nam». Lo que prueba que en Occidente se pueden sufrir muy graves decepciones cuando se idealiza demasiado a la democracia.

Ludmila, que había escuchado con mucha atención, permaneció en silencio hasta que llegaron a la puerta de su casa.

- Espero que comamos juntos mañana –dijo Colin.
- No sé...
- Yo necesito ver los textos o documentos de que me habló en su carta. Además, en cualquier apunte de su padre puede haber algo que me dé una pista para encontrar al mío.
- Es que no sé cómo estaré de ocupada mañana. Puedo llamarle al hotel alrededor de las doce.

Se despidieron y Colin siguió caminando hasta el Hotel Moscú.

Algunas mujeres con pañuelos en la cabeza de los llamados babushkas, y con botas forradas de fieltro por dentro, barrían las calles húmedas en las primeras horas de la madrugada.

PRAGA, 1951

Yo, Laszlo Sedlachek, me hago responsable de lo que aquí escribo, aunque no seguro de que tenga sentido hacerlo. Leyendo lo anterior me río de mí mismo por ese principio que revela mi carácter de abogado que, pese a todo, quedó un poco influído por las formas.

Lo que aquí escribo no tiene más objeto que el de fijar mi posición ante mí mismo. Lo escribo para mí. Aunque también es cierto que tengo una hija y me gustaría que cuando sea adulta lea esto y me comprenda.

Desde mi primera adolescencia, luché por la justicia social para todos. Perteneciendo a una familia acomodada, me junté con los obreros, viví con ellos los avatares políticos y estudié derecho para defender, en el sistea capitalista y con sus normas, los intereses de los que la «Internacional» llama «los parias de la tierra».

Pertenezco a una generación que durante años fue perseguida por la policía y golpeada y encarcelada por pintar letreros en las calles. Letreros que empezaron siendo tan simples como «¡Viva el comunismo!» y que fueron evolucionando a «¡Libertad a Thaelmann!» o «¡Contra la guerra y el fascismo!».

Éramos perseguidos, nos jugábamos la libertad y a veces la vida, pues más de uno de los nuestros murió a manos de la policía o de los fascistas. Sería descabellado pensar que luchábamos por tener poder. Luchábamos porque estábamos seguros de que el único sistema de justicia para la humanidad es el socialismo.

Éramos miembros del Partido Comunista y afiliarse al Partido Comunista no era como afiliarse a cualquier partido de la burguesía. Pertenecer al Partido, casi siempre clandestino o semiclandestino, era una norma de vida, un modo de existencia. El Partido era para nosotros un deber, una razón para vivir, una jefatura a la cual obedecer, una causa que defender hasta la muerte. El socialismo era para nosotros casi una religión y el Partido era la ilusión de un mundo mejor a cambio de nuestras vidas que, de una vez o a lo largo de los años, le entregábamos sin regateos.

Por eso hicimos todo lo que hicimos. Porque en el mundo hay dos clases de personas: las que creen en algo y las que no creen en nada.

Entre las primeras, las hay que creen en un Dios y las hay que creen en la libertad, en el socialismo o en alguna otra cosa.

Entre los que no creen, los hay que mantienen la apariencia de creer y son de dos tipos: los que simulan creer en Dios y los que fingen creer en un mundo más justo. Lo dicen, lo aparentan, pero no son verdaderos creyentes. En realidad sólo creen en el beneficio para sí mismos, pero pocos tienen la honradez de confesarlo.

Los que creen son capaces de todo por sus creencias, a las que dedican la vida entera. Pueden incluso matar y cometer injusticias, abusos o crímenes, seguros de que con eso sirven a su creencia, lo mismo en el plano religioso que en el político. En última instancia, la suya es fe, fe que va desde lo racional hasta el fanatismo, en una escala graduada.

Los que no creen no pueden comprender nunca el estado de ánimo de los que sí creen. Me refiero a comprenderles, no a compartir ni a justificar sus actos.

Así, nosotros, los comunistas, hicimos muchas cosas malas con absoluta buena fe, creyendo que las hacíamos por el bien de la humanidad. Hablo de la generalidad, no de las excepciones. Y de los militantes de base de fuera de la URSS, no de los dirigentes de Moscú.

Eran cosas malas, pero los que nos censuraron por hacerlas, los que nos atacaron y nos combatieron eran o los fascistas (que implantaron la violencia callejera como método de lucha, que impusieron el ataque en grupo, las bandas criminales, los atentados personales) o bien los que no creyendo profundamente en nada no podían, ni pueden, comprender lo que nosotros sentíamos. Una creencia profunda en la necesidad de la salvación celestial o de la justicia social puede llevar, si se dan las circunstancias adecuadas, a un ser humano lo mismo a ser verdugo de la Inquisición que torturador de la Checa, hoy MVD, o a cometer un asesinato con premeditación, alevosía y ventaja.

Yo, que he sido comunista toda mi vida, comprendo la tragedia de Ramón del Río Mercader, el asesino de León Trotsky, como nunca podrá comprenderla ningún anticomunista. Porque Ramón del Río, lo mismo que muchos otros en este caso, no obró por interés personal, ni por dinero, ni por poder político, sino por cumplir su deber con el Partido, su deber de militante, con ese espíritu de disciplina (y un poco de secta) que ha llevado a tantos comunistas al heroísmo y a muchos otros a la ignominia.

Por eso digo que compadezco sinceramente a Ramón del Río Mercader, porque cuando uno asesina a un pobre viejo a traición y de una manera horrible, golpeándolo con un piolet, y lo hace por su fe, por creer que está eliminando a un malvado traidor, pronazi y enemigo del socialismo, cuando se hace eso... ¿Qué se sentirá si se vé después que las cosas no eran como uno las creyó? Bueno, el asesino de Trotsky, que sin duda es un fanático peligroso, está todavía en la cárcel, en México, y quizá muera allí, creyendo en todo lo que le impulsó, y en ese caso morirá tranquilo. Pero si vive lo suficiente... ¡pobre de él y de su conciencia! ¡Pobre del fanático que asesina por su dios y después descubre que su dios era falso, era una mentira!

Cuando él actuó, estaba indudablemente en la etapa en la que se piensa que los burócratas soviéticos son sinceros comunistas, como cada uno de nosotros lo fue en la época de las persecuciones. Cuando se siente una abnegación capaz de hacernos ir a la muerte o resistir la tortura con la ilusión de sufrirlo todo por el bien de la humanidad, cuando se siente eso, no es posible pensar en la sucia burocracia grasienta de los aparatchiks, de los que sólo se mueven por el poder, por defender la posición que tienen y por la ambición de ser más todavía de lo que son. Y que, por esos sucios intereses, torturan, asesinan y engañan.

Hemos creído en todo ese aparat y hasta hemos odiado a quienes nos decían la verdad por suponerlos traidores, canallas traidores profascistas que estaban calumniando a la «patria del proletariado» y a su jefe «guía de los pueblos del mundo».

Pero yo, aquel joven comunista que luchó en las calles contra los fascistas, que sufrió amenazas y atentados en la universidad y que después se fue a España a luchar en las Brigadas Internacionales, me encuentro ahora en una posición privilegiada. Ocupo puestos de mando y de responsabilidad en lo que yo había soñado siempre: una Checoslovaquia socialista. Y me pregunto, seis años después de la derrota de Hitler, qué es lo que en realidad hemos hecho con nuestras patrias.

¿Hemos luchado, matado, arriesgado la vida y perseguido a otros tan sólo para convertir a nuestra patria en apéndice de otra nación? ¿Hemos luchado para volvernos servidores incondicionales de intereses ajenos a los nuestros? ¿Hemos luchado para implantar una tiranía peor que las que combatíamos?

En España conocí a los mejores hombres del mundo y muchos no eran comunistas. Aunque otros sí lo eran, de verdad, y tan sinceros como yo mismo. Pero aparecieron por allí los enviados de «la patria del proletariado», los representantes de «la primera nación de la tierra en la que se implantó el socialismo». Y llegaron, en plena guerra, en plena lucha contra el fascismo, a decirnos que los viejos bolcheviques compañeros de Lenin como Kamenev, Zinoviev y otros, eran unos traidores que se habían vendido a Hitler. Era en 1937. Y nosotros les creímos.

Y fueron a España a matar a antifascistas heroicos acusándolos de trotskistas, o de desviacionistas o de cualquier otra cosa. Y mataron a gente buena y valiosa. Y nosotros creímos, todavía entonces, que decían la verdad y hacían lo justo. ¿Qué hemos hecho con nuestras mentes, con nuestras ideas, con nuestros corazones? ¿Qué hemos hecho con aquellas vidas que con tanta sinceridad arriesgamos creyendo en un mundo más justo?

Sí, en España conocí la mejor gente del mundo y aprendí que no es necesario ser comunista para amar sinceramente a la humanidad. Conocí a un inglés, Nigel Whitman, que se convirtió en mi amigo entrañable, como mi hermano. Era profesor en Oxford de literatura inglesa y fue a España a luchar y a morir, si era necesario, por la libertad y la justicia, por la democracia contra el fascismo. Pero, más perspicaz que yo, no era comunista y estaba contra los métodos y los actos de los comunistas. Conocí a gente sencilla, del pueblo, como Filogonio, el mexicano, o Louis, el francés, que fueron a luchar porque sabían que el fascismo era un peligro para toda la humanidad y por eso, para detenerlo, valía la pena ir a morir a España. Y a un obrero neoyorkino de los muelles, John Donovan, que se quedó solo con una ametralladora protegiendo a sus compañeros en retirada, solo frente a un batallón fascista, y que murió gritando en su pésimo español «¡Viva la República!».

El día que salimos para el frente, la primera vez, le pregunté a Nigel si no sentiría miedo. Yo lo tenía, no había estado nunca en ninguna guerra y tenía miedo. Pero de todas formas, yo había llevado una vida de lucha y Nigel no. Él no era hombre de guerra y nunca antes del entrenamiento en Albacete había disparado un solo tiro. Le pregunté si no tendría miedo y me respondió, poco más o menos:

- Sí, Laszlo, sentiré miedo. Tendré mucho miedo -hizo una pausa y añadió: –Pero estaré allí.

Hablaba despacio, con frases cortas y haciendo pausas a veces largas, como reflexionando profundamente en lo que me decía. Y yo no le interrumpí:

- Estaré pegado a la tierra –prosiguió–, estremecida por las bombas y los obuses, estaré aterrado, pero permaneceré allí.

- Cuando me ordenen avanzar me tragaré el terror, me levantaré y correré. Estaré temblando por dentro, pero lo haré.

- Cuando nos ataquen, cuando estemos aturdidos por las bombas, los morteros, las granadas de mano y las ame-

tralladoras, cuando veamos avanzar a los que vendrán a matarnos, dominaré mi pánico y dispararé, combatiré, lucharé hasta con la bayoneta y nunca dejaré de tener miedo. Pero estaré allí.

- Porque aunque se tenga miedo, –continuó– por encima del miedo, más allá del miedo, es necesario enfrentarse a la bestia. Y en esas condiciones, ante la amenaza implacable que supone el fascismo para la humanidad, no es necesario tener esperanza para luchar, ni lograr victorias para perseverar.

Así habló, aproximadamente, Nigel Whitman.

Tal vez las palabras no sean exactamente las mismas, pero casi lo son. Y ahora en esta breve recapitulación de mi vida, he querido mostrar cómo podían pensar y luchar en las Brigadas Internacionales los que no eran comunistas.

Sin embargo, después de la lucha, volvemos a una sociedad que vive en la más absoluta injusticia, en la más desigual distribución de la riqueza.

Y, por eso, rechazando la tiranía, rechazando el totalitarismo, rechazando el sistema al que en estos momentos sirvo, sigo siendo comunista, sigo siendo socialista, pero no en el sentido pervertido y degenerado que el estalinismo y la burocracia soviética han dado a esa palabra, sino en el verdadero, tal como en realidad se debe concebir el socialismo.

Y quiero que mi hija lo sepa algún día.

Praga, Septiembre de 1951.
Laszlo Sedlachek

MOSCÚ, 1985

Colin miró el plato y frunció las cejas. Aquella cosa extraña tenía un aspecto que pudiera parecer el de unos huevos fritos. Pero era verde.

Metió el tenedor, rompió la substancia en el plato y comprobó que, efectivamente, tenía la textura de clara de huevo frita.

Y en aquel momento escuchó la carcajada de Ludmila.

- ¿Qué es esto?
- Huevos.
- Pero están verdes.
- Por el tiempo que llevan así.
- ¿Cómo? ¿Están podridos?
- No, están «conservados». Es un manjar chino que se llama «huevos conservados». Si lo que te importa es el sabor y no el color, pruébalos. Son muy buenos.

Colin no estaba muy convencido.

- Pero...
- Son de gallina. ¿Creías que eran de serpiente?
- No, pero el verde...
- Estos huevos han estado enterrados.

La expresión de Colin se hizo indescriptible.

- ¿Enterrados?
- Sí, enterrados. Me dijiste que querías probar algo nuevo y diferente. Ése es un manjar chino exquisito como verás si lo pruebas. Carlos Marx dijo que si cada cosa respondiera a su apariencia, toda ciencia sería superflua.
- Sí, pero, ¿Carlos Marx comió estos huevos?

- Probablemente no, a menos que fuera a un restaurante chino en Londres. Pero tenía razón en cuanto a lo inconveniente de juzgar por las apariencias. Pruébalos.

Colin se decidió y los probó. Estaban buenos, era, en efecto, un excelente plato chino de la más elevada cocina pequinesa.

Y en el restaurante «Pekín» de Moscú estaban. Antes habían comentado el texto de Laszlo Sedlachek que el día anterior le entregase Ludmila.

- Me ha impresionado profundamente, muy profundamente –dijo Colin.
- Claro, lo de tu padre.
- Sí, pero no sólo eso. Lo de mi padre me ha llegado al alma porque es la primera cosa que sé de cómo pensaba un padre al que jamás vi y del que nada supe. Puedes imaginar cómo me conmovió. Después de la primera lectura, estuve no sé cuánto tiempo, quizá una o dos horas, queriéndome imaginar a ese padre, a ese hombre capaz de sentir y hablar así.
- Es natural. Lo comprendo.
- Pero con la segunda y tercera lectura, lo que más me impresionó fue la tragedia interior de tu padre, Ludmila, la tragedia de Laszlo Sedlachek y de toda su generación. La tragedia de toda esa gente que creyó en algo, que se alimentó de esa creencia durante años, por encima de esfuerzos y sacrificios, y después se quedó vacía. Para ellos todo resultó inútil.
- Tienes razón, así fue –respondió pausadamente Ludmila–. La diferencia esencial y definitiva entre el estalinismo y el fascismo es que el primero fue un gran engaño, una gran estafa. En nombre del socialismo, se hacía propaganda de los auténticos valores humanos, se exaltaba la fraternidad entre los hombres, se proclamaba la justicia social, se defendían en apariencia la cultura y las artes. Era natural que la gente de buena fe, asustada ante el avance del nazifascismo en toda Europa, simpatizase con un gobierno, el de la URSS, que surgido de una gran revolución proletaria se ostentaba como defensor de todo lo que vale la pena en la humanidad. Después se vio que todo era un engaño, una falacia, una enorme estafa.

- El nazifascismo, en cambio –continuó Ludmila–, no enarbolaba valores humanos, no podía engañar, ni de hecho lo pretendía: hablaba de seres humanos «subhumanos», inferiores; los atacaba por considerarlos así; proclamaba la violencia como el camino de la toma del poder, del poder en el mundo, la violencia desde el poder alemán, la violencia callejera del atentado y del asesinato.

- Ciertamente –Colin asentía con la cabeza–. Lástima que muchos seres humanos son inconscientes ante hechos que tarde o temprano les afectarán directamente. No se comprende cómo hubo tantos que se dejaron arrastrar por el fascismo, aunque se mostraba tal cual era.

- El hombre-masa es mezquino, pese a todo lo que se diga en contrario –aseguró Ludmila–. Si le dicen que es superior a otros, se siente importante y justifica su propia inferioridad.

Varios días los dedicaron a recorrer Moscú bajo la experimentada conducción de Ludmila. Visitaron la Galería Tretiakov donde, entre la excelente pintura rusa de otras épocas pudieron admirar el retrato de Iván el Terrible, por Vasnetzov. En esa figura impresionante y en esos ojos que salen del lienzo para clavarse en el espectador se podía reconocer al hombre que en un momento de ira mató a su hijo de un bastonazo.

Además de visitar por dentro la catedral de San Basilio, fueron al Kremlin a ver la catedral de la Asunción (*Uspenski Sobor*), que se usaba para las ceremonias de coronación de los zares; la catedral del Arcángel, en la que fueron enterrados los zares hasta Pedro el Grande; y la iglesia de la Anunciación (*Blagovescenski Sobor*), todas ellas con sus bizantinas cúpulas en forma de bulbo y construídas entre 1475 y 1509.

Visitaron también las tumbas junto a la muralla de ladrillo rojo del Kremlin y especialmente la de John Reed, el periodista estadounidense que escribió *Diez días que conmovieron al mundo*.

Después fueron al barco restaurante sobre el Moskva.

- Dime –preguntó Ludmila, después que ordenaron la cena–; tú que vienes del capitalismo, ¿realmente esos diez días conmovieron al mundo?

- Sí, sin duda alguna. Sacudieron a todo el mundo: a los trabajadores, porque hizo nacer en ellos la esperanza, y a los capitalistas, porque hizo nacer en ellos el temor.

Ludmila tenía una expresión triste.

- Todo eso para después...
- No –dijo con firmeza Colin–, tu padre tiene razón. Si es que el socialismo es algo bueno, y es posible que lo sea, lo de Stalin no fue socialismo o lo fue sólo en una mínima proporción. El socialismo con el que soñó Laszlo Sedlachek está todavía por venir.

Hizo una pausa mirando a Ludmila y después expresó:

- Hay una cosa importante para mí en el texto que me diste: la información de que mi padre fue profesor en Oxford. Debo ir a indagar allí.
- Probablemente haya allí alguien que lo conoció y tal vez tuvo comunicación con él después de lo de España.
- Pero –dijo Colin–, por otra parte, pudiese ocurrir que él viviese ahora o que haya vivido en algún país del este de Europa.
- Vé a Oxford –dijo Ludmila–. Mientras tanto, yo investigaré acerca de los excombatientes de las Brigadas en los países socialistas. El agregado cultural de Hungría, con quien trabajo, ha ofrecido ayudarme. Tú y yo estaremos en contacto y yo te pasaré todo lo que logre averiguar.
- Gracias –dijo Colin, y permaneció unos instantes en silencio con la vista fija en Ludmila mientras la orquesta atacaba *Pod Moskovnye Vechera* (Noches de Moscú)–. Lo haremos así, pero hay otra cosa muy importante para mí. Sea cual fuere el resultado de mi búsqueda, encuentre o no a mi padre, quiero volver a verte.

Ludmila pareció sobresaltarse, al tiempo que una chispa alumbraba su mirada.

- ¿Para qué?
- Creo que me estoy enamorando de ti.
- Pues debes cuidarte. Tomar medidas para que eso no progrese.
- ¿Por qué?
- Porque seguramente tendrás algún amor en Nueva York.

- Sí, tengo uno: Import-Export Inc.
- ¿Estás seguro?
- Ya te expliqué, Ludmila, que mi matrimonio fue un fracaso total. Nos divorciamos al año de casados, afortunadamente sin haber tenido hijos.
- Pero desde entonces habrás tenido amigas.
- Amigas sí, pero nada serio.
- ¿De verdad te intereso?

Ludmila había hablado con una mirada intensa y clara puesta en los ojos de él, que captó el mensaje.
- A decir verdad, no mucho –respondió Colin–.

Una sombra opacó la mirada de ella.
- No mucho –continuó diciendo Colin–. Solamente me interesas para casarme contigo.

La expresión de ella se iluminó y él le dio un beso por encima de la mesa, casi tirando las altas copas de vino que la decoraban con su graciosa forma.
- ¡Cuidado! Esto es Moscú y los rusos son muy mojigatos.
- Pues que se aguanten –y volvió a besarla.

Cuando se separaron, él dijo:
- Nos casaremos, pero antes tengo que encontrar a mi padre o saber qué fue de él.
- ¿Cuándo te vas?
- El jueves. Hoy es sábado; tenemos cuatro días y medio para el noviazgo.

Ludmila le miró con gran intensidad y dijo:
- ¿Sabes qué?
- ¿Qué?
- Te quiero.

La orquesta interpretaba «Corazón» (*Serdtse*).

OXFORD, 1985

Se detuvo ante un conjunto de edificios de vistosa policromía a base de ladrillos coloreados. Entre dos de ellos, una puerta y reja de hierro con dos escudos en color daba paso a un tercero, al fondo, que parecía una iglesia y que tenía en las paredes nichos con santos y ventanas con sugerencias ojivales. Se trataba de Keble College, fundado en 1868 y que tantos clérigos dio a la iglesia anglicana y tantos misioneros anglicanos a regiones remotas de África y de la India.

Pero él no pensaba en estas cosas, sino en la llegada del profesor Ian Charles Murphy, que estaría en su casa, según le dijeron, una media hora más tarde.

Había pasado toda la mañana de uno en otro edificio de la Universidad de Oxford investigando si alguien recordaba a Nigel Whitman. Pero desde 1936 habían pasado cuarenta y nueve años y nadie pudo darle la menor información.

Existía la posibilidad de acudir a los archivos de la universidad, pero eso requería un trámite de varios días. Por fin, en el Trinity College un viejo conserje le dio el nombre del profesor Ian Charles Murphy que vivía en High Street.

- Me acuerdo vagamente del profesor Whitman –había dicho el conserje–. Era amigo del profesor Murphy, según recuerdo. Pero el profesor Murphy está jubilado hace años.

Apenas tuvo la dirección, fue a buscar al jubilado maestro pero no estaba en casa. Para hacer tiempo, estuvo dando vueltas por las calles de la ciudad y parte de la universidad y fue así como se detuvo ante Keble College, al que William Butterfield había dado los vivos colores que lo distinguen.

Cuando llegó la hora, fue recibido por el viejo profesor Murphy, que le abrió la puerta personalmente y le invitó a pasar a la sala.

Tendría el hombre alrededor de setenta y cinco años y era delgado y un poco encorvado, con una expresión de simpatía en sus ojos claros y acuosos y un grueso bigote blanco. Iba vestido con un pantalón de franela gris y un vetusto saco de tweed que había visto mejores días, con parches de cuero cubriendo las vergüenzas de sus codos raídos. No usaba corbata y abrigaba su escasa anatomía con un jersey de cuello de tortuga y una bufanda de lana escocesa.

El ambiente en que se movía el anciano era igualmente viejo. Unas alfombras de colores marchitos cubrían el piso de tablones de madera. En las paredes, libreros también de madera con libros sobre los que había una fina capa de polvo. Algunos encuadernados en piel con tejuelos de colores y letras doradas; otros con cubiertas de cartón descoloridas. Lo poco que se veía de las paredes mostraba un viejo papel tapiz floreado en tristes condiciones. Los muebles eran piezas de museo cada uno de ellos: sólidos sillones de roble inglés muy pulidos, con cojines gruesos y cómodos y una mesa de centro también de roble ricamente tallado, con patas de felino que encerraban brillantes bolas de cristal. El sofá era viejo, no se podía negar. Pero indescriptiblemente cómodo, como pudo apreciar Colin en cuanto se hundió en él.

Como eran las cinco de la tarde, el profesor ofreció el té a Colin. Unos minutos después, apareció en la sala de la pequeña casa una anciana ama de llaves tan delgada como su señor, vestida con el tradicional vestido gris ratón de todas las amas de su edad, que iba desde un alto cuello con borde de encaje hasta más abajo de la media pantorrilla. Encima, un níveo delantal, impoluto y perfectamente almidonado y planchado.

Llevaba, no sin dificultad dados sus años, una enorme bandeja de plata maciza de Sheffield (seguramente una herencia de la difunta señora Murphy), en la cual iban graciosamente colocados los utensilios de cualquier té inglés que se respete: la tetera de plata, el azucarero, el cremero y la pequeña coladera, además del *slop bowl* (para echar los restos del té antes de servir otra taza), que ya casi no se ve en las casas modernas. A un lado, iban colocadas las pequeñas servilletas de té bordadas en Macao.

Puso la bandeja en la mesa de centro frente al sofá, y se retiró para volver poco después con un cesto de plata que contenía unos *muffins* recién hechos, envueltos en una delicada servilleta con bordes de encaje. Una vez puesto este delicioso agregado a un lado de la mesa, el ama se retiró para no volver más. No había pronunciado una sola palabra durante su intervención en el servicio de la colación vespertina.

- ¿Léche o limón? ¿Azúcar? –preguntó Murphy a Colin con una taza en la mano izquierda y la mano derecha vacilando encima del azucarero.
- Un poco de leche y dos terrones de azúcar, por favor.
- Fuera de dos amigos –explicó el profesor–, es usted la primera persona que me busca en mucho tiempo. ¿En qué puedo servirle?
- Estoy buscando a un profesor de Oxford que estuvo aquí hace medio siglo: Nigel Whitman.

Los ojos de Murphy se iluminaron.

- ¡Nigel! Éramos muy amigos.

Permaneció un instante con la mirada perdida, recordando.

- Pero hace ya tanto tiempo... ¿Por qué lo busca?
- Es mi padre.

Murphy se sorprendió tanto que pareció que se le agrandaban los ojos.

- ¡Un hijo de Nigel! ¡Increíble! ¿Y desde cuándo no lo ve?
- No lo he visto nunca, por más increíble que pueda parecerle.

En el viejo rostro del profesor jubilado, la perplejidad se instaló de una manera muy notoria, ya que era el suyo un rostro muy expresivo.

- Parece que cuando yo nací, él ya se había ido a España.
- ¿Parece?
- Mi madre nunca me dio una información completa. De hecho nunca me dijo nada sobre mi padre. Y me engañó durante toda su vida diciéndome que mi padre había muerto.

- Pero usted es norteamericano.
- Nací en Londres, pero mi madre me llevó a Nueva York recién nacido. Ella era estadounidense, de Filadelfia.
- ¡Qué historia tan extraña!
- Efectivamente, lo es. ¿Qué puede usted decirme de mi padre?
- Nigel era un gran muchacho. Era un hombre bueno...

El viejo hablaba lentamente como recordando poco a poco lo que iba diciendo.

- Me acuerdo de un detalle curioso. Por aquellos años, no sé si el '34 o el '35, fue elegido presidente del Oxford Union un hindú, un *mister* Karaka, o algo así. Era la primera vez que un no inglés ocupaba ese cargo y se armó un gran revuelo. El escándalo fue mayor porque el Carlton Club no admitía gente de color y le hizo un desaire a Karaka.

Murphy hizo una pausa y agregó:
- Pues bien, me acuerdo de Nigel Whitman, luchando en todas partes y con gran entusiasmo en contra de la discriminación racial. Él sostenía que la única diferencia entre unos hombres y otros era el color de la piel. Y si todavía hoy hay quienes lo niegan, puede usted imaginarse lo que sería en los años treinta.
- ¿Cuándo lo vió usted por última vez? –preguntó Colin.
- No recuerdo exactamente. Era un idealista loco. Cuando empezó lo de España, cuando la rebelión fascista, todos estábamos con los leales, con la República. Todos los jóvenes de Oxford y muchos profesores no tan jóvenes. Supongo que porque éramos más conscientes que la mayoría del peligro que representaba el nazismo, el nazifascismo que dominaba ya en Italia y en Alemania. Pero de dar dinero para la causa republicana y hablar en conferencias en contra del fascismo a irse a luchar con las armas había una gran distancia. Sin embargo, fueron muchos de aquí.
- ¿De Oxford?
- De Oxford y de Inglaterra. Lo coordinaban la Duquesa de Atholl, el Partido Laborista Independiente y el Partido Comunista Británico. Hubo casos como el del biólogo J. B. S. Haldane, con su hijo de dieciséis años en el frente y su esposa trabajando en ambulancias. Me acuerdo de Ralph Fox,

educado en el Magdalen College, aquí, en Oxford, y de John Cornford, del Trinity College nuestro. Fueron también Tom R. Wintringham, del Balliol College, Philip Toynbee y otros más de Oxford que no recuerdo, y Eamonell Romilly, sobrino de Winston Churchill, que fue comandante de una unidad en España. Y Richard Bennet, del Trinity College de Cambridge...

El viejo suspiró y prosiguió.

- Los británicos hicieron un papel digno. ¿Se acuerda usted de Clive de la India, un personaje entre historia y leyenda?

- Sí, claro –repuso Colin.

- Pues un descendiente directo de él, Lewis Clive, educado aquí en Oxford, en Eton y Church, murió en la batalla del Ebro como comandante del batallón inglés. Y murió conquistando una altura que llamaron «la colina de la Muerte», por aquellas sierras de Pandols y Cavalls.

- Tiene usted buena memoria.

El viejo sonrió halagado.

- Algo tengo, aunque a veces no recuerdo lo que hice una hora antes. Pero si se considera que sentimos como nuestra la causa de España y cómo vivíamos, aun desde aquí, aquella guerra, recordarlo no tiene mucho mérito. Lewis Clive había sido miembro del equipo de remo de Inglaterra en la olimpíada nazi de Berlín, en 1937. Y en julio de 1938 moría luchando contra el fascismo. Hablando de las cosas va uno recordándolas. Un profesor del University College, de Southampton, David, de 27 años, hijo de Lord Haden-Guest, murió en la misma batalla que Clive. Había estudiado en Cambridge, en los colegios Cundle y Trinity.

Se calló, pensativo. Se hizo un silencio y el profesor susurró:

- Eran otros tiempos... Yo no fui entonces, pero ayudé cuanto pude. En propaganda, en recoger dinero para las ambulancias. Recuerdo un poema de Wystan Hugh Auden, que explica lo que sentían muchos aquí y en Cambridge:

Yesterday the belief in the absolute value of Greece,
The fall of the curtain upon the death of a hero;
Yesterday the prayer on the sunset
And the adoration of madmen. But to-day the struggle[8].

Murphy calló de nuevo, con expresión ensoñadora, rememorando otra época, otras personas, otros intereses, otros amigos. Colin respetó su silencio. Y el anciano salió de su abstracción y agregó:
- Y también fueron muchos estadounidenses, muchos.

Los estadounidenses de la Brigada Abraham Lincoln –que entraron en acción en la batalla del Jarama– estaban al mando de Robert Merriman, catedrático de la Universidad de California, y de ellos dijo Hugh Thomas: "En esta brigada –caso único en las Brigadas Internacionales– la mayoría de los americanos que la componían eran estudiantes"[9].

- ¿Y usted vio por última vez a mi padre cuando se fue a España?
- No. En 1939, volvieron los supervivientes británicos de España y también le vi y estuvimos juntos hasta que estalló la guerra. Por la edad, no le hubiera tocado la primera movilización, pero el 4 de septiembre los dos nos enrolamos voluntarios.
- ¿Estuvieron juntos en la guerra?
- Al principio sí, y los dos, lo que no fue fácil, sobrevivimos a la retirada de Dunquerque. Aquello fue horrible. De espaldas al mar. Se ha dicho mucho pero ninguna descripción puede dar una idea de aquella realidad a los que tuvieron la suerte de no vivirla. Nigel y yo llegamos a Inglaterra en un barco de pesca de los que fueron a recoger gente en la retirada. Fuimos de los últimos y aún tuve que empujar por la fuerza a tu padre para salvarle. Él sabía lo que eran los fascistas. Los había conocido en España. Había combatido

---
[8] Ayer la fe en los valores absolutos de Grecia. La caída del telón sobre la muerte de un héroe; ayer la plegaria al ocaso y la adoración de los locos. Pero hoy el combate.
[9] Hugh Thomas: *La guerra civil española*. Grijalbo, Barcelona. Vol. II, pág. 644.

a la Legión Cóndor de Hitler y en Dunquerque estaba frente a los alemanes. Y no quería dejar de disparar. Salimos cuando parecía imposible.

- Nunca hubiera pensado que mi padre, un profesor de literatura inglesa, se convirtiera en un soldado veterano, fogueado y tan combativo.

- No somos más que lo que hacen de nosotros las circunstancias. Después de algún tiempo de reorganización y entrenamiento, como Nigel dominaba el francés de una manera tan perfecta que no se le notaba acento alguno, los servicios especiales del ejército británico lo lanzaron en Francia con paracaídas, en misiones de enlace y ayuda con la Resistencia.

- ¿Y después de eso? ¿Volvió a verle?

- No. Tuve algunas noticias de él. Supe que se había distinguido tanto que le dieron una o dos condecoraciones de primer nivel. Pero no lo vi. Nunca volví a verlo.

- ¿Quién le habló de él informándole de lo que había hecho en Francia?

- Un francés. Un francés que pasó a Inglaterra desde Dunquerque y a quien conocimos y tratamos durante la reorganización y los entrenamientos. Después de la guerra, vino a Inglaterra y fue él quien me habló de Nigel.

- ¿Sabe usted dónde vive?

- Sí.

Murphy salió y regresó al cabo de unos minutos con un papel escrito que le dio a Colin.

- Aquí están su nombre y su domicilio. Se llama Gaston Marie Deschamps. Y la última vez que supe de él, vivía en París, en Kremlin-Bicètre.

Colin sintió tener que despedirse de aquel viejo profesor que le había ayudado a conocer un poco más a su padre. Un padre que iba reconstruyendo a base de testimonios de extraños.

Un padre al que ya admiraba profundamente. Y un padre cabalmente para él.

El padre de alguien que, sin haberlo conocido, se había manifestado contra la guerra de Viet Nam.

PARÍS, 1985

Colin bajó del autobús en la avenida Gabriel Péri en Kremlin-Bicètre. Para entonces, ya sabía que Péri fue uno de los directores de la edición clandestina de *L'Humanité* bajo la ocupación alemana, fusilados por los nazis.

Tomó por la calle de Jean Jaurès y después de enredarse un poco en varias callejuelas, por la Banser llegó al callejón Pascal y encontró la casa que buscaba.

Era un edificio no muy ancho de tres pisos, con ventanas angostas a la calle y buhardillas en el techo. La puerta principal, cuando la abrió el conserje, daba a un oscuro y angosto pasillo, con olor a viejo y a guisos indefinibles, con varias puertas y una escalera de caracol al fondo. Cubierta de una raída alfombra floreada color mostaza, la escalera hacía una pausa en cada entrepiso que pasó Colin al subir, pausa que se aprovechaba para poner el retrete colectivo agregado en tiempos relativamente recientes para uso de los inquilinos. Colin llegó a la puerta que buscaba y tocó con los nudillos, pues no había timbre.

Le abrió un hombre de unos sesenta y cinco años, alto y erguido, con un bigote rubio y ralo que le miró interrogativamente.

- ¿*Monsieur* Gaston Marie Deschamps?
- Yo soy.
- Soy Colin Whitman, hijo de Nigel Whitman a quien usted conoció.
- ¿De Nigel? ¿El hijo de Nigel Whitman?
- Sí, soy yo.
- Espere un momento.

El hombre se colocó rápidamente una chaqueta y una gorra visera. Colin observó en el ojal de la americana un cordón rojo delgado.

- Aquí no se puede hablar. Vamos *Chez Pierre* aquí en la esquina de la calle Bylas.

Efectivamente, a pocos pasos entraron a un *bistro*, uno de esos bares con cafetera para express que hay en cada esquina de París. Colin se sentó, aceptando la invitación de Gaston, y éste no le consultó sobre qué quería sino que dijo al camarero:

- *Deux ballons rouges* –con lo que estaba pidiendo dos copas de vino tinto.

El camarero se alejó y Colin aprovechó el silencio subsiguiente para mirar a su alrededor. El lugar era pequeño, con una escalera llevando al sótano incrustada en plena sala. Las mesas eran de las antiguas, de las de tapa de mármol y tripié de hierro forjado. Las sillas pequeñas eran de respaldo curvo, parecido al de las tradicionales mecedoras vienesas, y asiento de madera prensada con perforaciones formando dibujos geométricos. En las ventanas, había unas polvorientas y un tanto manchadas cortinas de algo que parecía encaje, pero que seguramente no era más que una tela fabricada ex profeso. El piso, de baldosas grises y crema, tenía una fina capa de serrín.

El camarero, con un enorme delantal blanco que en algún momento estuvo limpio pero que ya no gozaba de esa alba condición, llegó con una bandeja vieja de latón en la que había dos copas de vino. Las dejó y puso un tique debajo del cenicero.

- ¿Cómo está Nigel? ¿Dónde está ahora?

- No lo sé. Le parecerá difícil de creer pero yo no he visto a mi padre en toda mi vida.

- ¡*Nom de Dieu*! ¿Cómo es posible? ¿Piensa usted que yo crea eso? ¿De verdad es usted hijo de Nigel Whitman?

Colin le mostró su pasaporte en el que aparecían su nombre, su foto y su lugar de nacimiento, Londres. Y después le dio una completa explicación acerca de lo que había sido su vida en relación con el padre, debido a la madre.

- Cuesta trabajo creerlo –dijo Deschamps.
- Y, como acabo de decirle, lo que quiero es encontrar a mi padre.
- Lo siento mucho, pero yo no tengo idea de dónde puede estar ahora. Estuvimos juntos en la Resistencia. Al tratarnos, supimos que los dos habíamos estado en las Brigadas Internacionales en España, aunque allí no nos conocimos. Su padre aquí se portó extraordinariamente.
- Cuénteme acerca de él.
- Fue lanzado en paracaídas porque hablaba el francés como nosotros. Su primera misión fue organizar la evacuación de los pilotos británicos, y después los norteamericanos, derribados por los alemanes y que pudieron salvarse con su paracaídas.
- ¿No los capturaban los nazis?
- A muchos sí. Pero muchos otros eran escondidos y protegidos por los franceses, campesinos y citadinos. Para recoger a éstos y hacerlos llegar a Inglaterra, existían algunas redes de la Resistencia. Una de ellas a cargo de Jean Camp, un profesor y escritor anti-nazi, por cierto eminente hispanista y que había simpatizado con la República Española. En la misma red estaban su hijo André y otras personas. Con ese grupo fue el primer contacto de Nigel en Francia. Tenían casas de seguridad en varios lugares, una de ellas en la orilla izquierda, cerca de la Sorbona.
- ¿Y con ellos estuvo mi padre?
- Sí. Ayudó a establecer contactos y contraseñas especiales con Londres, además de traer equipo de radio. Un tiempo trabajó con ellos. Lupin era su nombre de guerra. Estaba a punto de regresar a Londres cuando ocurrió lo de Hank.
- ¿Y qué fue lo de Hank?
- Algo de lo más divertido que pudiera haber ocurrido durante la lucha de la Resistencia: un bombardero, es decir, un especialista en el lanzamiento de bombas desde los B-17, las «fortalezas volantes» norteamericanas, fue derribado con los demás miembros de la tripulación. Algunos fueron capturados por los alemanes, pero Hank recibió refugio en una alquería y fue a parar a la red de los Camp, que lo ins-

talaron en una casa de seguridad hasta organizar su evasión, que pasaba por España y Portugal.

- ¿Por la España de Franco?

- Sí. El problema era pasarlos en la absoluta clandestinidad, a campo traviesa por los Pirineos, y hacerlos llegar de la misma manera hasta Portugal. O bien obtener documentación falsa. Pero no había otra manera de devolverlos a Inglaterra.

- ¿Y qué sucedió?

- Pues cuando Nigel iba a regresar, Hank, es decir Henry, desapareció. La cosa era muy grave. Fue necesario desalojar inmediatamente la casa de seguridad en que había estado y esconder a las personas que habían tenido contacto con él. Todos sabíamos que la Gestapo le torturaría hasta hacerle hablar. Y Nigel prefirió quedarse porque si la red era deshecha a causa de lo ocurrido, sería necesario organizar otra.

- ¿Lo encontraron los alemanes?

- Durante meses, estuvieron los de la red Camp esperando a ver qué sucedía y no sucedió nada. Se ordenó a todos los contactos de la Resistencia buscar al tal Hank. Entre estos contactos estaba casi toda el hampa y los bajos fondos de Francia que, pese a sus actividades, eran patriotas. Me permito recordarle cómo los alemanes tuvieron que destruir, a cañonazos, el llamado Barrio Chino de Marsella por lo mismo. Era un nido de resistentes ante el cual la Gestapo fracasaba. Pero volvamos a Hank: por fin lo encontraron.

- ¿Dónde?

- Tranquilamente recostado en un diván lleno de cojines, como un sultán del Medio Oriente, en un edificio muy cercano a Pigalle, y viviendo de las prostitutas que controlaba desde su cómoda posición.

- ¡Es increíble!

- Mucho más increíble si le digo que no sabía ni una palabra de francés. ¿Cómo llegó hasta allí y cómo estableció contactos con las mujeres y cómo las manejó? Nunca lo sabremos. Lo que sí supimos es que en Chicago se dedicaba a la misma actividad.

- ¿Y qué hicieron?
- Era un peligro porque los alemanes podían encontrarlo en cualquier momento. Se le dijo que tenía que volver a la red para ser devuelto a Inglaterra. Se negó. Se le amenazó con que habría que matarlo si persistía en esa actitud. Aceptó y por fin lo condujeron a Londres, a donde llegó sin novedad.
- ¿Y mi padre?
- Reorganizada la red, se incorporó a nosotros que estábamos en otro nivel de la Resistencia. Nos dirigían gentes como Henri Rol-Tanguy y Pierre Georges. Los dos estuvieron en las Brigadas Internacionales y el último fue el famoso Coronel Fabien, el primero en matar a un oficial alemán en París. Fue en el metro y la estación en que lo hizo se llama hoy «Colonel Fabien».

... La 14 Brigada Internacional, lanzada en el mes de marzo de 1938 en una rotura del frente, en Caspe, en Aragón. Con sus cuatro cañones antitanques, la 14 Brigada resistió diecisiete días bajo la avalancha y, desbordada, terminó por batirse en retirada agarrándose obstinadamente a cada desnivel del terreno. El 31 de marzo la Brigada iba a ser rodeada cerca de Gandesa pero logró salir una vez más con sus oficiales y sus comisarios políticos muertos o heridos. El alférez Pierre Georges toma el mando y, porque lo lleva en la sangre, porque éste obrero metalúrgico de diecinueve años es un jefe de guerra nato, responde: a cada avance enemigo, el contraataque. Penetrar, derecho hacia adelante. Una ráfaga de ametralladora le barre a la cabeza de sus guerreros en harapos y, sobre la camilla que lo lleva ensangrentado, con el vientre desgarrado, el comandante de la Brigada vecina lo asciende a teniente y lo condecora... Mientras españoles y franceses le presentan armas bajo la metralla... Sobre el vientre martirizado quedaron seis perforaciones, una eventración de veinte centímetros e hilos de bronce para sujetar los músculos, sin

contar las lesiones en los brazos, en la rodilla y en el muslo...[10].

- ¿Y qué hacía mi padre?
- Lo que todos nosotros. Dinamitar trenes militares nazis; atacar vehículos con prisioneros de los alemanes para salvarlos; organizar el abastecimiento de armas para el maquis. Puedo asegurarle que no era nada fácil.
- Veo que usted tiene la Legión de Honor –dijo Colin mirando la línea roja en la solapa de Deschamps.
- Sí, a título militar. También tengo la Medalla de la Resistencia y la Cruz de la Liberación. Las mismas tres medallas le fueron concedidas a Nigel Whitman, su padre.
- ¿Pero no sabe adónde fue?
- No. Con nosotros estuvo muy unido porque, aparte de la lucha contra los nazis en Francia, existía el antecedente de las Brigadas Internacionales en las que todos habíamos estado. Por suerte para él, Nigel no era comunista.

Colin le miró con expresión de sorpresa.

- ¿Por qué dice eso?
- Porque en los años cincuenta empezaron las purgas contra los que habíamos estado en las Brigadas Internacionales. Existía la *Amicale des Ancient Volontaires Français en Espagne Républicaine*. Y empezaron contra todos. Incluso André Marty, que nunca fue santo de mi devoción, pero que fue el jefe de todas las Brigadas, también fue expulsado del Partido Comunista Francés.
- Pero no todos.
- No, afortunadamente no todos los que estuvieron en España fueron expulsados del Partido. Pero sí muchos de los más importantes. Por ejemplo Charles Tillon, que fue ministro entre 1945 y 46, fue expulsado del PCF en 1951.

Charles Tillon escribió después: «En aquella época, en todos los partidos comunistas, se atacaba a quienes habían luchado en la Resistencia o en el extranjero».

---

[10] Claude Angeli y Paul Gillet: *Debout, partisans!*. Fayard, Paris, 1969. Pág. 248.

- Quisiera saber algo más de mi padre.
- Lo único que supe de él es que pensaba ir a los Estados Unidos. Esto lo supe ya en Londres, después de la guerra. Pero no sé más. Sin embargo, sé que existe una asociación norteamericana con los excombatientes de la Brigada Abraham Lincoln. Tal vez se haya puesto en contacto con ellos.
- No es fácil buscar a un hombre en los Estados Unidos –comentó desalentado Colin–. Pero es mi única esperanza.

Colin dio las gracias a Deschamps muy efusivamente, tomaron un segundo y último *ballon rouge* y se despidieron.

MADRID, NOVIEMBRE DE 1936

La Casa de Campo más que un parque era un bosque poblado de encinas, pinos, acebos y un que otro álamo. La naturaleza estaba indecisa entre los últimos colores del otoño y los primeros del invierno.

Y por ese parque, junto al Puente de los Franceses, con toda clase de precauciones, avanzaban los Internacionales, los primeros, alemanes, ingleses, franceses... La dotación que componían Laszlo, Nigel y Filo llevaba una vieja ametralladora rusa de las de refrigeración hidráulica, ruedas y cinta de balas.

Iban despacio, siguiendo a dos ingleses que hacían la descubierta, cuando una ametralladora comenzó a disparar. Cayeron los dos de avanzadilla y los demás se arrojaron al suelo buscando refugio detrás de un desnivel del terreno, de una piedra grande o de un tronco caído.

La dotación de la ametralladora estaba pegada a la tierra. Si levantaban la cabeza, veían a los marroquíes que les estaban barriendo con su máquina. Hojas y ramas caían sobre Nigel y Laszlo a cada ráfaga marroquí.

- ¡Estamos bajo el fuego de ellos! –gritó Laszlo–. ¡Vámonos detrás de aquel tronco!

Laszlo y Nigel agarraron la ametralladora y corrieron mientras Filo disparaba una y otra vez contra los que manejaban la máquina enemiga, con toda la velocidad que le permitía su viejo Mauser.

Nigel y Laszlo cayeron detrás del tronco y rápidamente colocaron la máquina y acomodaron la cinta. Filogonio llegó arrastrándose y tirando de una caja de municiones.

- ¡Carajo! ¡Creí que no llegaba!

Andreu Castells estima los voluntarios mexicanos en 464 y los que murieron en 74; desaparecieron, cayeron prisioneros o desertaron 42, fueron heridos 264 y sobrevivieron a la guerra 329[11].

Es muy difícil precisar el número aproximado de mexicanos que fueron a luchar por la República debido a que los más de ellos eran encuadrados en unidades españolas y no en las Brigadas Internacionales. Los que hemos podido localizar en referencias e identificar son los siguientes:

Néstor Sánchez Hernández, oaxaqueño, teniente de la XIII Brigada Internacional, «Dombrowski» y uno de los primeros en cruzar el Ebro el 25 de julio de 1938. Fue condecorado por Polonia por haber mandado a poloneses y a la hora de escribir estas líneas es el director de la Hemeroteca de Oaxaca, que lleva su nombre en justo homenaje que le ha rendido su Estado.
Andrés García Salgado, Comisario de División.
Coronel Juan B. Gómez, Comandante de Brigada.
José Jaramillo Rojas, tabasqueño, muerto en combate.
Silvestre Ortiz Toledo, oaxaqueño, comandante en la XIII Brigada Internacional.
Manuel García Gómez, ya mencionado, citado por Castells como aviador que cayó prisionero de los franquistas en Guadalajara.

De los cadetes del Colegio Militar que, desertando de hecho, fueron a luchar contra el fascismo en la España republicana, hemos podido identificar a los cuatro siguientes:
José Conti Barcé, Teniente, muerto en combate.
Roberto Vega González, Capitán en el XX Cuerpo de Ejército, 46.

---

[11] A. Castells, op. cit. Pág. 382.

División. Herido de mucha gravedad en la batalla de Teruel, fue capturado por los marroquíes y condenado a muerte por los franquistas. Después de unos siete meses de estar en capilla, fue liberado debido a numerosas presiones internacionales.
Roberto Mercado Tinoco, Teniente en el XXIII Cuerpo de Ejército.
Humberto Villela Vélez, Teniente en una Brigada.

Otros mexicanos fueron Tito Ruiz Marín, oaxaqueño, Capitán en la XI Brigada Internacional muerto en combate.

Juan Razo, Antonio Pujol, Manuel Valenzuela, chihuahuense, Bernabé Barrios, guanajuatense y Carlos Roel, regiomontano, todos ellos en la XV Brigada Internacional, «Abraham Lincoln»[12].

Nigel no quería pensar en nada mientras pasaba la cinta, aturdido por el ruido de los disparos. Hasta que sintió que la cinta no entraba, que le sacudían y que había un extraño silencio. El que le hablaba era Laszlo.

- ¡Ya no! Han ordenado alto el fuego.

El silencio no era tal, porque lejos se escuchaban disparos y explosiones. Pero lejos, ya no en sus oídos.

Cansados y acurrucados, pegados a la tierra, Nigel y Filo descansaban de la tensión anterior, mientras Laszlo oteaba hacia el enemigo por entre la hierba. Pero no habría movimiento porque el coronel Varela, del ejército rebelde, estaba ordenando los preparativos de un ataque por Carabanchel.

- Estoy en Madrid –se decía Nigel–, en Madrid, capital de España. ¿Cómo será Madrid? Apenas he visto unas calles. ¿Estoy aquí por Madrid? ¿O es que Madrid es un símbolo? ¿Un símbolo de qué? ¿Por qué vine? Sí, ya sé, estoy luchando contra Hitler. Estoy combatiendo a las Secciones de Asalto, a los Camisas Pardas que asesinan gente y queman libros en Alemania. Sí, a ésos. Por eso

---

[12] Estos últimos cinco nombres son datos de Néstor Sánchez Hernández en: *Un mexicano en la guerra civil española*. Carteles Editoriales, Oaxaca, 1997.

estoy aquí, porque los fascistas de aquí, asociados con los de allá, se están extendiendo como una mancha hedionda, una mancha de sangre sucia. De sangre sucia. ¿Sangre sucia? Ellos ensucian la sangre. Ellos. Pero nuestra sangre es roja y limpia. ¿No? ¡Qué tontería, la sangre sucia! Me acuerdo del Queen's College de Oxford, de Agatha. Agatha no entiende nada. ¿O es pro-nazi? No lo creo, no quiero creerlo y no lo creeré. Cuando vuelva, si es que vuelvo, o cuando sepa que quedé aquí, me perdonará y se arrepentirá de haber reaccionado como lo hizo. Así tiene que ser. Porque si alguien decide ir a algún lugar extraño y lejano a luchar y quizás morir por algo, por algo que en su opinión vale la pena, ese alguien es respetable. Y para ella ese «alguien» debería ser yo, puesto que es mi esposa.

- Morir por alguien. Morir por España. Morir por la libertad, ésa es la verdad última. Lo sepa o no el mundo, hemos venido aquí a luchar y a morir por la libertad. ¿Hay algo más valioso para el ser humano que la libertad? ¿Hasta dónde llega la libertad? ¿Hasta dónde es real? ¿Es libertad usar la libertad para escoger la esclavitud? ¿Son conscientes los que escogen la tiranía? ¿Tienen derecho a hacerlo los que usan su libertad para escoger la dictadura sangrienta?

Los árboles iban escondiéndose uno por uno en las sombras del crepúsculo. Pero el crepúsculo no era el reposo, como suele ser en tiempos de paz. La sensación de llegar al descanso o de acercarse al reposo allí era suplantada por el miedo, miedo a que, entre las sombras, el enemigo pudiese intentar una sorpresa.

Un miliciano de Intendencia, español, llegó a llevarles algo de comida. Comida muy española y muy pintoresca: un pan a cada uno lleno de tortilla de patatas. También les llevó agua para las cantimploras, pero como éstas estaban llenas la utilizaron en el refrigerador de la ametralladora.

Se oían disparos espaciados muy cercanos, pero pocos. Algo más lejos, de vez en cuando, una ráfaga de ametralladora.

- ¿Ves algo?

- No –repuso Laszlo–, pero ahí están. Son los marroquíes, los moros, ¿los viste?

- Un poco, al principio.

- Por favor –se escuchó a Filogonio Hauptmann–, véanlo con calma. Olvídense del fascismo y del comunismo, olvídense de sus pasiones y de sus partidos, y escúchenme.
- ¿Qué quieres?
- Ustedes dos son gente preparada, gente que ha estudiado.
- Habla de una vez.
- Es que quiero una opinión objetiva, imparcial, sin política.
- Ya, deja de dar lata y di qué quieres.
- Me han contado algunos españoles lo que son los moros y lo que hacen. Son como bestias. ¿Se puede entender que españoles traigan aquí a los moros, a luchar contra otros españoles?
- La verdad, amigo Filo –dijo Laszlo–, es que eres tan inocente como una señorita de catorce años. Así es la política, así es la lucha, así es el hombre.
- Sí, eso es lo que yo temía.
- ¿Qué?
- Saber que así es el hombre.

Un enlace alemán de su mismo batallón llegó llevando tres bolsas con bombas de mano. Habló con Laszlo, mitad en alemán y mitad en checo. Y se fue.
- ¿Qué dijo?
- Parece que vamos a atacar. Ya nos avisarán. Agarre cada uno su bolsa de granadas.

Un miliciano español que venía de la retaguardia llegó hasta ellos.
- ¡Salud, camaradas! ¿Sois internacionales?
- Lo somos –contestó Filogonio.
- ¡Coño! ¡Qué bien hablas español!
- Yo soy mexicano.
- ¿Y éstos?
- Uno es checoslovaco y el otro es inglés.
- Yo soy de la Tercera Brigada, la del coronel Galán. Me mandó el coronel a llevar un mensaje y ya estoy de vuelta. Estamos ahí, a la izquierda de vosotros.

Levantó el puño en un mudo saludo a Nigel y a Laszlo y dijo a Filo:
- Las pasamos putas ayer. Menos mal que habéis llegado, aunque no sois muchos. ¿Llegaréis a dos mil?

- Mil novecientos en toda la Once Brigada –dijo Filogonio, y puso la pistola en la cabeza del otro mientras lo desarmaba–, pero no te va a servir de nada saberlo.

Laszlo y Nigel, aunque no entendían nada, apuntaron también al extraño con sus armas.

- ¿Qué te pasa? ¿Qué haces?
- ¡Cabrón espía, vienes a saber cuántos somos! ¡Eres fascista!
- ¡Que no, que soy de la Tercera Brigada!
- A ver, saca tus papeles, pero cuidado con las manos.

El español sacó sus documentos: carné de la Tercera Brigada, carné de la Unión General de Trabajadores, salvoconducto para circular por Madrid en misión del Estado Mayor de la Brigada.

Filogonio le registró concienzudamente sin encontrar nada más y estaba terminando cuando llegó un sargento, también español, que saludó al otro y preguntó:

- ¿Qué pasa aquí?
- Este tipo –dijo Filogonio– que viene a saber cuántos internacionales somos.
- A este gilipollas lo conozco muy bien. Es un enlace del coronel Galán. –Y dirigiéndose a él–: ¿Por qué coño andas preguntando putadas?
- Llévatelo –dijo Filo– y dile que en las guerras no se puede ser tan pendejo. El sargento agarró al otro por el brazo y lo empujó.
- Vamos, gilipollas. ¡Salud, camaradas! Parece que pronto va a haber tomate[13].

Cuando los españoles se fueron hacia su Brigada, Laszlo y Nigel quisieron saber qué había pasado.

La explicación de Filogonio fue clara y precisa hasta que llegó al final.

- Lo que no he entendido es qué quiso decir el sargento. Dijo que *they are going to send us tomatoes* (van a mandarnos tomates). Tal vez sea la comida del ejército.

Estaba entrando la noche del 9 de noviembre de 1936 y, aunque aparentemente tranquila, los internacionales sintieron en ella algo ominoso.

---

[13] Expresión madrileña típica de la época que indicaba que iba a haber sangre, pelea.

> De esa noche dice Hugh Thomas: «*En la Casa de Campo, Kleber reunió a la Brigada Internacional y en el brumoso atardecer, lanzó un ataque ¡Por la revolución y la libertad! ¡Adelante!*».

Filo y Nigel avanzaron lanzando granadas de mano que alternaban con el disparo de sus fusiles. Filogonio luchaba con un valor del que él mismo se habría sorprendido si hubiese podido verse desde fuera.

> *En julio de 1939, cuando Roberto Vega estaba condenado a muerte en una cárcel franquista, J. Vino Domenech hizo y publicó un romance al que pertenecen estas estrofas:*

> > *Roberto Vega González,*
> > *Rayo del sol mexicano,*
> > *Por darle color a España,*
> > *¡A muerte te condenaron!*
> > *Roberto Vega González,*
> > *En su México lejano,*
> > *Oyó el grito ronco y rudo*
> > *Del pueblo martirizado*
> > *Roberto Vega González,*
> > *Capitán de milicianos.*
> > *¡Yergue orgullosa la frente!*
> > *¡Reta con temple acerado*
> > *la villanía morbosa*
> > *de quienes te condenaron!*[14]

Laszlo les seguía tirando de la ametralladora y dos hombres de la Brigada, detrás de ellos, llevaban cajas de municiones. Arrastrarse un poco sin sentir ramas ni piedras, vislumbrar al enemigo y arrojar una granada, agachándose; correr de inmediato hacia donde cayó, tirarse al suelo, procurando caer a cubierto de cualquier árbol, de cualquier roca, de cualquier zanja. Y apuntar y disparar con el fusil. Pero los

---

[14] Roberto Vega González: *Cadetes mexicanos en la guerra de España*. 2ª. edición. 1ª edición de Colección Málaga, S.A., México, 1977.

marroquíes eran soldados muy duros. Resistían en cada posición hasta que era imposible seguir haciéndolo.

Nigel avanzaba repitiendo como un obseso: «¡Por la libertad! ¡Por la libertad! ¡Por la libertad!» Eso le impedía pensar mientras combatía.

De pronto cuando, tendido en el suelo, iba a disparar contra un moro lejano, sintió una sombra a su lado y se volvió instintivamente: un marroquí fornido estaba a punto de clavarlo a la tierra con la bayoneta. Al girar disparó. La bala dio al moro en el puente de la nariz y le salió por la bóveda craneana, empujándole hacia atrás y haciendo saltar sangre, sesos y esquirlas de huesos que, en parte, cayeron sobre Nigel, lo mismo que el fusil del musulmán, cuya bayoneta se clavó a pocos centímetros de él, en el piso de tierra, sin tocarle. Mecánicamente se limpió la cara con la mano y vio en ella cerebro y esquirlas. Pero ya Laszlo se había instalado a su lado con la ametralladora y allí estaba la cinta y llegaba un inglés con otra caja. Y enfrente un contraataque de Regulares de Marruecos que corrían hacia ellos con la bayoneta por delante.

Y la máquina que dispara y dispara y dispara y dispara y dispara...

¡Por la libertad! ¡Por la libertad! ¡Por la libertad!

> *Entre las encinas y los acebos* –prosigue Thomas–, *la batalla se prolongó toda la noche y hasta entrada la mañana del 10 de noviembre. Para entonces a los nacionalistas sólo les quedaba el Cerro de Garabitas, en la Casa de Campo. Pero habían caído una tercera parte de los hombres de la Primera Brigada Internacional. Varela abandonó el ataque directo a Madrid por la Casa de Campo.*

Las entradas a Madrid estaban cerradas para los moros y para quienes los llevaron.

> *Una compañía de polacos del Batallón Dombrowski resistió en la Casa de Velázquez del Instituto Francés*

hasta el último hombre. Una avanzadilla de marroquíes hizo retroceder a los anarquistas de Durruti una vez más en la plaza de la Moncloa, la primera plaza situada ya dentro propiamente de Madrid, y empezó a abrirse camino por la calle de la Princesa. Algunos incluso bajaron por el paseo de Rosales para llegar a la plaza de España, pero los mataron a todos. Sin embargo, no fue fácil detener el rumor de que «los moros están en la plaza de España». Miaja se presentó en la línea de fuego para renovar los ánimos de los milicianos. «¡Cobardes! –gritaba– ¡Morid en vuestras trincheras! ¡Morid con vuestro general Miaja!»[15].

Los fascistas y sus aliados no lograron jamás entrar en Madrid por la fuerza de las armas.

---

[15] El general José Miaja fue el jefe de la defensa de Madrid. La cita es de Antonio López Fernández: *Defensa de Madrid*. México, 1945. Pág. 175.

NUEVA YORK-AGRA-DELHI-BENARÉS, ENERO DE 1986

La ausencia de Colin era importante, pero no había interferido en los trabajos de Export-Import, Inc., merced al esfuerzo y a la buena voluntad de Thomas Wallace.

Pero, súbitamente, en la misma forma inesperada en que suelen caer los rayos en las grandes tormentas, el problema se abatió sobre Thomas Wallace.

Una importantísima empresa de San Francisco, California, que durante años habían intentado en vano convertir en cliente, hizo un gran pedido de sedas hindúes. Cuando Thomas pudo pensar tranquilamente, cosa que sucedió mucho después, comprendió que sin duda esa empresa había roto, por alguna razón desconocida, con sus anteriores proveedores, lo que daba al negocio de Thomas y Colin una oportunidad única.

Pero eso fue después. De momento, el pedido constituyó un problema de proporciones gigantescas para Thomas. Exigía el cliente que la seda fuese precisamente de Benarés, la ciudad de la India en la que se fabrican los más bellos y mejores saris de todo el subcontinente.

Lo cual, estando Colin en funciones, no tenía por qué provocar ningún problema, ya que era él quien viajaba por el mundo y conseguía los mejores artículos para importar y los mejores clientes para exportar. Con Colin todo iba sobre ruedas porque Colin era el hombre de acción, el incansable viajero, el aventurero.

Pero Thomas Wallace, dignísimo descendiente de una magnífica estirpe de tenedores de libros, no había viajado nunca más allá de Nueva Jersey y decía constantemente que con conocer Nueva York ya se conoce el mundo.

No sabía dónde localizar a Colin, que seguía viajando en busca de su padre. Y no tenía a quién mandar a la India porque los negocios de esa envergadura hay que hacerlos personalmente. Ciertamente el bueno de Moses Brown era de toda confianza en cuanto a su honradez y a su capacidad para llevar la parte rutinaria del negocio. Pero ir a buscar proveedores para un pedido de tal importancia no era trabajo de segundones.

No sólo era necesario ver calidad y precio, sino también cerciorarse de que la empresa vendedora era seria y responsable para no caer en manos de aventureros capaces de surtir un primer pedido y desaparecer. Y –en opinión de Thomas–, ¿qué podía esperarse de un país como la India?

Thomas Wallace sabía muy bien vender las sedas, los tés y la artesanía hindú más variada. Pero la idea que tenía del país era, para decirlo suavemente, demasiado pintoresca.

Y ahora se encontraba en la ineludible obligación de ir en persona a la India para buscar la empresa vendedora de sedas más seria que pudiera existir en Benarés. Pensó cuidadosamente en el asunto buscando la forma de eludir el viaje, pero todo fue inútil. En esos días ignoraba por completo dónde estaba Colin. También le preocupaba el saber, por distintos conductos, que los hindúes regatean cada centavo hasta la muerte. Pero, por fin, tomó su decisión.

Comenzó por arreglar, mediante una conferencia telefónica y dos telefax, los plazos de entrega de la mercancía con el cliente de San Francisco. Y después se puso a preparar cuidadosa y rápidamente su viaje.

Buscó, encontró y compró un salacot del más puro modelo inglés 1850, media docena de camisas de cazador blanco en África ecuatorial, tres pares de pantalones adecuados, vendas para las piernas de las que usaban los soldados ingleses en los últimos años del siglo XIX y botas *ad hoc*.

Además, compró un termo de dos litros, el más grande que encontró; veinticinco cajas de pastillas para purificar el agua; tres medicinas diferentes para asentar estómagos alterados por mala alimentación y otras tres, también diferentes, contra la diarrea.

En lo que respecta a libros que consideró indispensables adquirió: dos diccionarios inglés-hindi y viceversa, uno manual y otro grande; el diccionario inglés-sánscrito de Monier Williams; ediciones en inglés del *Kama Sutra*, el Bhagavad-Gita y el Rig Veda, además de un libro que se titulaba *Viaje a la India* y que por el título le pareció muy conveniente.

Después de todo lo cual, y de haberse encomendado a Dios, según la fórmula norteamericana *In God we trust*, se despidió ceremoniosamente de su esposa y cariñosamente de los niños y tomó el avión a Delhi tras haber reservado el enlace inmediato con la aerolínea india interior para volar a Varanasi, la ciudad que en tiempos coloniales se llamaba Benarés.

Como el viaje es largo, abrió el libro relativo al viaje. Era una traducción al inglés de la obra de Louis Rousselet que comenzaba así: «Corría el mes de julio de 1864 cuando un buque inglés de la línea de Suez me desembarcó en Bombay...».

Thomas llegó a la conclusión de que, de momento, ese libro no le sería muy útil y abrió el *Kama Sutra*. Preciso es aclarar que en sus tiempos de estudiante había oído hablar de esa obra como de algo terriblemente pornográfico. Ahora, forzado a ir a la India, encontró, por primera vez en su vida, una aparente justificación para comprarlo. Pero, para decir toda la verdad, las páginas que leyó le decepcionaron horriblemente. Nada pornográfico había en ellas.

Después de los dos primeros fracasos de lectura, abrió un voluminoso libro: el *Rig Veda* en traducción de Ralph T. H. Griffith. Durante dos o tres horas leyó himno tras himno con tenacidad de tenedor de libros, pero por fin llegó a la conclusión de que el *Rig Veda* no le sería muy útil para comprar seda en Benarés.

Cuando llegó a Delhi, se asustó un poco ante el aeropuerto, aunque no se sorprendió tanto como se sorprendieron quienes vieron bajar del avión al que, a juzgar por su indumentaria, parecía un colonialista británico que llegaba con un siglo de retraso.

Después de una hora cuarenta y cinco minutos de hacer cola, pasó sin problemas los trámites de migración y aduana y salió de los recintos oficiales. Su primera impresión fue la de haber cambiado de planeta. Comenzó a recordar algunas viejas películas vistas en televisión y rectificó: sólo había cambiado de época, lo que le convenció de que su vestimenta era la más adecuada.

Jamás en su vida vio una multitud más abigarrada, compacta y variopinta. Dentro de un mar de gente vestida de lo que parecían trapos sucios en diversos tonos de gris, había islas de colores muy fuertes correspondiendo a los saris brillantes de algunas mujeres. También había otras islas oscuras, que no eran más que mujeres islámicas vestidas con *niqab*, es decir, de negro de pies a cabeza con sólo los ojos asomándose por un pequeño cuadro recortado en la parte superior. En el suelo, se veían bultos de diversos tamaños que, al fijarse Thomas, poco a poco asumieron formas humanas, pues había gente tumbada por doquier, es decir, todo a lo largo de los muros y en pleno centro de la sala. Pero también había otros bultos, y maletas, apilados en enormes montañas con un harapiento y famélico cargador, un culi, acostado en dudoso equilibrio en la cima. El olor del conjunto le pareció nauseabundo, pues combinaba el del sudor de cuerpos muy poco bañados, el del tabaco barato y bronco de los *bidis* (los cigarrillos más corrientes de la India) y el de los ubicuos pebetes de incienso de azafrán. Y por si fuera poco, las columnas y las paredes del recinto estaban manchadas de un rojo que le parecía sangre a Thomas, pero que en realidad no era más que escupitajos de *pan*, es decir, hojas de betel cuyos jugos benéficos ya habían sido gozados por los usuarios. El conjunto estaba coronado por una algarabía ensordecedora, pues todo el mundo hablaba a gritos con agudos contrapuntos de alarido.

Thomas no podía imaginar que tiempo después habría en Delhi un magnífico aeropuerto, moderno y limpio. Pero en aquel momento no le habría consolado saberlo.

Asustado y con fuertes ganas de retroceder otra vez al área de aduanas, miró alrededor creyéndose perdido pero pronto vio un letrero que decía «*Mister* Thomas Wallace». En el letrero estaba la seguridad de que su agencia de viajes había funcionado perfectamente y bajo el letrero el rostro simpático y servicial de un hindú islámico tocado con una gorrita blanca.

Con el entusiasmo que da la seguridad, se dejó conducir por su guía musulmán, el cual llegó al corazón de la multitud, levantó a dos o tres hindúes envueltos en trapos, bajo los cuales se descubrió una banca, e indicó a Thomas que tomara asiento.

- ¿Cuándo saldrá el avión a Benarés?

El guía miró un gran reloj que había en la pared y respondió:

- Dentro de unas tres horas.
- ¿Y dónde voy a esperar?
- Aquí.

Thomas se quedó mirando al guía como si no hubiera entendido lo que le acababa de decir.

- ¿Le pasa algo, *míster*? –preguntó el musulmán.
- N... n... no, es, es decir, ¿qué dijo usted?
- Que tendrá usted que esperar aquí hasta la hora de abordar su avión a Varanasi, señor. Delhi está demasiado lejos para ir y volver a tiempo.

Thomas tragó con dificultad, miró de nuevo a su alrededor y mánsamente se sentó en la banca.

En ese momento pasó un vendedor ambulante pregonando «*Chai, chai, chai*» y el guía se apresuró a comprarle dos vasitos de té con leche, muy caliente y muy dulce. Le ofreció uno a Thomas, quien miró con muy graves y serias dudas el borde grasoso del continente. Después de reflexionar sobre lo triste que sería el fin de la dinastía de los Wallace por envenenamiento en el aeropuerto de Delhi, sacó de un bolsillo un frasquito con pequeñas tabletas para desinfectar el agua y echó en el vaso la cantidad suficiente para purificar dos litros. El resultado fue que el té adquirio un sabor tan extraño que el guía de la gorrita blanca, al ver la expresión de Thomas, temió seriamente que el cliente falleciese allí mismo.

Cuando Thomas pareció recuperarse después de haber ingerido solamente la mitad del contenido del vaso, el guía, que dijo llamarse Alí, pidió a Wallace los comprobantes de su equipaje y desapareció con ellos y las maletas.

Las tres horas se convirtieron en tres y media. Las tres y media en cuatro. Las cuatro en cuatro y media. Para entonces, Thomas llevaba ya algún tiempo dormitando, con los oídos habituados a la barahunda ambiente y los ojos incapaces ya de manifestar sorpresa alguna, vieran lo que viesen.

A las seis horas de espera comenzó a inquietarse pero entonces, como si hubiera tenido un exacto control de su estado de ánimo, apareció Alí con su sonrisa, le entregó comprobantes de equipaje y le dijo:

- No tiene que preocuparse de sus maletas hasta que llegue a Benarés. Ya puede subir al avión.

Le condujo por el maremágnum que era el aeropuerto, lo llevó a la salida hacia las pistas, dio por él el pase de abordar y lo despidió en la puerta del avión en el que se sentó y acomodó plenamente satisfecho y decidido a triunfar en Benarés.

El vuelo fue tranquilo y agradable, además de rápido.

Descendió del avión por una escalera con ruedas, previamente acercada a la nave por el personal de tierra. Bajó con los demás pasajeros con una sensación de alivio y de tranquilidad, pensando ya en la búsqueda de las sedas de Benarés. Pero al acercarse al edificio del aeropuerto, se fijó en un letrero grande que decía *Welcome to Agra* (Bienvenido a Agra).

Agra. ¿Agra? Para Thomas, el nombre de Agra era tan exótico, extraño y desconocido como podía serlo el de una aldea diminuta perdida en el corazón de China. ¿Qué era Agra? Estaba furioso, definitivamente furioso y entró en el edificio presa de ira. Dentro vio otro letrero: *Government of India Tourist Office* (Oficina de turismo del gobierno de la India).

Llevado más velozmente por su exaltación que por sus piernas, llegó a la oficina y se enfrentó con un hindú tranquilo y pacífico que miró muy sorprendido su expresión airada.

- ¿En qué puedo servir al señor?
- ¿Puede decirme dónde estoy?

La expresión del hindú fue de verdadero asombro.

- Está en Agra, señor.

- Mire, mi buen hombre, yo no tomé un avión a Agra. El avión que tomé en Delhi iba a Benarés.

- Puedo asegurarle que el avión en el que usted ha llegado venía a Agra.

Una vez más se le presentó la ocasión a Thomas de mirar fijamente a alguien como no entendiendo lo que decía. Hubo un compás de silencio entre los dos hombres y luego, Thomas, titubeando, expresó:

- Pues yo no... Es decir... ¿Por qué... Lo que le quiero decir es que un enviado de mi agencia de viajes en Delhi me subió personalmente, ¿entiende usted?, personalmente a este avión. No se puede haber equivocado.

- ¿No era un tipo llamado Alí?

- Sí, en efecto, ¡Él era!

- El bueno de Alí no es mala persona, pero se equivoca con frecuencia. Es su deseo de servir, se entusiasma tanto que no sabe bien lo que hace. Por error, un pequeño error, lo embarcó para Agra. Quizá porque muchos extranjeros vienen a Agra.

Ante esta explicación, Thomas se desinfló y se dejó caer en una silla cercana. Se quitó el salacot y, mesándose los cabellos, dijo con una voz débil y muy fina:

- Y ahora, ¿qué hago?

Como un actor que oye el pie que ha estado esperando, el hindú se lanzó a un discurso, pronunciado por él una infinidad de veces, sobre una de las glorias de Agra y de la India:

- Verá usted, señor. Lo mejor que puede hacer es visitar el Taj Mahal, el gran monumento del amor entre la bellísima reina Mumtaz y el gran emperador Shahjahan. Fue construido el año 1653. Abierto desde el amanecer hasta las diez de la noche, y toda la noche cuando hay luna llena, puede usted visitar esta maravilla del arte mogol por sólo dos rupias, señor. Pero, antes, le aconsejo que busque un hotel. ¿Tiene usted las contraseñas de su equipaje?

Wallace sacó las contraseñas y se las dio. El otro las miró cuidadosamente y empezó a buscar en su mente las palabras adecuadas para explicar a este extraño norteamericano lo que ocurría:

- Bueno, señor, según lo que se lee en estos comprobantes, señor, sus maletas sí llegaron a su destino, donde usted quería, señor.
- ¿Qué quiere decir eso?
- Bueno, pues verá usted... Sus maletas, señor, sus maletas...
- ¿Puede decirme de una vez qué pasa con mis maletas?
- Sí, señor, con mucho gusto. Estarán en este momento en la hermosa ciudad fundada en el siglo IX antes de Cristo y que originalmente se llamó Kashi.

Thomas repitió mecánicamente:
- Kashi.

Y prosiguió el de Turismo:
- Sí, señor, actualmente la bellísima Varanasi, que antes, en tiempos de los británicos, se llamó Benarés.

Thomas Wallace adquirió poco a poco, inexorablemente, el color de una langosta hirviéndose. Cuando llegó al final, tenía el mismo color que cuando la langosta es sacada de la cocción, lo cual no es sorprendente porque ya sabemos que le subía el color cuando sucedían cosas capaces de alterar el ritmo cotidiano de su existencia. Pero en Agra la novedad consistió en que del rojo subido, inmediatamente después, y sin intervalo, Thomas pasó a un color blanco como la cal y, por último, su cara adquirió algunas tonalidades verdes.

Se abanicó con el salacot en busca del aire que le faltaba, y cuando por fin pudo aspirar profundamente y logró hablar dijo:
- ¿Quiere usted decir que mis maletas están en Benarés y que yo estoy en Agra?
- Sí, señor, exactamente eso. Lo ha comprendido usted excelentemente. ¿Me permite sugerirle un hotel? El Hotel Mumtaj que probablemente le agradará. Pero también tenemos excelentes hoteles como el Ashoka, el Bengala, el Holiday Inn, el India, el Maharaja, el...

Interrumpiendo violentamente, Thomas espetó:
- Basta. Iré al Holiday Inn.
- Y yo lo llevaré personalmente, señor. No quisiéramos que se llevara usted una mala impresión de nuestro país.

Con esto, los dos hombres salieron al calor de la calle, subieron a un viejo automóvil que parecía de fines de los años cuarentas y abandonaron el recinto del aeropuerto.

Thomas iba poco a poco mejorando de humor, pensando que al fin estaría entre su propia gente nada más llegar al Holiday Inn. Ellos sí le entenderían cuando les contara sus problemas y seguramente harían todos los trámites necesarios para su feliz llegada a Benarés.

Con esta idea en mente, se apeó con paso ligero del coche del funcionario de Turismo y se dirigió a la recepción del hotel, limpia y bien decorada como todas las de los hoteles de esa cadena.

Y paró en seco. Tres oscuros y sonrientes rostros hindúes lo miraban detrás del mostrador y sus dueños estaban ataviados con uniformes impecables.

- ¿No hay americanos aquí? –preguntó Thomas abruptamente.

- Sí, señor –respondió una señorita muy joven y ansiosa de complacer–, hay tres parejas de norteamericanos hospedadas con nosotros el día de hoy.

- Lo que quiero decir –explicó Thomas, impaciente y mordiendo lentamente las palabras–, es que si hay alguien norteamericano que me pueda atender en este hotel. Vengo de muy lejos, estoy bastante cansado y tengo muchos problemas que solucionar.

- Todos estamos para atenderle –repuso la muchacha–, y tenga la seguridad de que arreglaremos todos sus problemas.

Thomas estaba derrengado. Llevaba casi dos días sin dormir adecuadamente.

- Deme un cuarto, quiero dormir. Y que absolutamente nadie me despierte ni me moleste por ningún motivo.

- Así se hara, señor. ¿Trae equipaje?

- ¡Mi equipaje está en Benarés! –respondió furibundo Thomas.

- En ese caso, tendrá usted que dejarnos un *voucher* firmado.

Thomas sacó su tarjeta de American Express y firmó el documento que le presentó la joven.

Mientras ella hacía los trámites de registro, Thomas se volvió al hombre de la Oficina de Turismo para darle las gracias.

- Le agradezco mucho su ayuda, señor.
- No fue nada. Espero que pueda usted descansar, ya que se vé usted bastante fatigado. En cuanto a mí, volveré por usted mañana por la mañana para llevarlo, si me lo permite, a ver nuestro hermoso Taj Mahal. ¿Le parece?
- Muchas gracias, pero no. No quiero pensar en nada antes de descansar.
- Muy bien, señor. Que disfrute de su estancia en Agra. Si me necesita, el hotel sabe dónde encontrarme.

Y, por fin, Thomas pudo dormir durante muchas horas.

A la mañana siguiente, descansado y bañado aunque con su misma ropa de colonialista británico del siglo pasado, desayunó huevos con jamón, pan tostado y un café aguado americano y se sintió mejor. Decidió que, puesto que estaba en Agra, lo mejor sería visitar el Taj Mahal. Pero no le agradaba la idea de ir con el empleado de la Oficina de Turismo, cuyo nombre nunca llegó a saber. Quería reflexionar sobre sus experiencias en la India y sobre lo que le faltaba aún por hacer, que era el objeto principal de su viaje. Y sintiéndose ya capaz de cualquier cosa salió del hotel caminando y se subió a un taxi valetudinario conducido por un *sikh*.

- Al Taj Mahal.

El sikh asintió con la cabeza y el vehículo comenzó a correr por caminos que nunca habían sido pavimentados y le llevó a Sikandra, el mausoleo del emperador Akbar, interesante fusión de arquitectura hindú e islámica pero que no era el Taj Mahal.

Cuando se lo hizo ver al *sikh*, éste le contestó:
- *First Sikandra, after* Taj Mahal.

Thomas se resignó y visitó la tumba de Akbar. Pero al salir de allí, los caminos por los que se lanzó el taxista eran mucho peores que los anteriores, y después de un tiempo interminable el taxista se paró en Fatehpur Sikri, conocida también como la Ciudad Desierta, construida por Akbar el Grande en 1569 pero nunca habitada por el pequeño detalle de que carecía de agua.

- *First Fatehpur Sikri. After* Taj Mahal –dijo el *sikh*–.

Thomas Wallace estaba comenzando a ponerse de mal humor, pero mirando a su alrededor se persuadió de que estaría mucho peor si se bajaba del taxi para andar por su cuenta. Después de ver la Ciudad Desierta, se encaró al *sikh* y le dijo:

- Al Taj Mahal, quiero ir al Taj Mahal.
- Yes, yes –contestó el *sikh*–.

Y le llevó al fuerte de Agra, a orillas del río Yamuna, también construido por Akbar en 1565.

Cuando por fin llegó al Taj Mahal, Thomas Wallace quedó en éxtasis.

Había nacido con una sensibilidad estética excepcional, pero ni su familia ni el medio de tenedores de libros, ni una carrera de economía en Princeton le habían dado la oportunidad de sentir y gozar esa sensibilidad. Una que otra vez había visto algo bello experimentando una sensación agradable y, para él, indescifrable. Pero el Taj Mahal era mucho más que eso. Primero asombro. Después enajenamiento.

Es muy difícil precisar en qué radica la belleza extraordinaria de la tumba que el sultán hizo a su amada. Probablemente es el equilibrio perfecto, la indescriptible armonía del conjunto lo que produce esa impresión de paz, ese estupor estético. Thomas se detuvo al extremo del espejo de agua, frente al blanco edificio del fondo con sus tres cúpulas y las cuatro columnas que lo enmarcan. El edificio y las columnas se reflejaban íntegramente en el estanque, dividido por la línea de fuentes, en aquel momento sin arrojar agua, y a ambos lados del agua la acera y el césped, con los árboles enmarcando la perspectiva que Wallace contemplaba, totalmente embelesado, en un silencio como el del devoto ante su dios.

Wallace no sabía de estilos, nunca estudió arte. Pero aquella maravilla bajo el cielo azul impoluto le hizo sentir una emoción totalmente desconocida, algo religioso, algo amatorio, algo embriagante, algo, también, de estupefacción inefable.

Un grupo de turistas compatriotas suyos, de Texas, por el acento, pasó cacareando en dirección al Taj Mahal. No se habían fijado en nada, no se habían detenido ni un segundo ante el maravilloso espectáculo que Thomas contemplaba. Y él soltó un grito:

- *Shut up*! (¡Cállense!) ¡Respeten lo que no entienden!

El grupo se volvió a mirarle, asombrado del grito, y uno de ellos, con una camisa hawaiana y un pantalón a medio muslo, intentó enfrentársele, pero Thomas dio un paso hacia él y el tipo se refugió en el grupo y todos ellos siguieron en silencio su camino.

Thomas se sorprendió de lo que había hecho. Y volviendo a contemplar el equilibrio perfecto de la obra de arte comprendió que algo en él había cambiado, que no era ya el mismo Thomas Wallace de antes.

Una transmutación, una transfiguración interna, algo había sucedido, pero ya no era el mismo. Y poco a poco, de allí de adelante, fue comprobando su metamorfosis.

Caminó muy despacio hacia el edificio, gozando cada reflejo del agua, cada arco, cada detalle. Dentro se asombró con las piedras semipreciosas incrustadas en los muros; lamentó que la codicia y la incuria humanas hubiesen arrancado las más valiosas, salió por el otro lado y nuevamente contempló el Taj Mahal, sin pensar en el tiempo, durante más de una hora. Súbitamente parpadeó y vio a su lado, en respetuoso silencio, al *sikh* conductor del taxi, esperando.

Thomas quiso darle las gracias y no sabiendo cómo hacerlo le palmeó el hombro suave y dulcemente, mirándole con una sonrisa. Y el rostro del *sikh*, al acecho de lo que pudiera pensar su cliente, se inundó con otra sonrisa, tan grande que parecía una enorme raja de sandía que le cortase la cara.

- Tenías razón –pensó Thomas–, después de esto ya no se debe ver nada. Nada después del Taj Mahal porque todo parecerá inferior y deficiente.

La belleza del Taj Mahal le puso de buen humor, humor que mejoró cuando al llegar al hotel le dieron un recado: la Oficina de Turismo de Agra se había comunicado con la de Benarés y sus maletas le esperaban seguras en la antigua ciudad de Kashi.

Al acostarse estaba inmensamente agradecido al error de Alí y a la tenaz obstinación del *sikh* en que conociera todo lo importante de Agra.

Después de no pocas dificultades, pero con la ayuda de la Oficina de Turismo, logró Wallace llegar a Benarés tres días más tarde. Una cuidadosa investigación le conectó con los mejores fabricantes de sedas de la India que le informaron que la oficina central estaba en Delhi y que allí era donde debía hacer sus tratos.

Pero Thomas ya comenzaba a acostumbrarse a la India. Había prescindido del salacot y de las vendas para las piernas. Y tenía sincero interés en conocer algo de Varanasi.

Primero fue a ver el río sagrado, el Ganges, y a la multitud que se bañaba en él bajando por las enormes escaleras que son entradas al río y que se llaman *ghats*, palabra de origen indoiraní, de los tiempos en que todavía no se separaban el sánscrito y el persa viejo.

Admiró a los devotos que concentraban, metidos en el agua, su pensamiento en la divinidad. Y observó también las cremaciones a la orilla del río al que se arrojaban las cenizas de los muertos.

Sería inexacto afirmar que Thomas Wallace vio todo eso con comprensión y empatía. Lo observó todo con una curiosidad parecida a la de un biólogo utilizando un microscopio. Como si estuviera observando a seres de otra especie. Pero de pronto le vino a la mente el Taj Mahal y se dio cuenta de que toda aquella gente eran seres humanos. Esta aceptación de su parte le creó serios problemas al chocar con su educación, con su formación familiar y escolar y con la discriminación hacia toda persona de piel oscura que imperaba en los medios frecuentados por él en Estados Unidos.

Pero decidió ver lo más posible y dejar para más tarde, cuando pudiera reposar y reflexionar, el sacar conclusiones.

Además, en las calles de Varanasi vio el que sería el primer –y hasta donde se sabe el único– milagro que pudo observar en su existencia.

Si el aeropuerto de Delhi le pareció pleno de una multitud abigarrada, las estrechas calles de la vieja Varanasi lo estaban cien veces más. A una altura que variaba entre uno y dos metros, había en las paredes de los edificios a ambos lados de la calle una especie de cajones en los que, con las piernas cruzadas, se sentaban sastres y comerciantes de los más diversos artículos. Por la calle circulaban multitudes impenetrables, especialmente en la larga calle comercial que atraviesa Varanasi del uno al otro extremo. Estaba repleta materialmente de seres humanos, *rikshas* de tres ruedas con timbres de bicicleta sonando sin cesar, camellos, cabras llevadas por algún musulmán, a veces algún elefante y un que otro mono en libertad. La multitud se apretujaba, los coloridos saris de las mujeres hinduistas se rozaban con las austeras y oscuras prendas de las islámicas. Los turbantes de los *sikhs*, guardando su pelo conforme a su religión, alternaban con turbantes islámicos o hinduistas que no guardaban más que la cabeza de su dueño.

Oprimido contra una pared y viendo todo aquello, Thomas pensó, con sólido fundamento, que si arrojara al aire una manzana jamás llegaría al suelo, saltando de cabeza en cabeza o de hombro en hombro sobre una masa humana totalmente compacta. Y entonces se produjo el milagro:

Con un insistente sonido de claxon apareció un viejo autobús destartalado a toda velocidad en un extremo de la calle. Su conductor estaba aplicando la norma de los choferes hindúes que consiste en oprimir simultáneamente el acelerador y la bocina. Thomas cerró los ojos imaginando los gritos, los cuerpos destrozados y las expresiones de dolor. El ruido de la bocina se unió al del motor y sintió que pasaba a su lado el veloz y valetudinario vehículo.

Sorprendido de no escuchar gritos ni lamentos, abrió los ojos y vio al autobús ya lejos, con la misma velocidad y el mismo claxon y la multitud tranquila e indiferente e igualmente compacta. El hecho no tenía explicación lógica y menos aún física por aquello de la impenetrabilidad de los cuerpos. Pero había sucedido. Thomas ignoraba que esto sucede en Varanasi constantemente. Para él, como para cualquier persona procedente de Europa o de América, el hecho no tiene explicación a menos que se admita la intervención de un demiurgo.

Tras unos días en Benarés, regresó a Delhi sabiendo ya en concreto a quién dirigirse y cómo tramitar los pedidos de sedas.

Instalado en el Claridges, por ser el mismo hotel al que acudía siempre Colin, tuvo en los negocios más suerte que en la primera parte de su viaje, y arregló todo lo que necesitaba.

Había terminado ya sus asuntos y debía dejar la India al día siguiente cuando, al ir en taxi a su hotel, vio en una de las grandes avenidas de la Nueva Delhi un letrero grande en una casa, en nagari y en letras latinas, que decía: *Communist Party of India* (Partido Comunista de la India).

Al verlo recordó algo, recordó el problema de Colin y el hecho de que el padre había ido a España con la Brigadas Internacionales. Y recordó, también, que muchos miembros de las Brigadas eran comunistas.

Ordenó al taxista que se detuviera a un lado y, sin salir del vehículo, permaneció pensativo. Había una remota posibilidad de que pudiese ayudar a Colin, pero para ello necesitaría entrar en un local de comunistas, lo cual, indudablemente, no tenía precedente alguno entre sus antepasados y menos en los miembros actuales de su familia. Entrar allí podría causarle problemas de todas clases. Podía ser fichado, podría ser considerado un comunista norteamericano que iba a la India con fines subversivos.

Entonces pasó a su lado un elefante con el cornac y otro hindú arriba. Los vio y recordó que estaba en la India. También recordó que J. Edgar Hoover había muerto en 1974. Y que también había muerto mucho antes el senador McCarthy. Y, teniendo la plena seguridad, como él la tenía, de carecer por entero de cualquier veleidad comunista, valía la pena hacer algo por ayudar a su mejor amigo.

Pidió al taxista que le esperara y se introdujo en el local del Partido Comunista

MADRID, DICIEMBRE DE 1936

Querida mamá:
Espero que al recibo de la presente estés bien, lo mismo que mis tíos. No te preocupes por mí, que aquí en España nos tratan muy bien. Claro que hay una guerra y las guerras son las guerras, pero fuera de eso todo está muy bien, aunque extraño mucho los tamales y la tortuga en verde.
Me preguntarás que por qué me metí en esto y la verdad es que no estoy muy seguro de por qué lo hice. Al principio fue por argüendero, y hubo momentos en que casi me arrepentí de haberlo hecho.
Pero después fui descubriendo cosas. Tú me preguntarás, ¿qué cosas? Y yo te diré ¡cosas!, porque no todas las cosas pueden explicarse. Uno sabe cosas que cuando quiere explicarlas no sabe cómo decirlo.
Por principio de cuentas, los españoles son simpáticos, te tratan bien, te agradecen que estés aquí con ellos. ¿Te acuerdas de don Paco, aquel español tan simpático de Huimanguillo? Pues más o menos son de ese estilo. Pero no es eso sólo. Más bien, no es eso.
Para no mentir, yo le entré a la bola creyendo que unos balazos más o menos sería como allá en Tabasco. Pero no. Aquí es muy diferente. Las ametralladoras, los cañonazos, los morteros, las granadas y las bombas de los aviones. Bueno, la cosa es que cuando aquí se arma un mitote, se arma en grande.
Pero sigo sin decirte por qué estoy a gusto aquí y por qué ya no es el puro argüende lo que me mantiene aquí. Lo que me hace estar aquí son las cosas que antes te dije pero que no dije.

¿Cómo te lo explicaría? Estoy en un batallón de gente como me dijiste que era mi papá: alemanes. Pero, fíjate, los de ametralladoras son ingleses. Y entre esos ingleses está un checoslovaco y, además, estoy yo, mexicano.

A un lado tenemos polacos y al otro españoles y enfrente los moros. ¿Te das cuenta?

Parece que todo el mundo, todo el mundo de nuestro lado, no los moros, ha venido aquí a defender la República que es, como dicen, defender la libertad. Para mí no está muy claro eso de la libertad, pero sí veo el entusiasmo de toda esta gente que viene de todas partes a entrarle a los cocolazos y que se la juegan por puro amor, porque lo que pagan no es nada.

Y si toda esa gente viene así nomás, a jugársela, pues algo ha de haber que lo justifique. Y si están de tantas partes del mundo, pues que también esté yo, de Tabasco.

En cierto modo esto es un poco como la revolución nuestra, pero no como la delahuertista, sino la grande, la que sacó a don Porfirio primero, y a Victoriano Huerta después. Se trata de que los trabajadores alcancen justicia y tengan derechos. No sé cómo explicártelo pero eso es una de las cosas. Cosas que yo entiendo y siento pero que no sé explicarlas. Algo como que los pobres también deben comer lo necesario y vivir como gentes y no como animales. Y luego eso de la libertad.

Pero ahora que dije de la revolución delahuertista, lo que sí hay aquí es gente tan calzonuda como aquel coronel Bravata, aquel que seguía disparando con muchas heridas y se ponía hojas en las heridas para no desangrarse y seguir luchando.

Salúdame al tío Manuel, al tío Alfonso y a la tía Lupe y a todos los amigos y para tí un abrazo de tu hijo.

Filo
Deséame buena suerte.

Durante diciembre de 1938 y octubre de 1939, «II y III Año Triunfal», un famoso psiquiatra franquista llamado

Antonio Vallejo Nájera publicó en la «Revista Española de Medicina y Cirugía de Guerra"» los resultados de un pintoresco estudio para determinar "«as relaciones que puedan existir entre las cualidades biopsíquicas del sujeto y el fanatismo político-democrático-comunista».

Aunque investigó en hombres y mujeres españoles –y sacó conclusiones positivamente extraordinarias–, su material preferido fueron los prisioneros de las Brigadas Internacionales, es decir, los casos excepcionales que no fueron fusilados de inmediato. Y en ese «estudio»: «A los brigadistas hispanoamericanos se les pone de chúpa de dómine. Son poco inteligentes, incultos, borrachos y con una religiosidad por los suelos. Eso sí, reconoce que ninguno de ellos se sentía fracasado sexualmente».[16]

---

[16] Rodolfo Serrano: «En busca del "gen rojo"». *El País*, Madrid, 7 de enero de 1996.

PARÍS, ENERO DE 1986

Bien defendido contra el viento helado que venía del Sena por un abrigo corto de piel de cordero y un gorro de astracán, recorrió despacio los cajones de los *bouquinistes* (vendedores de libros viejos) del lado izquierdo del Sena, pero sólo compró *L'Espoir* de André Malraux porque se refería a la Guerra de España.

Dobló a la derecha por la *rue du Chat qui Pêche* (calle del gato que pesca), la más estrecha de todo París, y llegó a *La Belle Étoile* en la calle de Xavier Privas, restaurante buscado por los conocedores por la gran calidad de su *cous-cous* argelino, que Colin Whitman gozó rociado de un excelente vino, también argelino, marca Sidi Brahim.

Quería pensar cuidadosamente en los pasos que pudiera dar para encontrar a su padre o saber qué había sido de él, pero resultaba que, sin darse cuenta, estaba pensando en Ludmila.

Terminó de comer y salió a la *rue de la Huchette*, pasó junto a los despachos de *frites* y de sándwiches tunecinos y salió a *Boul-Mich*, que es como la gente de la margen izquierda suele llamar al boulevard Saint-Michel.

Su problema seguía siendo encontrar la manera de localizar a Nigel, su padre. Había viajado mucho y visto mucha gente pero lo único que había logrado era saber, y eso lo supo en su propia casa, por qué había desaparecido su padre y por qué su madre había roto para siempre con él.

Pero, después de saber que había estado en las Brigadas Internacionales en España y en la Resistencia en Francia, todo rastro de Nigel Whitman había desaparecido.

¡Otra vez Ludmila! Tuvo que aceptar como un hecho que estaba enamorado de ella y que nunca antes, ni cuando se casó ni en otras ocasiones, había sentido lo mismo por mujer alguna.

Por el boulevard Saint-Michel llegó a la plaza de la Sorbona, siguió derecho y entró en el café de la esquina opuesta, yendo, como iba, en dirección al Jardín de Luxem-burgo.

Organizó detalladamente sus ideas para establecer planes concretos y decidió que iría primero a Moscú con el doble objeto de ver a Ludmila y saber si había obtenido datos sobre miembros de las Brigadas en los países socialistas.

Además, pensó, podría regresar con ella a Estados Unidos e investigar allí con los supervivientes de la Brigada Abraham Lincoln, ya que sus investigaciones en Londres no habían tenido éxito en cuanto a localizar a Nigel Whitman.

MOSCÚ, ENERO DE 1986

- Estoy absolutamente segura de estar enamorada de él –expresó Ludmila–, pero no estoy tan segura de que podamos convivir considerando la diferencia de nuestros orígenes, de nuestros países y de nuestras costumbres.

- Todo eso son tonterías –dijo Gala–. Cuando dos están enamorados, son capaces de adaptarse a todo.

Estaban las dos amigas charlando en el *Marosnia Cofe* de la calle Gorki, no muy lejos del Museo de Historia. Ludmila había querido confrontar sus sentimientos con las opiniones y la ayuda de su más íntima amiga. Y después de más de una hora de conversación, estaba exactamente en el mismo punto que cuando empezó.

- Quién sabe si tengas razón. Cuando pasa el tiempo, y la intensidad del amor decrece, es cuando resaltan las diferencias entre los dos mundos de los enamorados.

- Una vez más estás diciendo tonterías –dijo Gala con una sonrisa–. Si el amor decrece, es que ya está moribundo. El único amor vivo es el que crece con cada día que pasa, hasta el día de la muerte del enamorado. Y un amor así, creciente y vivo, se encarga de limar todas las asperezas que pueda haber entre dos que se quieren. A veces tendréis vuestras dificultades, e inclusive os pelearéis ferozmente, pero siempre os diréis «Buenas noches» con un beso y las dificultades se desvanecerán.

- ¿Cómo sabes tanto? ¿Has pasado tú por algo así? Que yo sepa, estás felizmente casada con un ruso tan ruso como tú.

- Bueno, si puedes guardar un secreto, te diré que hubo una vez alguien que quise mucho... hace muchos años... y que no tiene nada que ver con mi matrimonio con Volodia.

Sorprendida, Ludmila se quedó mirando a su querida amiga con nuevo respeto y admiración. Siempre le había parecido una persona tan alegre. Y ahora se venía a saber que había tenido un amor que no había terminado como cuento de hadas.

- ¿Quién era? ¿Cómo fue?
- Era francés, corresponsal de un diario de París.
- ¿Y por qué terminaron?
- Por la KGB. Tú sabes cómo era esto antes.
- Y bien que lo sé. Lo he sufrido como todos nosotros. Lo siento mucho.
- Eso es historia. En verdad soy muy feliz con Volodia.

Gala miró el reloj.
- Es hora de irnos.

Pagaron y salieron, lo que fue muy agradecido por los primeros de la larga fila que esperaba en la calle para entrar.

Ludmila estaba esperándole en el nuevo aeropuerto de Moscú. Se abrazaron fuertemente, con un abrazo que mantuvieron durante algunos segundos en silencio. La presión de los brazos de cada uno de ellos sobre el otro decía más que cualquier palabra.

Después fueron en un taxi al hotel Sovietskaya, donde Colin había hecho sus reservaciones.

- ¿Te gusta este hotel? –le preguntó Ludmila.
- Me ofrecían el Ukraina, esa mole de arquitectura estaliniana gigantesca e insoportable. Este viejo hotel, prerrevolucionario, tiene una cierta categoría en lo que más importa en un hotel que no es la vista exterior del edificio, sino las comodidades y el servicio.

Estaban en el vestíbulo mientras el conserje llevaba las maletas a la recepción.

- Regístrate y vé tu cuarto. Yo te espero aquí abajo leyendo.
- ¿Por qué no subes?
- Tú no conoces la Unión Soviética. El *glasnost* acaba de empezar y no puede borrar de un día para otro todos los malos hábitos anteriores. Te espero, después te explicaré.

Colin subió con sus maletas, dio la propina al mozo y bajó de inmediato.

- Escúchame –le dijo Ludmila–. La Unión Soviética ha sido desde su creación el país más mojigato del mundo. Cualquier monje fanático de la moral del siglo XIX se sentiría feliz con las normas que impuso el estalinismo.

- ¿No estás bromeando? ¿No es un país socialista?

- ¿Quién dijo aquello del vino nuevo en los odres viejos? Los bolcheviques, empezando por Lenin, eran gentes educadas en la moral burguesa del siglo XIX. En la URSS no puede una mujer entrar en el cuarto de un hotel con un hombre ni siquiera por un minuto a menos que esté casada con él y lo haya demostrado.

Colin estaba admirado.

- ¡Es increíble!

- Pero es. Y por eso mismo voy a decirte algo que no debes interpretar erróneamente. Tengo datos pavorosos sobre la investigación que me encargaste de los miembros de las Brigadas Internacionales en los países socialistas. Pero no son cosa para tratarla en un café o en un vestíbulo de hotel. Por lo cual te ruego que vayamos a mi casa, que comparto con una amiga que trabaja todo el día. Allí podré darte una información completa de todo.

Un sillón pequeño forrado de terciopelo verde oscuro luído y gastado con flecos en la orilla del asiento; una camilla cubierta con un tapete largo de lana, una lámpara de pie con pantalla de tela, también con flecos, una estantería con libros y dos camas era todo el mobiliario. Debajo de las camas se veían maletas y otros objetos que no encontraron espacio en otro lado.

Ludmila indicó a Colin que se sentara en el sillón, ella sacó un montón de papeles de su bolsa y se sentó en una de las camas.

- Lo que he encontrado, con la ayuda de los húngaros, es terrible –dijo Ludmila–. Parece que para Stalin el simple hecho de haber estado en la España republicana durante la guerra fue suficiente para convertir a cualquiera en sospechoso y asesinarlo. Y la persecución comenzó apenas terminó la guerra en España.

Hacia finales de mayo de 1939 todos los Internacionales estaban controlados y vigilados muy cuidadosamente y muy pronto se empezó a enviar a los más marcados a campos de concentración, principalmente al de la Vorkuta, en el círculo polar ártico[17].

- Con los primeros procesos de Moscú –explicó Ludmila– en 1937, comenzó en la URSS la persecución mortal contra los rusos, ya fuesen observadores, consejeros militares o incluso diplomáticos, como el embajador Moisés Rosenberg, por el «delito» de haber estado con la República Española, aunque los más de ellos fueron enviados por el mismo gobierno soviético. En esa primera etapa, fueron llamados a Moscú y asesinados Enrique Fischer, Slutzky, Kolstov, el general Berzin, Leo Yácobson Gaykiss, Arthur Stashevsky, Antonov-Ovseenko, el general Iaborov y el general Goriev que, como consejero militar, fue principal en la defensa de Madrid en noviembre de 1936. También fueron «depurados» observadores rusos de la guerra, como Chaponov y Grissen. Varios de ellos fueron rehabilitados póstumamente, tras la muerte de Stalin. ¿De qué les sirvió?

Ludmila hizo una pausa y siguió:

- En 1941 eran asesinados Pavlov, general de tanques, y el también general Kulik; ambos habían estado en España. Y al general Douglas, dos veces condecorado como héroe de la Unión Soviética por sus actuaciones en España, lo asesinó Stalin el 7 de junio de 1941, antes de que Alemania invadiera la URSS. En el mismo año fusilaron a los también aviadores Ivan Proskurov, Rychagov, Ernest Schacht y Yakov Schumushkievich, así como al que en España se llamó «Stern» (Grigorovich) y el polaco Rwal.

- También en las primeras purgas –siguió leyendo Ludmila–, antes que terminase la guerra de España, fue fusilado el general Kleber, uno de los héroes de la defensa de Madrid, a finales de 1938.

---

[17] A. Castells. op. cit. Pág. 417.

> *Kleber, mi general, las populares*
> *gentes de mi país, con sus sembrados,*
> *sus aldeas, sus bueyes, sus pajares,*
> ....
> *con mi voz, que es su sangre y su memoria,*
> *bien alto el puño de la mano diestra,*
> *por Madrid y tu nombre de victoria,*
> *te saludan: ¡Salud! España es nuestra*[18].

Y, poco después, el yugoslavo Copic y el húngaro Gal (Janos Galicz). Copic fue llamado a la Unión Soviética antes de la batalla del Ebro y él y Gal sucumbieron durante las purgas de 1939-1941.

- En los países llamados socialistas, las purgas de los años 1949 y primeros cincuenta fueron feroces y muchos fueron ejecutados solamente por haber estado en España.

> *A finales de los años cuarenta, todos los comunistas de la Europa oriental que habían luchado en España quedaron cubiertos por la nube de las sospechas de Stalin.*
> *Los rusos fusilaron en 1956, en Hungría, a Pal Maleter, que luchó en España a las órdenes de Lukács, y que fue ministro de Defensa con Imre Nagy*[19].

- Leopold Hoffmann, que fue comisario de compañía en España y jefe de la compañía de ametralladoras del batallón Dimitrov, fue detenido y ejecutado en 1950 –continuó Ludmila, ojeando sus notas–. Pero lo que sabemos es sólo de los más destacados. Centenares, no sabemos cuántos, de voluntarios anónimos supervivientes de las Brigadas fueron asesinados en los países dominados por Stalin.

> *Cada conversación, cada hecho en el que estuviera mezclado un voluntario de las Brigadas, incluso*

---

[18] Rafaekl Alberti: "Al general Kleber" en *Poesías completas*, Editorial Losada, Buenos Aires, 1961.
[19] H. Thomas: op. cit. Tomo II, pág. 1023.

el más normal, el más anodino, tomaba el carácter
de una conspiración contra el Estado, de una acción
enemiga.[20]

- En Checoslovaquia, fueron juzgados y condenados, aunque no todos ejecutados, los siguientes miembros de las Brigadas Internacionales, cuando tenían los cargos que se indican: Arthur London, viceprimer ministro de Asuntos Exteriores; Ossik Zavodsky, jefe de la Seguridad del Estado; Pavel, viceministro del Interior; Laco Holdos, secretario de Estado de Asuntos Exteriores de Eslovaquia; Otakar Hromadko, dirigente del Partido Comunista en el ejército; Tonda Svoboda, dirigente del Partido; Oskar Vales, de Seguridad; Otto Sling, secretario de la Unidad Comunista de las Brigadas Internacionales; Dora Kleinova, médico de las Brigadas Internacionales. Vlasta Vesela, voluntaria del Servicio Sanitario de las Brigadas Internacionales, se suicidó durante el proceso.
- No lo entiendo –murmuró Colin–, no lo entiendo. Eran comunistas, habían luchado donde su Partido les mandó. Y los asesinaron por haberlo hecho. No lo entiendo.
- Tú no te puedes imaginar lo que fue el estalinismo. Yo lo viví, primero perdiendo a mi padre y después a mi marido.
- Sí, tú lo sufriste.
Tras una breve pausa, Ludmila siguió viendo sus papeles y leyendo:
- En Hungría, había en 1945 mil doscientos y pico supervivientes de las Brigadas Internacionales y el ministro del Interior era Ladislas Rajk, tres veces herido en España, que fue ejecutado.

El secretario de la Asociación de los Veteranos de las Brigadas Internacionales estima que ciento ochenta y siete de sus miembros fueron ejecutados entre la muerte de Rajk y el fin de las depuraciones estalinistas. Otros cuatrocientos habían sido de-

---

[20] Arthur London: *L'Aveu*. Paris.

tenidos, de los cuales ciento dieciséis murieron en prisión antes de la amnistía general de 1955[21].

- Durante la rebelión húngara que los tanques rusos aplastaron en 1956, cincuenta brigadistas murieron combatiendo al ejército invasor soviético.
- Eso me da la clave –dijo Colin–.
- En Polonia –continuó Ludmila–, se iniciaron las purgas en 1949 por órdenes del mariscal soviético Rokossowsky, a quien Stalin nombró ministro de Defensa y comandante en jefe del ejército polaco. Por órdenes de Stalin, el Comité Central del Partido de Obreros Polacos acusó de espías fascistas a muchos veteranos de la Brigada Dombrowski.

Ludmila levantó la vista y preguntó a Colin:
- ¿Qué decías de la clave?
- Esos voluntarios de las Brigadas Internacionales de España que murieron luchando contra los tanques rusos en Budapest, luchaban allí por lo mismo por lo que habían combatido en España, por la libertad. Ése era el contagio que temía Stalin: el.«contagio» de la libertad. Todo lo que estás narrando justifica a mi padre y a todos los que, sin ser comunistas, fueron a luchar a España. ¿Sabes una cosa?
- ¿Qué?
- Que la inmensa, absoluta mayoría de los voluntarios que fueron a la Guerra de España combatían por la libertad, por un mundo mejor ante la amenaza del fascismo. Los que militaban en el Partido Comunista creían que la URSS era realmente lo que decía la propaganda. Y eso era lo que temía Stalin.
- No entiendo. ¿Qué era lo que temía?
- Que cuando supieran la verdad, lucharan contra la tiranía, aunque fuese una tiranía disfrazada de socialismo.
- Entiendo –apoyó Ludmila–. Stalin no era tonto. Stalin era un fanático cruel con cierto delirio de persecución, pero no tonto. Tienes razón. Por eso ya en 1937 asesinaba gente que fue a España. Porque esa gente había conocido a un pueblo libre luchando por conservar su libertad. Y había

---

[21] *La tragedie Hongroise*, citada por Castells, op. cit. Pág. 428.

vivido con ese pueblo. Estaban, como tú dices, contagiados de libertad. Había que matarlos.

Por un instante, los dos permanecieron en silencio, reflexionando.

- Sí –dijo Colin pensativo–, ir a la URSS o a sus dominios después de haber combatido por la democracia, no era como ir a un país democrático.

VALLE DEL JARAMA, FEBRERO DE 1937

Qué banal y qué inútil resulta describir una batalla.

Qué osadía la del que pretende que otros sientan, por la mera lectura, lo que sintieron quienes estuvieron en el combate.

Qué inútiles son esos intentos de comunicación entre los hombres; qué ineficaz la palabra, hablada o escrita, para dar testimonio de los miedos, las angustias y las emociones.

Lo que cada hombre sintió, lo que cada hombre vivió, nadie lo puede transmitir, ni siquiera él mismo. Y, además, ese lenguaje trivial, pero indispensable, de «avanzó», «corrió», «lanzó», «cayó». Qué prosaico. Qué tan fuera de todo lugar por ser un intento tópico de expresar lo inexpresable, un manejo inútil de lugares comunes.

¿Quién puede describir los valores que tiene la tierra seca y polvorienta cuando se tiene el rostro pegado a ella y el ojo ve sus diminutos granitos y las piedrecillas y una hormiga marchando, al parecer tranquila, mientras toda la superficie se estremece y se sacude con las explosiones?

¿Quién podría transmitir el aspecto que tiene un olivo para el que lo mira calculando si podrá llegar hasta él y cuánto le cubrirá del fuego enemigo? ¿Quién relatará la indiferencia suprema del hombre ante la naturaleza cuando el corazón late acelerado por el miedo, la angustia y la acción?

Describir una batalla cuando los hombres son sólo estadísticas es muy sencillo: hay montones de libros de todas las épocas, los más escritos por generales, que describen batallas.

Pero describirla queriendo explicar lo que cada hombre siente en ella y lo que no siente, lo que no hace, lo que no piensa; es decir, considerando al hombre como un ser humano, que vive, que siente y que teme, eso es lo que resulta banal e inútil.

Sin embargo, no nos queda más remedio que intentarlo.

El 5 de febrero de 1937, el valle del Jarama era un frente tranquilo. Los olivares se extendían por la llanura y por las laderas de algunos montes y la Guerra Española se había concentrado en Málaga, que acababan de tomar los fascistas. Un frente tranquilo. El día 5.

Pero al día siguiente, el 6 de febrero, las tropas de Franco lanzaron una ofensiva feroz con miras a cortar la carretera Madrid-Valencia, lo que significaría, de tener éxito, completar el cerco de Madrid, como primer paso para tomar la capital española.

La ofensiva tomó por sorpresa a los republicanos. García Escámez, coronel sublevado, al mando de una brigada compuesta de marroquíes y legionarios del Tercio, se lanzó al ataque contra Ciempozuelos, un pueblecito pequeño, cercano a Madrid, que defendía la XV Brigada republicana, bisoña y recién formada, y barrió su vanguardia. Otra columna atacó las alturas de La Marañosa, defendida por dos batallones republicanos que combatieron «casi hasta el último hombre» –explica Hugh Thomas– y otra columna franquista llegó al cruce de los ríos Jarama y Manzanares y tuvo bajo su fuego artillero la carretera que querían cortar, la de Madrid a Valencia.

En la guerra española Madrid se convirtió en un símbolo, el de la resistencia al fascismo, el del «no pasarán», en el espíritu del antifascismo. Por eso, cuando Madrid quedó en peligro por el avance hacia la carretera de Valencia, los republicanos acudieron de inmediato a defenderlo: la 11 División de Líster, la unidad que mandaba Modesto, la del coronel Burillo y algunas Brigadas Internacionales lo hicieron con tal ímpetu que el 9 de febrero, apenas tres días después de la ofensiva sorpresa, el frente republicano estaba establecido y reorganizado en la orilla oriental del Jarama.

Pero el valor y el entusiasmo no suplen la falta de experiencia bélica. Por eso es posible salir de París a morir en el Jarama. Ser obrero francés, estudiante francés, militante francés de la causa de la libertad e ir a morir en el Jarama sin siquiera haber luchado.

Los centinelas franceses cuidaban el puente de ferrocarril de Pindoque, entre Ciempozuelos y San Martín de la Vega. Lo cuidaban, bostezando de vez en cuando, pensando en París, en sus amores, en sus familias.

En la guerra los sentimientos afectivos son muy peligrosos. La ternura puede ser mortal, el recuerdo una droga. La guerra consiste en matar o ser muerto, y por eso son los soldados profesionales, los mercenarios sin conciencia, quienes con mayor facilidad sobreviven. Pero en el batallón francés «André Marty» de la XIV Brigada no había mercenarios. No había soldados profesionales como no los había en ninguna de las unidades de las Brigadas Internacionales en España. La gran mayoría eran gente buena e inocente, tan buena como para ir a luchar por la libertad a un país extraño cobrando diez pesetas diarias y tan inocente como para creer que la justicia y la razón pueden triunfar por sí mismas. Claro que hubo agentes al servicio de otros intereses, y malvados, y traidores, y un que otro asesino, pero lo anterior se refiere a la mayoría de los brigadistas, a los millares que fueron a luchar y a morir por aquello en lo que sinceramente creían.

Y así, los soldados franceses que estaban de centinelas en el puente, en una noche tranquila, pensaban en las cosas que piensa un hombre bueno. Nunca hubiesen pensado –como lo habría hecho un profesional de la guerra– que esa tranquilidad en el frente era sospechosa. Creían que todo estaba en paz, que el enemigo también estaba descansando. Pero los del otro lado sí eran profesionales de la guerra: los jefes y oficiales del ejército rebelde eran militares de carrera; la tropa eran marroquíes y legionarios, todos soldados profesionales, como sus jefes.

Por entre los olivares y bajo las sombras de los olivos se deslizaron otras sombras, sombras de muerte. Los centinelas del batallón francés, que fueron a arriesgar su vida por la libertad, la perdieron uno a uno, degollados silenciosamente por marroquíes expertos en desplazarse sin ruido y muy hábiles en el manejo del cuchillo. Y las tropas franquistas cruzaron el río Jarama al amanecer del 11 de febrero.

Cerca del puente, en un terreno elevado, estaban los italianos antifascistas del Batallón Garibaldi. Sus centinelas acechaban el amanecer cuando vieron un inusitado movimiento en el puente, procedente del otro lado del río, reconocieron a los marroquíes y abrieron fuego.

La posición italiana dominaba la cabeza de puente de Pindoque y su fuego alcanzó tal intensidad que los marroquíes y los legionarios no pudieron avanzar. Se quedaron en el lado republicano del río, pero quietos, pegados a la tierra. El mando republicano voló el puente, que estaba minado, pero el puente se elevó un poco en el aire y cayó donde estaba, siendo todavía utilizable.

Otra columna facciosa tomó ese amanecer San Martín de la Vega, pero el intenso fuego de máquinas automáticas les impidió cruzar el puente por la carretera de San Martín a Morata de Tajuña. La batalla comenzó al amanecer y siguió todo el día. La unidad republicana que defendía ese puente era española. Al anochecer, el combate decreció lentamente hasta que se hizo el silencio. Los soldados españoles habían combatido todo el día, estaban derrengados y así murieron los centinelas sorprendidos por los reptantes y silenciosos moros como antes lo fueron los franceses.

El día 12 las columnas franquistas tomaron las alturas de Pingarrón. Y entró en acción la Legión Cóndor. Por el lado de la República se estrenó la XV Brigada Internacional, con voluntarios de veintiséis países y mandada por el coronel Gal –austrohúngaro de nacimiento– cuyo jefe de estado mayor era George Nathan, uno de los personajes más brillantes de las Brigadas Internacionales y por eso denigrado por los historiadores del franquismo. Era un oficial inglés típico, siempre con un bastón de mando (swagger *stick* le llaman en Inglaterra) con conteras de oro. De Nathan dice Hugh Thomas que era «valiente como un león y respetado por todos».

El primer batallón de la XV Brigada era inglés y llevaba un nombre hindú: Batallón Saklatvala (por un hindú socialista que fue miembro del Parlamento inglés en la década de los veinte) y lo mandaba Tom Wintringham, educado en Oxford.

La XV Brigada, como tal unidad, tuvo su bautismo de fuego en el Jarama, pero muchos de sus hombres ya habían combatido en otros frentes. Los otros batallones incluían voluntarios griegos, belgas, franceses, nativos de países balcánicos y los estadounidenses del Batallón Abraham Lincoln.

> *La variedad de nacionalidades en las Brigadas Internacionales alcanzó extremos sorprendentes. Hubo un batallón, por ejemplo, el 8 de la XIII Brigada, integrado con gente de veintiuna naciones, a saber: 79 alemanes; 67 polacos; 59 españoles; 41 austriacos; 20 suizos; 20 palestinos; 14 holandeses; 13 checoslovacos; 11 húngaros; 10 suecos; 9 daneses; 9 yugoslavos; 8 franceses; 7 noruegos; 7 italianos; 5 luxemburgueses; 4 ucranianos; 2 belgas; 2 rusos blancos; 1 griego y un brasileño.*[22]

Los días 12, 13 y 14 de febrero no los olvidarían jamás quienes allí estuvieron.

Nigel Whitman era ya teniente. Laszlo había sido ascendido a mayor y trasladado a otro batallón. Filo Hauptmann, también teniente, había sido adscrito a la 11 División española. En apenas tres meses, los tres eran ya veteranos.

Pero ése no era el caso del batallón inglés, del que sólo un veinticinco por ciento llevaba ya algún tiempo en España y había combatido. Los demás casi no habían disparado un arma hasta ese día. Y los tanques alemanes avanzaron hacia ellos protegidos por el fuego constante de la artillería alemana que los españoles llamaban «la loca» y que tenía más poder de fuego que ninguna otra conocida hasta entonces.

A los ingleses se les explicó, durante su corto entrenamiento, que los tanques se detienen con bombas de mano arrojadas a las cadenas. Los españoles lo habían aprendido en una película rusa, «Los marinos de Kronstadt», y lo habían

---

[22] A. Castells: op. cit. Págs. 122-123.

aplicado en la defensa de Madrid. Pero ver aparecer un tanque que avanza disparando hacia uno es algo que arruga el estómago y produce frío en la espalda. El secreto –se decía Nigel– no es no tener miedo, sino dominarlo. Si uno no se deja llevar por el miedo, si obra calmado, como si no lo tuviese, el miedo está vencido.

Dos tanques que desde el suelo, acostado, parecían gigantescos, iban en dirección a Nigel. Y en ese momento recibió la orden de contraatacar. Contraatacar a los tanques y a los soldados enemigos que se protegen detrás de ellos no es cosa fácil. Rápidamente dio órdenes a dos soldados que tenía muy cerca. Uno de ellos era hindú y se llamaba Manavendra Bajpai.

> *Según el cuidadoso y muy completo trabajo de Andreu Castells acerca de las Brigadas Internacionales, hubo en ellas veinte voluntarios hindúes, de los que murieron tres en combate, desaparecieron dos y sobrevivieron quince*[23].

- Tú, aquél de la izquierda, yo al de la derecha –. Miró hacía atrás y vio a su sargento, al que dijo– Y tú sigues si nosotros caemos. Pero nada de tirar la granada desde muy lejos.

Tomó su fusil ametrallador Tockarev y comenzó a arrastrarse despacio hacia el enemigo. Con el rabillo del ojo veía a Manavendra a su izquierda haciendo lo mismo. Miró hacia atrás y vio al sargento y a muchos más. Los ingleses estaban reptando hacia los tanques, todos con granadas de mano.

- Eso está bien –pensó automáticamente Nigel–. Si me tumban, otros lo harán.

Estaba ya a unos veinte metros, poco más o menos, del tanque que había elegido. Tomó una granada ofensiva, de las de radio de acción de diez metros, le arrancó el anillo con la mano izquierda y la conservó en la derecha durante unos segundos. Cuando creyó estar seguro, la arrojó debajo

---

[23] A. Castells, op. cit. Págs. 379 y 382.

del tanque, pero apenas ocurrió la explosión, antes de saber si había tenido éxito, arrancó el anillo a otra y la arrojó detrás del tanque, a los marroquíes que se protegían con él.

E inmediatamente se levantó y avanzó disparando el automático contra la tropa que seguía a los tanques. No se paró a ver si los demás de su compañía habían o no hecho lo mismo, pero sí lo hicieron. Manavendra y él inmovilizaron cada uno a su tanque y avanzaron de frente, seguidos por la compañía. Dos o tres de los suyos se subieron a los tanques y liquidaron a los tripulantes. La infantería que los tanques protegían regresó corriendo a sus anteriores posiciones y cuando Nigel vio que se enfrentaban a por lo menos dos nidos de ametralladoras, ordenó alto y cuerpo a tierra.

Era imposible pensar en tomar las posiciones enemigas sin protección artillera y sin morteros, de modo que dio las órdenes para que cada quien buscase protección en desniveles del terreno, piedras o árboles. Algunos olivos viejos ofrecían buen refugio tras sus troncos y algunas piedras grandes servían de parapetos naturales. Pero la tregua duró muy pocos minutos porque los marroquíes salían ya de sus posiciones y avanzaban hacia ellos.

Nigel no era ya el soldado novato que recibió su bautismo de fuego en la Casa de Campo. Rápidamente pidió a un enlace que le enviasen dos ametralladoras pesadas, pero el capitán de la compañía –que moriría poco después– ya lo había pensado y las dos máquinas estaban tomando posiciones en los flancos del frente que cubría la sección de Nigel. A su derecha tenía el resto de la XV Brigada, comenzando por el Batallón Lincoln, pero el flanco izquierdo le dio la impresión de estar desguarnecido, por lo que dio instrucciones a una escuadra de situarse a la izquierda de la ametralladora de ese lado y cubrir la posibilidad de que el enemigo quisiera introducirse por allí.

Los marroquíes al principio avanzaron reptando, pero ya cerca se levantaron gritando y corrieron hacia las posiciones de los ingleses.

Los gritos son un recurso psicológico de doble acción. Por una parte estimulan a los mismos que los emplean y por la otra impresionan a quienes ven a un enemigo que avanza gritando. Sin embargo, Nigel y los suyos no se movieron. Las dos ametralladoras hicieron tal destrozo con su fuego cruzado que los pocos marroquíes que llegaron a las improvisadas posiciones de Nigel, es decir, a donde se habían quedado tras el contraataque, fueron eliminados. Y en ese momento, Nigel se levantó y ordenó atacar.

> *Rastreando entre los olivares, haciendo de cada olivo un pequeño fortín, disimulándose entre las ramas, dispersándose entre los viñedos, reagrupándose una vez y otra, los internacionales no cejaron de hostilizar a las tropas nacionalistas. El terreno se defendía como nunca, costase lo que costase. Se perdía, se volvía a conquistar, se resistía en él... La carnicería fue atroz. Fue el primer gran espectáculo espeluznante de la guerra de España*[24].

Los pocos moros que aún no llegaban a la zona de fuegos cruzados retrocedieron corriendo y los ingleses avanzaron. Cuando se echaron cuerpo a tierra estaban tan cerca de las líneas enemigas que hubieran podido hablar sin gritar con los soldados franquistas. Nigel vio entonces que el Batallón Lincoln había hecho lo mismo y estaban en la misma línea. Un oficial estadounidense a su derecha le saludó con una sonrisa.

De pronto se desató el infierno: artillería, morteros, ametralladoras. Pegados al suelo, Nigel y toda su sección se esforzaban por sobrevivir. Pero Nigel sabía que apenas cesara el fuego, sobrevendría el ataque enemigo. Estaba indeciso cuando, arrastrándose pegado a la tierra, llegó un enlace del batallón.

- Retirada a las posiciones de partida.

Nigel asintió y el enlace se alejó reptando, pero no llegó muy lejos. A unos veinte metros le alcanzó un mortero. Los sanitarios se lo llevaron hacia la retaguardia.

- Que las ametralladoras pesadas se retiren a las posiciones de partida –dijo Nigel a su enlace–, y que desde allí

---

[24] A. Castells, op. cit. Pág. 168.

cubran nuestra retirada. En cinco minutos, lo que tardará en llegar la orden, fuego graneado a discreción para cubrir la retirada de las máquinas.

Hay que sobreponerse. Uno está pegado a la tierra, con la sensación de que será suficiente moverse o sacar un dedo para ser alcanzado por un proyectil o por un casco de metralla. Y, sin embargo, cuando uno se mueve resulta que sigue vivo. Nigel gritó:

- ¡Fuego a discreción!

Sacó la cabeza y comenzó a disparar una ráfaga tras otra. Sus hombres hicieron lo mismo, unos con fusiles, otros con subfusiles ametralladores. El repentino diluvio de balas produjo el efecto esperado; lo instintivo en los soldados, sean propios o enemigos, veteranos o bisoños, es agacharse cuando hay fuego graneado. Y esos segundos de agacharse los marroquíes lo aprovecharon las dotaciones de las dos ametralladoras para retirarse con sólo una baja.

La segunda parte fue el fuego de las dos ametralladoras pesadas barriendo materialmente las posiciones enemigas al tiempo que, desde más atrás, una sección de morteros de la XV Brigada apoyaba el movimiento disparando sobre la línea franquista.

Nigel y los suyos comenzaron a retirarse, lo mismo que, a su derecha, los hombres de Batallón Lincoln.

> *El Batallón Lincoln sufrió muchas bajas delante del Pingarrón. Se reorganizó rápidamente la unidad y Oliver Law, de raza negra, tomó el mando de la compañía de ametralladoras y así fue, en España y por primera vez en la historia, como un negro estuvo al mando de una unidad de estadounidenses blancos en una época en la que eso era inconcebible en Estados Unidos.*

En plena retirada, Manavendra se incorporó para alcanzar una hondonada como a seis metros detrás de donde estaba y le alcanzó una bala de ametralladora pesada. Cayó. Conservó el sentido pero no podía moverse, tenía roto el fémur.

Nigel iba retrocediendo cuando cayó Manavendra. Se incorporó para ir en su auxilio pero vio a uno de los norteamericanos del Lincoln corriendo en zigzag hacia el herido. Manavendra hacía intentos por arrastrarse a la hondonada pero era evidente que no podía. El hombre del Batallón Lincoln se pegó al suelo y siguió acercándose al hindú, arrastrándose, aprovechando al máximo cada desigualdad del terreno.

Ya estaba cerca cuando Nigel vio un tanque alemán de la Legión Cóndor yendo derecho hacia Manavendra con la evidente intención de aplastarlo. Eran cuatro los tanques que iniciaban el contraataque pero aquél iba a pasar sobre Manavendra. El estadounidense se levantó y corrió, agarró a Manavendra por las axilas y lo arrastró a la hondonada, ya con el tanque casi encima. El tanque los vio y giró hacia ellos. El norteamericano se incorporó para lanzar una granada al tanque pero le dieron un balazo en el hombro izquierdo y apenas tuvo tiempo de arrojar lejos la bomba para que no le estallase en la mano.

Ahora los dos estaban heridos y el tanque quería aplastarlos. Nigel se levantó con una granada de mano y en ese momento el tanque alemán pareció estallar, se cubrió de humo y polvo y quedó inmóvil. Lo que más sorprendió a Nigel es que los otros tres tanques se dieron la vuelta e iniciaron la retirada, dejando al descubierto a los marroquíes que avanzaban bajo su protección. Nigel no entendía lo que estaba pasando hasta que oyó ruido de motores y miró hacia atrás: seis tanques rusos, de la brigada de tanques de la República que se había concentrado en Arganda, al norte del frente, avanzaban hacia el enemigo.

Detrás de los tanques venían los españoles de la muy fogueada 11 División, la de Líster, que se había incorporado, procedente de Madrid, en el flanco izquierdo de los ingleses. Los marroquíes y el Tercio estaban en plena retirada.

Nigel y otros recogieron a Manavendra y a su salvador, que tenía un balazo en el hombro.

- ¿Cómo te llamas? –indagó Nigel.
- John Donovan, de Nueva York.

Los sanitarios se llevaron a los dos a uno de los camiones habilitados como quirófanos móviles. En la noche hubo un breve reposo. Esta vez los centinelas eran conscientes de que distraerse o dormirse costaba la vida.

A la sección de Nigel se le ordenó desplazarse hacia una colina para relevar a otra unidad que había sido prácticamente aniquilada por el enemigo. La orden era resistir a toda costa.

Apenas amaneció, Nigel entendió por qué los supervivientes a los que relevaron la noche anterior les dijeron que ésa era «la colina del suicidio». El enemigo tenía las alturas de Pingarrón y desde una posición dominante barría el cerro con fuego de ametralladoras. Al poco tiempo también la artillería franquista comenzó a disparar contra la colina y la situación se hizo insostenible. Cada hombre se buscó una protección de algún tipo, ya fuese una roca, un tronco de árbol (muchos estaban rotos por los proyectiles) o una zanja, que algunas veces había que profundizar con la bayoneta o un cuchillo ya que muy pocos tenían palas, como se acostumbra en otros ejércitos.

Y en esas condiciones el batallón inglés, o lo que de él quedaba, resistió más de siete horas, hasta que recibió orden de retirarse. Lo hizo al atardecer en forma ordenada.

Después de eso, una parte del Batallón Saklatvala, incluída la sección de Nigel, que se había convertido en jefe de la compañía por la muerte del capitán, pasó al primer escalón de reserva, mientras el resto, que había permanecido en la retaguardia del frente, ocupaba la primera línea.

Entrada la noche, los centinelas de la unidad de relevo escucharon ruido de tropa avanzando y le dieron el alto. Pero los que venían cantaban la «Internacional». Los centinelas bajaron las armas y los demás ni se movieron al oir el himno revolucionario.

Los cantores se fueron acercando y mientras unos permanecían al frente otros, sin cantar, rodearon a los británicos. Cuando éstos se dieron cuenta de que los que llegaron eran marroquíes, no les quedó más que levantar los brazos. Toda la compañía cayó prisionera salvo dos o tres que escaparon en la oscuridad.

> *Al terminar el día, de los seiscientos miembros que tenía el batallón inglés, sólo quedaban doscientos veinticinco. Wintringham, el jefe del batallón, quedó herido y entre los muertos se encontraba Christopher Caudwell, un joven y prometedor escritor comunista. Una compañía del batallón inglés fue capturada con engaño por haber dejado llegar a sus trincheras a un grupo de marroquíes que avanzaron cantando la «Internacional».*[25]

No le fue mucho mejor al Batallón Lincoln, mandado por el profesor Robert Merriman y compuesto en su mayoría de estudiantes. Casi ninguno tenía experiencia militar de ninguna clase y eran más jóvenes que los voluntarios de las otras Brigadas Internacionales. Sin apoyo artillero y con sólo unos días de entrenamiento, lucharon como los bravos. Tuvieron ciento veinte muertos y ciento setenta y cinco heridos. Allí murió otro poeta joven y prometedor, el irlandés Charles Donelly. Del lado de los idealistas, era una guerra de poetas, escritores, profesores y estudiantes.

Pero los franquistas no pudieron cortar la carretera de Valencia y Madrid se salvó.

La batalla del Jarama quedó en la historia.

> *There's a valley in Spain
> called Jarama.
> It's a place that we all
> know so well.
> It was there that we gave
> out our manhood,
> where so many other brave
> comrades fell*[26].

> (Canción de las Brigadas Internacionales)

---

[25] Hugh Thomas, op. cit. Tomo II, pág. 642.
[26] Hay un valle en España llamado Jarama. Es un lugar que todos conocemos tan bien. Fue allí que dimos nuestra edad viril, donde tantos otros valientes camaradas cayeron.

De este país, del otro, del grande, del pequeño,
del que apenas si al mapa da un color desvaído,
con las mismas raíces que tiene un mismo sueño,
sencillamente anónimos y hablando habéis venido.

Rafael Alberti

La peur et le courage de vivre et de mourir.
La mort si difficile et si facile[27].

Paul Éluard

Jarama, estabas entre hierro y humo
como una rama de cristal caído,
como una larga línea de medallas
para los victoriosos[28].

Pablo Neruda

---

[27] *El miedo y el valor de vivir y morir. La muerte tan difícil y tan fácil.*
[28] Pablo Neruda: "Batalla del río Jarama" en *Selección*, recopilación de Arturo Aldunate, Nascimento. Santiago de Chile, 2ª edición aumentada. 1949, pág. 108.

DELHI, ENERO DE 1986

Thomas Wallace cerró los ojos y dio dos pasos. Estaba dentro del edificio del Partido Comunista.

Abrió los ojos y miró: al fondo, junto a la pared, había un busto de Lenin sobre un pedestal de madera. Colgado en la pared, encima del busto, un gran retrato de Carlos Marx. Más arriba aún, también sobre la pared, una estrella roja de cinco puntas con la hoz y el martillo.

Wallace se estremeció y pensó que como él se sentía en ese momento deben haberse sentido los cristianos cuando salían al circo romano, donde les esperaban las fieras.

En el suelo del vestíbulo estaban sentados o recostados varios hindúes de aspecto paupérrimo y campesino. Un hombre salió de una de las puertas laterales y otro lo despidió. El primero fue hacia la puerta de la calle y el segundo echó una ojeada curiosa a Thomas antes de meterse en la habitación y cerrar la puerta. Había gente que iba y venía. A un lado, dentro del portal, un anciano estaba sentado delante de una mesita de madera tosca en la que había papeles, betel y cigarrillos sueltos. El hombre tendría unos setenta y cinco años, vestía una ropa gris sucio con un chaleco café obscuro, por debajo del cual salían los faldones de la camisa, y cubría su cabeza con una gorra tejida.

Todo eso lo vio Thomas porque el hombre se puso de pie y se dirigió a él en hindi. Como fue evidente que el recién llegado no había entendido nada, el viejo le tendió una hoja de papel y un bolígrafo. Por el aspecto y las líneas rectas como para escribir en ellas, Thomas comprendió que se trataba de uno de esos formularios en los que el visitante debe escribir su nombre y otros datos. Lamentablemente estaba escrito en hindi con alfabeto *nagari* por lo cual se lo devolvió haciendo gestos de que no entendía.

Wallace permaneció en el centro del vestíbulo sin saber qué hacer y el viejo mirándole en una larga pausa muy embarazosa, mientras entraban y salían mujeres y hombres sin que ninguno se ocupase de él.

Por fin llegaron tres hombres jóvenes con unas banderas rojas enrolladas en su asta y algunas pancartas también enrolladas, como procedentes de alguna manifestación.

El viejo se dirigió a uno de ellos en hindi y éste a su vez observó el aire de desamparo y la expresión perdida de Thomas y se dirigió a él en inglés:

- ¿Puedo serle útil?

Thomas sintió que le echaban un salvavidas.

- Sí, muchas gracias.
- ¿En qué podemos servirle?
- Yo vengo de Estados Unidos, de Nueva York. Quisiera saber si hay aquí en Delhi alguien que haya estado en las Brigadas Internacionales en la Guerra Civil Española.

El joven permaneció pensativo unos instantes.

- ¿En la guerra de España? –dijo–. Eso fue hace cincuenta años.
- Sí. Hubo muchos voluntarios...
- Lo sé. Espere un momento, por favor.

Desapareció durante unos cinco minutos, al cabo de los cuales se asomó por una puerta al fondo de un pasillo que partía del vestíbulo, haciéndole señales de que se aproximara. Thomas lo hizo, no sin recelo.

- Va a recibirle el presidente de la Comisión de Cuadros. Pase.

Entró Wallace a un despacho muy modesto, con paredes maltratadas y muebles de madera sin barnizar y el joven que le había llamado le presentó a un hombre que se levantó para recibirlo, saliendo de detrás de un escritorio inundado de papeles y de libros.

- El camarada Bhima; el camarada...
- Thomas Wallace –dijo él ante la interrogativa expresión del joven.

El ocupante del despacho le tendió la mano y le hizo sentarse mientras el joven que auxiliara a Thomas salía. Estaba Thomas a punto de hablar cuando el otro se levantó, abrió la puerta, dijo algo en hindi al exterior y volvió a sentarse.

Wallace se sintió algo inquieto porque, además de estar en un local comunista, rodeado de comunistas, no entendía lo que ellos se decían entre sí, lo cual empeoraba mucho su situación.

Decidió explicar por qué estaba allí pero no pudo hablar porque el hindú lo hizo en alto tono, con mucho énfasis y con una velocidad de palabra que no admitía interferencias:

- Es para nosotros un honor y un orgullo recibir a un camarada de los Estados Unidos. No porque ya no exista la Tercera Internacional ha desaparecido la solidaridad entre los pueblos y muy especialmente entre los partidos comunistas. Nosotros sabemos bien las dificultades por las que pasan ustedes, los camaradas norteamericanos. Siéntase como en su casa, camarada. Pasado mañana tenemos un acto político en un pueblo cercano y usted será nuestro invitado de honor y dirigirá unas palabras a los camaradas.

Mientras Wallace digería con dificultad el contenido de esta parrafada, pronunciada en un inglés muy difícil de entender, que parecía más un dialecto que la lengua de Shakespeare o la de Walt Whitman, entró una diminuta mujer con sari de apagados colores llevando una bandeja con dos vasitos del ubicuo té con leche y azúcar, compañero indispensable de toda conversación seria e importante en la India. Puso los vasitos en el escritorio y, con pasos suaves, casi inaudibles, se retiró.

- Lo que queremos analizar a fondo es la nueva actitud de los comunistas ante el *glasnost*. Saber si, conforme a las tesis del leninismo, debemos aceptarlo o rechazarlo. Para esa cuestión, nada mejor que la opinión de un camarada norteamericano por ser el suyo un partido tan lejano y, por lo tanto, ofrecer otros puntos de vista.

Wallace aprovechó el momento en que el camarada Bhima tomaba su primer sorbo de té para decir con igual velocidad:

- Yo he venido solamente para saber si existe aún algún superviviente de las Brigadas Internacionales aquí en la India.
- ¿Las Brigadas Internacionales?
- Sí, de la guerra de España. De 1936 a 1939.

La expresión de Bhima se iluminó:
- ¡Ah! ¡Sí! ¡Claro! La Guerra de España. Yo no había nacido, pero a quien debe ver usted es al camarada Yudhishthira, nuestro Secretario de Organización. Él debe tener los datos que usted necesita. Y vuelva después para que coordinemos lo de pasado mañana.

Salió a la puerta y llamó. En seguida apareció el viejo del portal.
- Lleva al camarada americano con Yudishthira –le dijo en hindi, con lo que Thomas no entendió nada y ello mantuvo viva su inquietud.

Wallace se vio otra vez entrando en un despacho muy parecido al anterior. Otro hindú, tranquilo y afable, con expresión mucho más inteligente que el anterior, le recibió.
- Es un honor recibir aquí a un camarada americano. Pase y siéntese.
- Estoy... –empezó a decir Wallace.
- Espere un momento –dijo el hindú al abrirse una puerta lateral de la oficina. Entró la misma mujer pequeñita con idénticos vasitos de té que colocó también en el escritorio. Y hecho esto se fue.

Thomas se encontró de nuevo con el vaso de té en la mano, pero esta vez le dejaron hablar.
- Estoy intentando localizar a algún superviviente hindú de las Brigadas Internacionales en la Guerra Civil Española.
- ¿Puedo preguntar para qué?
- El padre de Colin Whitman, mi mejor amigo, que vive en Nueva York, como yo, se fue a la Guerra de España y su hijo no lo conoció nunca. Sabemos que sobrevivió, pero no sabemos dónde está.

Yudishthira le observó con curiosidad.
- ¿Era norteamericano?
- No. Era inglés.
- Lo de España fue hace muchos años. Sí, sé que fue gente de la India. Incluso el Pandit Nehru visitó la República

en plena guerra. Pero no sé de nadie que sobreviva. No conocí a ninguno de los que estuvieron allí. Yo nací después de eso, en 1940.

Wallace se puso en pie.

- Lo siento...
- No –dijo el Secretario de Organización–, espere. Vea usted a nuestro Secretario de Agitación y Propaganda. Él tiene muchos años y quizá recuerde a alguien.

Nuevamente llamaron al viejo del vestíbulo y otra vez fue a otro despacho en el que le recibió el camarada Lakshman, un hombre de unos setenta años. No le dejó hablar. Le estrechó muy efusivamente ambas manos entre las suyas y le hizo sentar.

- Tener aquí un camarada de los Estados Unidos es un honor que no esperaba. Yo tengo un primo allí, en Panamá. Le puedo dar su nombre y dirección para que lo salude, por si le puede servir en algo. Aunque él no es comunista. Pero es buena persona, le gustará conocerle. ¿Cómo está el Partido en Estados Unidos? ¿De qué parte es usted?

No había abierto la boca Thomas cuando la mujercita hizo su acostumbrada aparición y Wallace se encontró una vez más con un vaso de té con leche en la mano.

- El señor Yudishthira –dijo cuando pudo hablar– me ha dicho que tal vez usted recuerde a algún hindú de los que fueron a las Brigadas Internacionales en España, durante la guerra civil de ese país. ¿Recuerda alguno?
- ¿La Guerra de España? –Lakshman pensó unos instantes–. No, no recuerdo. En ese tiempo, camarada, estábamos aquí muy ocupados, luchando contra los ingleses. Pero lo que importa es aprovechar la presencia de usted en la India. Para nuestros compañeros del Partido será muy importante escuchar a un camarada americano.

Thomas ya no discutía. Sólo acechaba el momento en que podía intervenir.

- Sí, pero yo necesito seguir con mi indagación.
- Creo que para eso lo mejor es que vea al Secretario de Actas del Comité Central. Es un hombre viejo y quizá pueda decirle algo de lo que usted quiere. Se llama Mohan.

El camarada Mohan le recibió con la misma amabilidad.
-Yo quisiera... –empezó Thomas–.

- Siéntese, tranquilamente, que ya casi está el té.
- Es que ya tomé.
- Tomará usted su té y conversaremos –respondió Mohan y se dirigió a una tetera que estaba en un rincón sobre una mesa vieja y maltratada y manipuló en ella. Puso leche a hervir en una pequeña y vetusta parrilla eléctrica.

Thomas quiso aprovechar.
- Lo que yo quiero saber...
- Por favor espere. Ya sé que ustedes los americanos siempre tienen prisa. Espere a que tomemos el té.

Thomas se enfrentó nuevamente al té con leche de la India y cuando iba a hacer su pregunta, su anfitrión se adelantó:
- Ya que está usted aquí –dijo Mohan–, quisiera conocer su opinión sobre la posición reformista de Gorbachov. Aquí no todos estamos de acuerdo. Yo he estudiado la cuestión e hice un informe para el Buró Político. Para mí está claro que se trata de una desviación de derecha parecida a las del renegado Kautsky, con las diferencias de tiempo y lugar, naturalmente. ¿Qué piensan de esto los camaradas de Estados Unidos?

La pregunta dejó estupefacto a Thomas, que tragó saliva y dijo en voz muy baja:
- Más o menos piensan lo que usted ha dicho –respuesta que halagó mucho a Mohan y lo estimuló:
- No podía ser de otro modo. Yo sé reconocer el desviacionismo y también el izquierdismo como enfermedad infantil del comunismo, y sé cuándo hay que dar un paso adelante y dos pasos atrás para enfrentar al imperialismo considerándolo como la etapa superior del capitalismo. ¿No le parece?
- Sí, sí, así es. Pero quisiera saber si hay en la India algún superviviente de las Brigadas Internacionales en la guerra de España.
- ¡Ah! Para eso, sobre la Guerra Española, lo mejor es que vea ahora mismo al Secretario Adjunto de Trabajo Sindical, miembro del Comité Central, llamado Aparajit Bhatacharya. Ahora mismo le llevan para allá.

Thomas estaba a punto de hacer alguna barbaridad cuando apareció el chofer del taxi para ver si su cliente estaba aún allí. Eso fue cuando se habían cumplido dos horas de la llegada de

Wallace el local del Partido Comunista y se había entrevistado con otros tres miembros del Comité Central después de Aparajit. Para poder salir, tuvo que prometer solemnemente que volvería al día siguiente para preparar su intervención en varios actos políticos y que dos días más tarde daría una conferencia sobre cómo distinguir el desviacionismo pequeñoburgués de los años sesenta de las posiciones mencheviques de 1917.

Y cuando estaba ya en la puerta, casi en la calle, el viejecito del portal le sujetó por una manga al tiempo que hablaba en hindi a un joven que entraba en ese momento.

Ante esa mano que le impedía salir, todos los terrores de Thomas adquirieron su máxima fortaleza mientras él llegaba a su máxima debilidad. Pero el joven escuchó cuidadosamente al anciano y después se dirigió a Thomas en inglés:

- Este hombre dice que se ha enterado de lo que usted busca y que él sabe de un hindú que estuvo en la Guerra Civil Española pero que no es comunista.

Thomas sintió que su ánimo adquiría nuevas y potentes energías.

- Eso no importa, pregúntele quién es y dónde está ese hombre que estuvo en España.

El joven se dirigió al anciano en hindi, escuchó la respuesta y dijo a Thomas:

- Se llama Manavendra Bajpai, es miembro del Partido del Congreso, o lo era, y actualmente vive en Pondichery.

EL ROMERAL, CARRETERA ARANJUEZ-ALBACETE, 1937

Un tanque avanzaba hacia él. Quería correr pero no podía moverse, le dolía mucho una pierna. El tanque seguía acercándose, como un monstruo amenazador, y unos brazos le arrastraron fuera del camino de las cadenas que querían aplastarlo.

Al abrir los ojos creyó que había soñado pero enseguida se dio cuenta de que había estado recordando; que lo del tanque había sido verdad y que ése era su último recuerdo.

Parpadeó, fijó la vista. Sobre él tenía un techo completamente blanco. Estaba en una cama. Olía a formol y a medicinas. Estaba en un hospital.

Quería precisar sus recuerdos. La batalla en el valle del Jarama. Los ataques y contraataques. El balazo en la pierna. El tanque y los brazos que lo sacaron del peligro inmediato. Una gran explosión y después nada.

El dolor de la pierna tampoco era sueño. Estaba allí todavía.

Muy despacio volvió la cabeza hacia su izquierda y vio a un hombre muy rubio, con los cabellos color de trigo listo para ser cosechado. Sus ojos eran azules, de un azul intenso, pero más o menos claro, según la luz que les diera. Tenía vendado el hombro izquierdo y en cabestrillo el brazo del mismo lado. Y le sonreía.

- ¿Qué tal? –le dijo en inglés.

Manavendra estuvo unos instantes fijándo su visión y ordenando su cerebro.

- Bien –expresó en voz baja, y añadió– ¿dónde estamos?
- En El Romeral, cerca de Ocaña, en un hospital de sangre.

Manavendra estuvo todavía callado durante un buen rato. Después, como para sí mismo, expresó:
- Estuvo duro lo del Jarama.
- Sí, muy duro. Pero tú y yo estamos aquí todavía.
Una idea llegó de pronto a Manavendra.
- ¿Fuiste tú el que...?
Dejó la frase inconclusa al ver cómo se ampliaba la sonrisa del otro.
- Sí, yo fui el que te sacó de las narices del tanque. Y me ha hecho feliz comprobar que no fue en vano. Porque yo he visto a otros jugarse la vida y algunos perderla por alguien que ya estaba muerto. Pero tú estás aquí y estás bien.
- ¿Bien?
- Te operaron de la pierna. Tenías roto el fémur, pero aquí hay unos médicos magníficos.

> *La medicina, en general, progresó enormemente gracias a los nuevos métodos de tratamiento de las heridas de guerra introducidos en España por el ejército republicano. A partir de entonces, en las guerras, los muertos a consecuencia de heridas producidas por arma de fuego se han contado por centenares mientras que antes se contaban por millares*[29].

- Me duele un poco. ¿Cómo te llamas? ¿De dónde eres?
- Me llamo John Donovan y soy de Nueva York.
- Yo soy hindú. Manavendra Bajpai.
- ¿Hindú? ¡Tiene gracia! Yo creí que eras norteamericano. Allí tenemos mucha gente de color. Y aquí con nosotros hay algunos.
- Sí, ya sé. Pero en Estados Unidos no quieren mucho a los negros. ¿Qué te hizo arriesgar la vida por un negro?
Donovan reaccionó de inmediato.
- Esa palabra (*nigger*) es muy ofensiva en los Estados Unidos. Allí hablamos de la «gente de color». Aquí un negro es tan camarada como un blanco. Tenemos jefes negros en el Lincoln y son muy buenos. Y de lo que me preguntas, te

---
[29] Hugh Thomas, op. cit. Tomo II, pág. 1.013.

diré que yo estuve en un grave problema en los muelles. Me enfrenté a un sindicato de gángsters y casi me matan. De hecho iban a matarme a golpes. Y un hombre negro enorme, un atleta, sin conocerme, sólo porque le indignó que entre siete u ocho estuvieran golpeando a uno solo, se arriesgó, se lanzó contra ellos y los dispersó a golpes y patadas. Después me recogió y llamó a la ambulancia. Yo soy de origen irlandés y soy leal con los que me son leales y más aún conmigo mismo. Si yo le debo la vida a un hombre de color estoy obligado con cualquiera de color. Por eso fui a sacarte de allí e hice bien, aunque...

Hizo una pausa y Manavendra indagó:

- ¿Aunque qué?
- Bueno, no importa. Nada que tenga importancia. Iba a decir que tú no eres como nuestros negros. Tú tienes la nariz recta y fina, los labios delgados y bien formados. Esto no es nada contra nuestra gente de color. Pero el que me salvó tenía los labios gruesos y la nariz chata y el pelo rizado y muy corto. Y nuestros camaradas negros en las Brigadas también. Tú eres diferente.
- Yo soy hindú, soy de la India. Ellos proceden de África. Somos diferentes, pero todos somos seres humanos.
- Eso sí, todos somos hombres. Pero contigo hay otra diferencia. Tú hablas un inglés raro, muy diferente al de la gente de color de Nueva York. ¿Y cómo es que has venido a parar aquí desde la India?

Manavendra sonrió para sí a propósito de la observación sobre su inglés y explicó:

- Nuestro dirigente nacional, el Pandit Nehru, vino a España para atestiguar su apoyo moral a la República. Me trajo con él porque yo hablo español. Me lo enseñó un cura católico en la India. Y cuando terminó la misión de Nehru, le pedí permiso para quedarme. Me lo dio; le agradó que, además de otros hindúes comunistas que vinieron voluntarios, un hindú de su partido, el Partido del Congreso, luchase en España por la libertad. Por eso estoy aquí. ¿Y tú?
- A mí me quisieron matar por defender la libertad de los obreros, que en Nueva York anulan los sindicatos y las mafias. Además, mi padre luchó antes por la libertad de

Irlanda. Y aquí se lucha por la libertad de todos. Yo sigo la trayectoria familiar y la mía propia.

- Pues a mí me salvaste.
- El cabrón nazi quería aplastarnos.
- ¿Y qué pasó? Yo sólo recuerdo que alguien tiraba de mí, arrastrándome. Y eras tú.
- Aparecieron los tanques de la República. Y uno de ellos le acertó de lleno al alemán con un cañonazo. Así fue. Simple y rápido.

Manavendra miró al hombro de Donovan. –Pero a tí te dieron. Fue por mí.

- Bueno, cuando tiré de ti algún moro me acertó. Pero no es nada.

Bajpai y Donovan siguieron juntos varias semanas más en el hospital y su amistad fue creciendo, hasta que llegaron a ser inseparables.

Pero la curación de Bajpai era más complicada y llegó el día en que Donovan estaba curado y debía regresar a su unidad, el Batallón Abraham Lincoln. Cuando iba a salir, Manavendra lo llevó a un rincón y le dijo:

- Escúchame bien, John Donovan: estoy en deuda contigo por mi vida. Ya estaría enterrado de no haber sido por ti.
- No es nada... –comenzó a decir Donovan, pero Bajpai le calló.
- ¡Escúchame! Yo no acostumbro a hablar por hablar. Algún día tú necesitarás de mí, algún día podré servirte, algún día en que, por las razones que sean, no puedas acudir a nadie más. Y ese día estaré contigo.
- Muchas gracias, amigo.
- No, no es cuestión de «Muchas gracias». Es necesario que te lo metas en la cabeza y lo dejes allí mientras vivas. Te voy a dar una dirección que no es la mía sino la casa del Pandit Nehru. A veces lo encarcelan los ingleses porque luchamos por la libertad de la India, pero no se atreven a más, y nunca tocarán su casa. Allí siempre sabrán dónde estoy y me reexpedirán lo que sea, carta, telegrama o mensaje telefónico. Esa casa, que está en Allahabad, nunca cambiará y, si cambiase, en la India siempre sabrán dónde está Jawaharlal Nehru.

Donovan le miró a los ojos, leyó en ellos la más absoluta sinceridad y la férrea voluntad de cumplir. Y, sin decir nada, le abrazó fuertemente.

Un camión esperaba a los heridos dados de alta, que se incorporaban a sus unidades.

Con Donovan dentro, el vehículo se alejó por la carretera a Valencia, dejando una larga estela de polvo.

Manavendra se alejó de la ventana por la que le vio partir, tomó sus muletas y fue despacio hacia una mesa en la que un grupo de judíos de las Brigadas Internacionales jugaba a las cartas. Unos en silla de ruedas, algunos con muletas, otros con un solo brazo. Se ha calculado que casi un diez por ciento de las Brigadas Internacionales eran judíos. Ellos sabían lo que era el nazismo y en España estaba la Legión Cóndor, enviada por Hitler.

> *Entre los interbrigadistas que se unirían al nuevo Estado (de Israel) figuran los polacos de ascendencia judía Szleyen, que permaneció preso en España seis años, Wuzek, de la XIII (Brigada Internacional) que tomó parte en la Guerra de los Seis Días contra los árabes, y Maciej Techniczek, de la XXIX Brigada Internacional, que vive en aquel país desde 1969*[30].

Pensando en Donovan, Manavendra miraba distraído el juego.

Los trimotores Junkers de la Legión Cóndor estaban bombardeando Aranjuez. A lo lejos se oían las bombas y las explosiones de los cañones antiaéreos.

---

[30] A. Castells: Op. cit. pág. 441.

SOBRE EL OCÉANO ATLÁNTICO, ENERO DE 1986

Cuando el Jumbo despegó y tomó dirección a Nueva York, Colin y Ludmila entraron en aquel fluido sutil que los antiguos llamaban éter y que no tenía lugar en el tiempo. Habían entrado en el mundo especial –y espacial– de los vuelos largos, aquéllos en los que deja de haber, para los pasajeros, un *terminus ad quo* y un *terminus ad quem*. Para ellos no habría pasado ni futuro, ni tampoco un lugar al que pertenecieran. A cientos de kilómetros por hora y a miles de metros de altura, no habría nunca un lugar al que perteneciesen por algo más de unas fracciones de segundo. Para ellos, ni Unión Soviética ni Unión Americana. Algunos, empleando un lenguaje propio del mundo occidental judeo-cristiano, suelen hablar de este mundo especial de los vuelos transatlánticos como de un «limbo». Ellos no lo nombraron. Sencillamente lo vivieron, envueltos como iban en su amor recién nacido.

Estaban con las copas servidas por las siempre amables azafatas, sacerdotisas oficiando en un templo situado en el cielo, al pie de la letra, donde el único dios era la intemporalidad y quizás algo arábigo por aquello del Destino, estuviese o no escrito.

Colin y Ludmila se miraban dulcemente sin hablar. Aunque no plenamente conscientes de no estar materialmente en ninguna parte, para ellos lo único importante era el ahora: sus miradas, el fuerte latir de sus corazones, el roce de sus manos. El hecho de vivir los enamorados el presente no es ningún descubrimiento de última hora. Están en el presente porque el arrobamiento que sienten los mantiene lejos del pasado y del futuro. Y en el éter infuso, todo lo que los había sacado de un país y los llevaba a otro de pronto perdió importancia. Sólo había el momento que, como atendiendo a la petición de Fausto, estaba detenido.

La cena no fue muy diferente. Comieron en silencio. Y después del café, pidieron cada uno una copa de buen coñac que entibiaron en el cuenco de sus manos. A Ludmila le sorprendió que Colin tomara coñac, pues la fama que tenían los norteamericanos en los países del este de Europa no era precisamente de gente de gustos distinguidos y cosmopolitas.

- ¿Tomas coñac?
- ¿Te sorprende?
- Uno poco, sí.
- No tiene nada de raro. Primero, Nueva York es una ciudad donde uno suele adquirir, si se dan las condiciones adecuadas, hábitos provenientes de muchas partes del mundo. Habrás oído hablar de Estados Unidos como crisol de innumerables culturas, ¿verdad? Pues mucha gente a la que le gusta la buena comida y los buenos vinos bebe coñac. En segundo lugar, he viajado mucho, Ludmila, muchísimo. Empecé en mi tercer año de universidad, que cursé en Inglaterra, en la London School of Economics. Luego, al formar mi propia empresa de importación y exportación, en sociedad con mi mejor amigo en Princeton, empecé a viajar por el mundo entero y no he dejado de hacerlo en años.
- Los viajes ilustran, dicen.

Colin sonrió con benevolencia ante este irónico lugar común, pues se daba perfectamente cuenta de los prejuicios del viejo mundo que Ludmila tenía respecto de los yanquis.

Pero llegar a ese viaje y a ese momento no había sido sencillo.

Colin había estado muy deprimido y desanimado ante el fracaso de todos sus intentos por encontrar a su padre. Había desistido de la búsqueda y se lo dijo a Ludmila.

- Voy a suspender la búsqueda de mi padre. Me he convertido en una especie de robot que va de un lado a otro buscando a alguien que no existe. He perdido la costumbre de pensar, de reflexionar, hasta de ser. De ser como un ser humano normal. Vivo para una obsesión: la de buscar a mi padre. Pero eso se va a terminar. Mi padre no existe.

- Si no existe hoy, existió y tú debes buscarlo. Si no lo haces, la obsesión será mayor todavía y tu estado de ánimo empeorará.

- Me siento como el protagonista de *El extranjero* de Albert Camus. Yo tampoco lloré la muerte de mi madre. Pero tenía mis razones. La primera, que mi madre era una enferma mental grave, obsesionada por las enseñanzas de las Hijas de la Revolución Americana (DAR), organización a la que pertenecía, hasta el punto de creer, en serio, que –como afirman la DAR– la fluorización del agua potable en Nueva York y otras ciudades norteamericanas es obra de los comunistas, un plan para lavar el cerebro a todos los estadounidenses.

- ¿De verdad? –Ludmila no podía creerlo.

- Al crecer, me fui dando cuenta de que mi madre era anormal en algunos aspectos. Cuando lo de Viet Nam, jamás le dije que había participado en una que otra manifestación contra esa guerra. Y aunque no lo establecí fríamente mediante un análisis, yo intuía que el hecho de no haber en mi casa una sola fotografía de mi padre se debía al odio de mi madre hacia él. Por eso, poco a poco, fui perdiendo interés en mi madre, porque la consideraba la única culpable de la ausencia de mi padre. Lo que ahora he visto que era verdad. Y si algún día dudé de que mi padre pudiese haber hecho algo horrible que justificase a mi madre, los hechos han demostrado que no fue así.

Hizo una pausa, pensativo, y continuó:

- Dos o tres meses antes de su muerte, mi madre estuvo muy grave. Suspendí los viajes y toda actividad que me mantuviese lejos de ella. Pero la gravedad duró semanas y los médicos me dijeron que lo mismo podía morir de pronto que vivir años en ese estado. Y como no podía cancelar todas mis actividades por tiempo indefinido, viajé. En la India me llegaron dos noticias en un solo telegrama: la de su muerte y la de su declaración de que mi padre vive. La primera no me impactó, pero la segunda sí. Creo que me volví loco. Durante un tiempo no supe ni lo que hacía. Mi padre vivía, mi padre existía.

Colin dio unos pasos, se calló. Se golpeó la palma de la mano izquierda con el puño cerrado de la derecha y siguió hablando:

- En efecto, no lloré la muerte de mi madre. Las DAR me condenarían por eso. Pero nunca podré perdonarla por haberme privado no sólo de la presencia física y material de mi padre, sino hasta de una ilusión, de un retrato, de una carta.

- Debes olvidar todo eso. Ella ya está muerta.

- Ella está muerta, pero el daño que hizo está vivo, sigue aquí y aquí –subrayó tocándose con la mano abierta la frente y el pecho.

- Las angustias que he pasado, las ausencias, la soledad, el sufrimiento. Yo era el único niño en todas las escuelas a las que acudí que jamás había visto el rostro de su padre. ¡Nada de eso está muerto!

Miró a Ludmila con profunda tristeza y ella le sostuvo la mirada, apoyándole.

- Al recibir aquel telegrama, en Delhi, casi ni me fijé en la primera parte: «Siento decirle que su madre ha fallecido» o algo por el estilo, sino en la segunda: «y antes de morir dijo que su padre vive». ¡Eso fue lo único que vi! Salí de American Express corriendo como un loco, lleno de un futuro feliz en el que, por fin, conocería a mi padre. No esperé a llegar, en mi mente comencé a vivir en ese futuro. Y ese futuro se ha hundido. Mi padre no existe. La búsqueda ha terminado.

Ludmila se levantó, fue hacia él y, mirándole, le puso la mano en un brazo.

- No, querido Colin, no. Tu búsqueda debe continuar o la obsesión se tornará intolerable. No podrás vivir verdaderamente mientras no sepas qué ha sido de tu padre. Es posible que fracases, pero no debes darte por vencido. Si renuncias al esfuerzo de la búsqueda, sentirás tu vida vacía.

- ¡No! Porque estás tu.

- Quizá, por un tiempo, pero a la larga tu obsesión aumentará y te dominará, mucho más ahora que cuando no tenías ninguna esperanza.

Colin no respondió, caminó, se dio vuelta, miró a la muchacha.

- Bueno –dijo por fin–, admitamos que continúo. Pero, ¿dónde lo busco?

- Hubo una Brigada Lincoln compuesta de estadounidenses que combatió en España. Ellos son de habla inglesa. Pudiera suceder que alguno de los supervivientes recuerde a tu padre.

- ¿Y si no?

- Habrá que ir a Indonesia o a Israel o a donde sea. Pero no puedes renunciar a la búsqueda hasta que no sepas que ha muerto.

- Y, ¿qué crees que debo hacer ahora?

- Abordar un avión e ir a Nueva York.

Pero Colin había tomado ya la firme decisión de no separarse de Ludmila nunca más.

- Vamos juntos o no voy a ninguna parte. De ahora en adelante, a donde quiera que yo vaya irás conmigo.

A consecuencia de lo cual estaban volando juntos.

NUEVA YORK, FEBRERO DE 1986

Colin tenía un amigo que trabajaba en *The New York Times* y a él le pidió información para encontrar a supervivientes norteamericanos de las Brigadas Internacionales.

Foster, el periodista, le informó que existía una organización de esos supervivientes que se llamaba *Volunteers of the Abraham Lincoln Brigade* (Voluntarios de la Brigada Abraham Lincoln) y le dijo dónde y cómo conectarse con ella.

Merced a esas ayudas, Colin y Ludmila llegaron a encontrarse con Edwin Brower, miembro de la VALB.

Se negó a recibirlos en su casa porque, según explicó, era apenas «un inmundo cuarto lleno de basura». Colin le convenció de que fuera a su domicilio, después de una comida a la que también asistió Ludmila. Se habló de todo en términos muy generales, pero muy especialmente sirvió para que Colin explicase al veterano que no había conocido a su padre, que Nigel se fue a España con las Brigadas y que estaba buscándole.

- No me gusta hablar de la Brigada Lincoln en lugares públicos –dijo Brower–. Reconozco que es una tontería, una sombra del pasado, pero se debe a cosas que después les contaré.

Así, pues, no trataron el tema sino hasta estar en la casa de Colin.

Ludmila ofreció café, que hizo en una cafetera «exprés» que Colin tenía en la sala misma, para gozar del espresso sin desplazarse.

- Gracias –dijo el invitado–. Yo me acostumbré en España al café «exprés» después de la comida. Claro, cuando estábamos en retaguardia, y ahora casi siempre, por lo menos siempre que puedo, tomo hasta dos o tres.

- ¿Un coñac? –ofreció Colin.

Los ojos del veterano se iluminaron.

- ¡Por favor! Veo que ustedes tienen muy buenos hábitos.

Se volvió a Ludmila.

- ¿Usted es de aquí? Su inglés es muy bueno, pero no es americano.

- No –sonrió Ludmila–, yo soy checoslovaca. Y, de paso, le diré que mi padre también estuvo en las Brigadas, en España.

- ¿Y vive?

- No. Lo mataron en 1952, mediante una farsa judicial, precisamente por haber estado en las Brigadas.

- Sí, ya sé. Como aquí.

Colin frunció las cejas:

- ¿Como aquí?

- Bueno –Edwin se encogió de hombros–, aquí no nos mataron, pero fue lo único que les faltó.

- Entremos en materia. ¿Conoció usted a Nigel Whitman, mi padre?

Brower era un hombre que aparentaba entre sesenta y cinco y setenta años bien conservados. Tenía una excelente memoria y hablaba con seguridad y firmeza. Nada había en él del anciano poco coherente o demasiado fatigado por la vida.

- Ir a España es lo mejor que he hecho en mi vida –dijo. No sólo no me arrepiento de ello sino que estaría dispuesto a volver si fuera necesario. A la pregunta de Colin contestó:

- Realmente no lo conocí. Creo tener una vaga idea, recordar que era capitán en el batallón inglés. Tal vez nos vimos en el Jarama o en Brunete. Pero realmente no lo conocí.

- ¿Entonces no sabe usted si está en Estados Unidos?

- No creo que esté. Habría tenido alguna relación con nosotros y siempre habríamos sabido de él si hubiera estado aquí durante la persecución.

- ¿La persecución? ¿Aquí? –Colin estaba verdaderamente sorprendido–. Ciertamente supe algo de lo que estuvo haciendo el senador McCarthy. Pero, por una parte, yo tenía entonces unos quince años y después creí que realmente habían perseguido solamente a agentes extranjeros y espías.

Edwin sonrió.

- Por lo que veo, usted es uno de estos muchachos americanos que tienen de la patria una idea «Walt Disney».

- No tanto. Más tarde supe que Chaplin y algunos otros habían sido víctimas del comité de McCarthy. Pero nunca supe nada de las Brigadas Internacionales de la Guerra de España y me sigue pareciendo extraordinario que persiguieran a norteamericanos por haber ido a luchar contra el fascismo.

Edwin volvió a sonreir afectuosamente.

- Lo decía porque hay una cierta clase social con una idea de los Estados Unidos que no corresponde más que a uno de los muchos aspectos que tiene la nación, el supuestamente más característico y el más anunciado: la democracia. Pero de los demás no sabe nada. ¿Le extraña que nos hayan perseguido en la gran democracia salvadora del mundo?

Brower se rió con una risa casi desagradable.

- Apenas llegamos, cuando terminó la Guerra Española, nos convertimos automáticamente en sospechosos y estuvimos bajo la vigilancia de todos los organismos policíacos, empezando por el FBI. En 1946, declararon subversiva a nuestra organización, la VALB, y el que entonces era comandante nacional, Milton Wolff, fue llamado al *House Un-American Activities Committee*. Es decir, el Comité de la Casa de Representantes sobre Actividades Anti-Americanas. En 1955, la *Subversive Activities Control Board* decidió que la VALB debia ser registrada como organización del frente comunista, aunque muchos no eran comunistas. Muchos de los nuestros fueron encarcelados o deportados y otros nos traicionaron.

> *En 1955, la Subversive Activities Control Board decidió que el VALB debía ser registrado como organización del frente comunista, y con ello la entidad perdió muchos apoyos. Varios interbrigadistas fueron exiliados, encarcelados o deportados y otros, muy pocos, declararon contra el VALB en la Control Board*[31].

---

[31] A. Castells, op. cit. pág. 435.

- ¿Era comunista su padre?
- No, no lo era. Era demócrata y antifascista.
- Así eran muchos. Pero les pegaron la etiqueta de «comunista».
- Es un absurdo.
- Pero así fue. Muchos de nosotros luchamos en la Segunda Guerra Mundial –continuó Edwin–, y ni siquiera en esas condiciones nos tuvieron confianza. Alguno de los nuestros fue perseguido y condenado al terminar la guerra y nunca nos perdonaron.

> *En 1950, Robert Thompson fue condenado a cinco años de prisión, pero la condecoración ganada en el Pacífico le rebajó dos años de la condena. Murió en 1966 y la petición de su viuda para que fuese enterrado en el Arlington National Cemetery fue rechazada*[32].

- ¿Como pudieron deportar a estadounidenses? –preguntó Ludmila.
- No todos eran nacidos aquí. Frank Bonetti, por ejemplo, había nacido en Francia, residía en Los Ángeles y era totalmente americano. Fue deportado en 1966. Dos de los nuestros vendieron periódicos para poder vivir. Uno de ellos, Irving Margolis, ciego por las heridas recibidas en España, los vendía en Manhattan. Y Johnny Toutloff, que estuvo en la batalla del Ebro, tuvo su puesto en la Sexta Avenida. La persecución no fue sólo con cárcel o deportaciones. Quizá fue más grave la deliberada actividad del FBI para impedir que consiguiéramos trabajo o quitárnoslo si lo hubiéramos logrado. Querían condenarnos a la muerte por hambre.

Colin Whitman estaba muy impresionado. Nunca hubiese creído que en Estados Unidos pudieran ocurrir esas cosas. Esa persecución tenaz contra aquellos voluntarios de la libertad, entre los que había estado su padre, entraba en contradicción abierta con todo lo que él sabía de los Estados Unidos.

- Si no lo escuchase de usted, creería que era mentira. Y no piense que soy tan ingenuo. Yo participé en dos o tres

---

[32] A. Castells, op. cit. págs. 436 y 37.

manifestaciones contra la guerra de Viet Nam, pero no tuve una verdadera militancia. Simplemente estuve en contra y fui a expresarlo. Yo no tenía problema personal porque estaba fuera de la edad militar. Pero fui a expresar mi inconformidad. Tal vez si hubiese militado en algún grupo, sabría todo eso que usted me cuenta.

- Yo he oído muchas veces hablar de Beria –recordó Edwin–. Pero aquí tuvimos cuarenta años a un asesino lleno de odios al frente de la Oficina Federal de Investigaciones (FBI): J. Edgar Hoover. Él odiaba visceralmente a los excombatientes de España, entre otros muchos odios que tenía.

- ¿No exagera usted? –preguntó Colin.

- ¿Exagerar? Ya es del dominio público que el FBI, y esto está probado por increíble que parezca, repito, está probado y no es cuestión de novela: el FBI se dirigió a Martin Luther King dándole un plazo para que se suicidara o de lo contrario revelaría una cierta relación sexual que tuvo. No se suicidó pero es evidente quién lo mandó matar. Hoover, al principio, se negó a que el FBI investigara el asesinato, pero ante la exigencia categórica del Presidente, «encontró» al que está en la cárcel por ese crimen.

Colin y Ludmila estaban tan sorprendidos que ni siquiera dijeron algo, y Brower continuó:

- Todo el mundo sabe que Edgar Hoover odiaba a los Kennedy. Tan pronto fue asesinado John Kennedy, Hoover declaró que había sido un asesino solitario, Lee Harvey Oswald. Las órdenes que dio a todos sus agentes fueron en el sentido de que debían probar que fue un asesino solitario. Siguió manteniendo esa posición después de que Jack Ruby mató a Oswald. Cuando Johnson creó la Comisión Warren para investigar el asesinato de Kennedy, toda la información que recibió la Comisión procedía del FBI y, repito, todos los agentes del FBI tenían instrucciones de probar que fue un asesino solitario.

Edwin Brower miró a Colin y a Ludmila y agregó:

- Saquen sus conclusiones.

Brower calló y se hizo una pausa que nadie rompió durante un cierto tiempo.

- Dentro de los odios de Hoover, los excombatientes de España estábamos en uno de los primeros lugares. Los años cincuenta fueron muy duros. El 23 de septiembre de 1950, el Congreso votó leyes de represión contra los comunistas. Lo malo estaba en que todos los liberales, los izquierdistas en general y aquellos a quienes Hoover odiaba se convertían automáticamente en «comunistas». En la Comisión de Actividades Anti-Americanas, se distinguió Richard Nixon, que siempre contó con el apoyo de Hoover. No se ha aclarado suficientemente el hecho de que tanto McCarthy como todos los de su comité actuaban con base en las informaciones que les pasaba el FBI. Por lo tanto, Hoover tenía en su mano la persecución de todos aquéllos a los que él calificaba de «comunistas». Esto contribuyó al desprestigio de McCarthy y de su comité porque acusaron y persiguieron a muchas personas que jamás habían simpatizado con el comunismo. Pero el verdadero responsable en la sombra era Edgar Hoover que, por cierto, contó con el apoyo absoluto y total del presidente Eisenhower.

> *De los miembros americanos supervivientes de las Brigadas Internacionales, muchos lucharon en la Segunda Guerra Mundial. Sin embargo, estos hombres resultaban sospechosos para la administración. Hasta finales de la guerra, ni siquiera se les permitió ir al extranjero. Después de la guerra, en la era de McCarthy, cualquier vinculación con la causa española empezó a considerarse subversiva. El mismo Batallón Abraham Lincoln fue declarado subversivo en 1946... Aquel cuerpo de veteranos continuó siendo perseguido hasta los años sesenta de una forma que desacreditaría al Estado liberal*[33].

Colin no sabía qué decir. Estaba intentando asimilar todo lo que le habían dicho, que de ninguna manera encajaba con la idea que él tenía de la democracia.

- El mundo siempre ha sido igual –dijo Edwin–. Recordemos la famosa declaración de las cuatro libertades humanas esenciales que el presidente Franklin D. Roosevelt enumeró en 1941 en su discurso al Congreso de los Estados

---

[33] Hugh Thomas, op. cit. tomo II, pág. 1023.

Unidos: la primera era la libertad de palabra y expresión en todas partes del mundo, la segunda la de adorar cada uno a Dios a su propio modo, la tercera la libertad contra la pobreza y la cuarta la libertad contra el temor que significaría una reducción mundial de armamentos. ¿Qué les parece?

- Nada de eso se ha hecho efectivo –expresó Ludmila.
- Peor aún –siguió Brower–, lo de la Carta del Atlántico, que fue una declaración oficial de Roosevelt y de Churchill en la que se defendía el respeto a la autodeterminación de los pueblos. Aun antes de que terminase la guerra, ya estaban violando esos principios los mismos que los proclamaron. En 1943, los angloamericanos admitieron la incorporación de los estados bálticos a la Unión Soviética y en la conferencia de Yalta, en 1945, Inglaterra se quedó con Grecia, para lo cual tuvo que dominar a sangre y fuego al pueblo griego, que en aquel momento era de mayoría comunista, mientras que la Unión Soviética de Stalin se quedaba con los pueblos del este de Europa, que no eran comunistas. Inglaterra reprimió a los griegos para someterlos a su control. La URSS reprimió a los polacos, los checos, los rumanos y otros para tenerlos bajo su mando. Todo eso en nombre de la lucha por la libertad, mismo principio por el cual todos los que estuvimos en España sufrimos la persecución de la democracia norteamericana.
- Lo extraordinario –comentó Ludmila– es que los voluntarios de España fueron perseguidos igualmente por la Unión Soviética y por los Estados Unidos.
- Es natural –dijo Brower–. Los voluntarios de la libertad molestan a los gobiernos. Los idealistas son un estorbo.

Cuando se fue Edwin Brower, dejando su dirección por si lo necesitaban, Colin quedó sumido en la tristeza. Toda su vida creyó en la democracia estadounidense y los hechos decían otra cosa. Colin, con su educación y su medio, podía entender que se persiguiese a los comunistas durante la Guerra Fría, pero a los comunistas. Hacerlo hubiese requerido investigaciones honradas, objetivas. Pero lo de Hoover, McCarthy y socios fue una verdadera cacería de brujas como en Salem en Massachusetts. Se perseguía a los sospechosos, aunque no pudiera probárseles nada, y se llegó a la aberración de que eran sospechosos de comunismo todos los demócratas, los amantes de la libertad. ¡Increíble paradoja, cuando el comunismo era, precisamente, la negación de toda libertad!

Brower le había contado también que la VALB, en 1963, recaudó fondos para ayudar a las familias de los huelguistas españoles de la primavera de 1962. Esto originó nuevas investigaciones, interrogatorios y persecución del *House Un-American Activities Committee*. Y más aún en 1964, cuando en la Feria de Nueva York, los veteranos de la Brigada Lincoln boicotearon el pabellón español y pidieron amnistía para los presos políticos de España.

Hablando claro, pensó Colin, las autoridades de los Estados Unidos, la democracia por excelencia, se solidarizaron con el régimen fascista de España y lo defendieron. Y todo eso eran hechos históricos. Aunque el pueblo estadounidense era diferente.

> *A finales de 1967, en el curso de la marcha sobre el Pentágono, un pequeño grupo de veteranos interbrigadistas fue identificado y vitoreado por la multitud*[34].

Pero, pensó también Colin, en última instancia los pueblos siempre son manipulados.

Se dirigió a Ludmila:

- ¿Te has convencido ya de que mi búsqueda es inútil? Mi padre no existe.

- Ya surgirá algo. Yo no desespero nunca –dijo Ludmila mientras le acariciaba el cabello.

- ¿En qué te fundas? ¿Por qué lo dices si no hay razones para creerlo?

- Porque no puedo permitir que te hundas en el desánimo, que te deprimas, que te decepciones de todo. En este momento, no sé cómo ni dónde, pero seguiremos buscando.

---

[34] A. Castells, op. cit. pág. 436.

BRUNETE, JULIO DE 1937

Por una brecha abierta en el frente de los fascistas, entraron varias brigadas republicanas con tal velocidad que al mezclarse unas con otras se creó una confusión. Era el 6 de julio de 1937.

Fue una ofensiva de la República y la resistencia enemiga fue quebrada al principio de la operación aunque enseguida se inició el contraataque de los rebeldes para fijar sus posiciones.

> *En esta operación, la República dispuso de 66,945 hombres, de los cuales 12,245 eran internacionales encuadrados en las divisiones 15, 35 y 45, comprendiendo DECA, Artillería, Blindados y Aviación*[35].

Nigel Whitman, capitán en el batallón inglés de la XV Brigada, que mandaba el croata Copic, avanzaba con su gente cuando vio a un solo hombre, con una ametralladora, haciendo frente al contraataque de por lo menos una compañía franquista.

Nigel ordenó avanzar cubriendo con sus hombres el flanco izquierdo del tirador solitario. Entonces empezaron a incorporarse los soldados del que estaba en la ametralladora, que habían estado pegados al suelo. La llegada de Nigel con su compañía les hizo reaccionar. Todavía siguió el combate una media hora, aunque ya dos proveedores habían llegado hasta el ametrallador solitario haciéndose cargo de la máquina.

---

[35] A. Castells, op. cit., pág. 232.

El enemigo se retiró y las fuerzas republicanas comenzaron a ordenarse y reorganizarse.

El hombre de la ametralladora se levantó, dejó a otros en su lugar, y se fue para atrás. Nigel lo reconoció: era Filogonio Hauptmann.

Nigel le llamó y se abrazaron. Filo llevaba las dos barras doradas de teniente.

- ¿En qué unidad estás?
- En la 11 División. ¿Y tú? ¡Veo que ya eres capitán! ¡Te felicito!
- Y yo a ti, ¡teniente! ¡Qué lejos está Albacete!
- Y la Casa de Campo. ¿Te acuerdas? Déjame poner orden en mi compañía.
- Yo voy a ocupar tu flanco izquierdo, me ordenaron –dijo Nigel.

Hicieron su trabajo y después se reunieron, en el espacio entre el último hombre de la 11 División y el primero del batallón inglés.

- ¿Con que en la 11? –comentó Nigel–. Tu división nos salvó en el Jarama. Llegaron justo a tiempo, con los tanques.

Nigel observó a Filo. Estaba más curtido, más maduro. Ya no era el muchacho alegre y despreocupado de Albacete.

- ¿Y qué me cuentas, Filo?
- Ya hice esta guerra cosa mía. Los fachas no pasarán mientras yo viva.

Nigel rió.

- Bueno, tú y algunos más.
- No –insistió Filo–, te lo digo en serio. O ganamos esta guerra o me entierran en España. Ya sé lo que es el fascismo, ya he visto cómo actúa. He entendido por qué han venido tantos voluntarios de todo el mundo.

Apareció una unidad marchando y el jefe se dirigió a ellos.

Nigel, Filo y el que llegaba quedaron estupefactos. El que se acercaba era Laszlo, a la sazón mayor en la XIII Brigada Internacional, formada por eslavos y franceses.

- ¡No lo creo!
- ¡Yo tampoco!

- Estoy recuperando a mi gente –explicó Laszlo– porque hubo mucha confusión entre varias brigadas. Debo ir al flanco derecho de la 11 División.
- Pues vas bien por allá –dijo Filo–, pero te queda lejos.
- El desorden es malo –sentenció Laszlo–.

> *A través de una pequeña brecha abierta entre las líneas nacionalistas, entraron en tromba varias brigadas, que acabaron mezclándose unas con otras*[36].

- Yo pensé que no volvería a verlos.
- Nunca creí que volviésemos a reunirnos.

Los hombres que venían con Laszlo se habían sentado o acostado en el suelo esperando a su comandante.

- Será mejor que nos agachemos –dijo Laszlo.

La cabeza de Filo se sacudió muy extrañamente y se oyó una detonación lejana. Nigel tuvo apenas tiempo de sujetarlo y depositarlo en el suelo. Pero ya estaba muerto.

Los soldados de la 11 división y los del batallón británico abrieron fuego graneado contra el enemigo y por su propia decisión avanzaron lanzando granadas de mano. Vieron morir al teniente y estaban furiosos. Dos marroquíes se levantaron cerca de allí y corrieron hacia atrás, pero no llegaron lejos porque el fuego republicano les alcanzó.

Agachados, muy cerca, Nigel y Laszlo se miraron. Ninguno de los dos quería hablar por miedo a que se le quebrase la voz. La bala había atravesado el craneo de Filo de una oreja a la otra. Tenía la expresión desencajada y los ojos abiertos. Nigel alargó el brazo y se los cerró.

- Era un buen hombre.
- Y muy valiente –apuntó Nigel–. Esta mañana estaba solo frente a una compañía enemiga, solo con su ametralladora.
- Ya ves. Y fue a morir ahora, cuando hablaba tranquilamente con sus amigos.
- Así fue mejor. No sufrió; ni siquiera supo qué le pasó.

---

[36] Hugh Thomas, op. cit. tomo II, pág. 769.

> El 20 batallón internacional "«constaba de un efectivo de 510 hombres encuadrados en cuatro compañías; la de ametralladoras con alemanes y austriacos; la primera con franceses; la segunda angloamericana con una sección latina (cubanos, mexicanos y portorriqueños; 50 hombres»[37].

- Esto es la guerra –musitó Laszlo–, puedes estar en cien combates feroces y morir súbitamente, en un momento de calma, cuando menos lo esperas. Este hombre –añadió– vino de América, de ese México que para nosotros es tan lejano y tan exótico, a morir aquí, entre olivares, cerca del río Jarama, del que jamás había oído hablar antes de venir. Vino sólo a morir.
- No. Él ya sabía por qué luchaba. Acababa de decírmelo poco antes que tú llegases. Era plenamente consciente, era uno más de los que saben por qué luchan y lo que arriesgan. Mexicano, checo, inglés, griego, argelino o vietnamita, ¿qué más da? Todos somos hombres.
- Me pregunto cómo recogerá la historia esta etapa de la humanidad.

Laszlo dejó la frase en el aire y Nigel no le interrumpió. Estaba mirando el cadáver de Filogonio Hauptmann.

- ¿Entenderán las futuras generaciones –siguió el checo– lo que verdaderamente es y significa el fascismo? ¿Verán a Hitler y a Mussolini como lo que son o caerán en la ingenuidad de pensar que todo no fue más que una cuestión política?
- No creo que la gente sensata, normal, pueda ignorar la verdad. El nazismo está dejando suficientes pruebas de lo que es. Y su aspiración es dominar el mundo. Lo malo es que sólo unos pocos lo sabemos.

Nigel se levantó y Laszlo también. Los dos estaban de pie y, pese al contraataque espontáneo de los soldados, arriesgando un final como el de Filo y ambos lo sabían.

- Filogonio Hauptmann, mexicano, has vivido como un hombre y has cumplido con tu deber de hombre. Has muerto luchando por la especie humana, por todos nosotros. Descansa en paz –dijo Nigel con voz clara y fuerte.

---

[37] A. Castells, op. cit., pág. 202.

Hicieron ambos el saludo militar y se agacharon.

- Si salimos vivos de ésta –dijo Laszlo a Nigel–, quiero que sepas que te considero un amigo entrañable.
- Yo a tí también.
- Adiós. Y buena suerte.
- ¡Buena suerte!

Laszlo hizo señas a los suyos y se alejó con ellos. Nigel llamó a un hombre de la sección de Filo para que los sanitarios se llevasen el cuerpo.

Aunque ninguno de los dos murió en España, Laszlo y Nigel no volverían a verse nunca.

Para el 11 de julio, Nigel estaba empeñado en el ataque a Boadilla, defendida tenazmente por las fuerzas del coronel rebelde Asensio. Los republicanos habían tomado Villanueva de la Cañada, Villanueva del Pardillo y Quijorna, pero Boadilla resistía. La 11 División había rodeado y ocupado Brunete.

George Nathan mandaba tres regimientos ingleses y Fred Coperman estaba al mando de toda la unidad británica.

La batalla de Brunete se hizo encarnizada. Los rebeldes llevaron treinta y un batallones y nueve baterías, además de los tanques de la Legión Cóndor. Pero donde los nazis alemanes apoyaron decisivamente a sus correligionarios españoles fue en la aviación, que dominó el cielo sobre la batalla.

En medio del polvo y la sed, el batallón inglés, como el resto de las fuerzas republicanas, fue sometido a un machacamiento sistemático. La artillería alemana, de gran capacidad de fuego. Los aviones de combate de la Legión Cóndor ametrallando en vuelo rasante; un fuego incesante de morteros y ametralladoras. Y cuando todo eso amainaba por unos instantes, los británicos sacaban la cabeza y disparaban contra la infantería enemiga que avanzaba. Si cesaba el ataque por tierra, los Heinkel 111 bombardeaban constantemente las líneas republicanas. En el verano de Castilla, el sol implacable y las altas temperaturas contribuían a hacer de la batalla un infierno. Dos o tres veces se llegó a la lucha cuerpo a cuerpo, a la bayoneta.

Después de tres días así, el batallón inglés fue retirado de la primera línea y Nigel llamado, con otros oficiales, al Estado Mayor de la Brigada.

El enlace que fue a buscarle era Donovan.
- ¿No eres tú el que salvó a Manavendra?
- Sí, capitán, soy John Donovan.
- ¿Y cómo está Manavendra?
- Muy bien. Tal vez cojee un poco, pero bien. Es el primer hindú que conozco en mi vida.

Nigel sonrió.
- Son hombres como nosotros.
- Sí, eso ya lo sé. Y a veces mejor que nosotros. Todo depende.

Llegaron al Estado Mayor, donde estaban Nathan y otros jefes.

Se dieron instrucciones para continuar el ataque a Boadilla. Hubo comentarios acerca de los aviones nuevos de caza de la Legión Cóndor: los Messerschmitt (ME-109).

Donovan manejaba un viejo automóvil del Estado Mayor en el que llevó a varios oficiales de regreso a sus puestos. El último era Nigel.
- ¿Saldremos vivos de ésta?
- Claro que sí –respondió Nigel–. ¿Por qué no?
- Ustedes los ingleses son muy tranquilos, capitán Whitman.
- Te diré como tú a mí antes: a veces lo somos. Todo depende.
- Ayer cayó el jefe del Batallón Washington. Era un negro, un gran tipo. Y el Batallón Lincoln también ha sido diezmado.

> *Cuando los tanques abandonaron la lucha, tomó el mando de la defensa final el negro Oliver Law, jefe del Washington, que se puso al frente de la segunda compañía ayudado por el comisario y el ayudante del batallón. El fuego enemigo arreciaba. Law se lanzó barranco arriba. Eran las 10 de la noche. De pie, sin protegerse, empuñando la pistola, incitaba a la lucha, la metralla lo segó. Sabía que moría. «No use lugging me any longer, boys –dijo a sus camaradas–, I'm finished. Put me down». Sobre su túmulo hay todavía un montón de pie*

> dras. *Algún verano se han visto en él flores nuevas. La inscripción inicial decía: "Aquí yace el primer negro que ha mandado un batallón de norteamericanos blancos"*[38].

Cuando llegaron, Donovan dijo:
- ¿Podré buscarle cuando esto haya terminado?
- Por supuesto. Con esta experiencia juntos, todos los que estamos aquí seremos amigos para siempre.

Nigel reunió a su gente y les dijo:
- Descansaremos esta noche y mañana volveremos a atacar Boadilla.

Hubo ciertos murmullos, a los que no hizo caso. Pero a la mañana siguiente, cuando ordenó formar, algunos protestaron.
- Aquello es un infierno. Que nos dejen descansar más tiempo –dijo uno.

Otros secundaron esas palabras. Estaban tan cansados, tan aplastados por la tensión que no querían volver al frente.

> *El batallón británico, que había quedado reducido a unos ochenta hombres, se mostró indeciso a la hora de acudir al frente*[39].

- ¿A qué vinimos? –dijo Nigel–, ¿a tomar el té? Todos somos adultos. ¿Vamos a protestar porque los *muffins* no están bien hechos? Sólo hay una tarea y es combatir a los fachas. ¡Flanco derecho!

Hubo refunfuños e inconformidades, pero los supervivientes del batallón británico volvieron al infierno que fue Brunete y allí se quedaron, unos muertos, otros luchando.

El 18 de julio, en Villanueva de la Cañada, murió Julian Bell, sobrino de Virginia Woolf, mientras conducía una ambulancia de la unidad inglesa de auxilio médico. Hacía un mes que había llegado a España.

---

[38] A. Castells, op. cit., págs. 239-240.
[39] Hugh Thomas, op. cit. tomo II, pág. 772.

> *Los momentos eran críticos y George Montagne Nathan, el jefe de Operaciones de la Brigada, sentado en una butaca de fortuna, ante una mesa plegable, dictaba orden tras orden, mientras los obuses caían a su alrededor*[40].

Un día antes, George Nathan, el oficial inglés del bastón de mando con contera de oro, fue alcanzado por la metralla de una bomba. Cuando los sanitarios corrieron a levantarlo, se negó. Sabía que iba a morir.
- Canten –dijo a los que le rodeaban–, canten algo para ayudarme a morir. Canten.
Nadie sabía qué cantar. Se miraban indecisos.
- Canten –musitó el herido–, es una orden.
Y alguien comenzó a entonar «*To Tipperary*». Otros le siguieron.
¡Qué largo era, en efecto, el camino a Tipperary para Nathan!

> *Al anochecer, fue enterrado en un tosco ataúd bajo los olivos que bordean el río Guadarrama. El comisario de la brigada, George Aitken, pronunció un elogio fúnebre. "Gal" y Jack Cunningham, dos hombres rudos que habían sentido celos de Nathan, escucharon de pie, con las mejillas húmedas por las lágrimas*[41].

Las bajas de las Brigadas Internacionales en Brunete fueron muy grandes.

> *Gina Medem citó diversos judíos americanos muertos o heridos en esta batalla: «Resenstein, que estando herido no quiso abandonar las líneas hasta que Steve Nelson le obligó a que lo hiciese; Goldstein, que redactaba los boletines bajo el fuego de los aviones nazis; Morris Dash, que, al recoger un herido, recibió un balazo y llegó al hos-*

---

[40] A. Castell, op. cit., pág. 239.
[41] Hugh Thomas, op. cit. tomo II, pág. 770.

pital moribundo; Jack Cooper, de Cleveland, perteneciente a la Escuela de Oficiales, organizador del trabajo cultural de su sección; el joven Jackie, que defendió el cielo español con su aparato; Harry Rod, de Chicago, miembro activo de la prensa obrera judía, que antes de marchar al frente transportaba su ametralladora con sumo cuidado...; Avrum Skolnick, miembro del Prospect Club Ouvrier; Rosman, que está en un hospital con un brazo escayolado, siempre de buen humor; Joe Loew, joven valiente, de disciplina sin igual, que no pide privilegios ni favores, Edwin, pálido, delgado, incansable (...)[42].

Los judíos que fueron a España habían comprendido los alcances del nazismo y demostraron, ya desde entonces, que su pueblo podía ser tan valiente y luchador como cualquier otro.

Junto a ellos combatieron árabes diversos, argelinos, chinos (Liu y Tchang, de las fábricas Renault), vietnamitas que vivían en Francia, un cartero de Madagascar, François Vittori, suizos y negros.

Eran los pueblos del mundo luchando juntos contra un enemigo común.

Así lo entendía Nigel Whitman.

---

[42] A. Castells, op. cit., pág. 250.

DELHI-PONDICHERY, FEBRERO DE 1986

Es una antigua costumbre oriental, que se practica tanto en Hong Kong como en Bangkok o en Delhi, la hechura de trajes de un día para otro. Y Thomas que, pese a todas sus limitaciones formativas, no carecía de sentido del humor, se mandó hacer, en la sastrería del Claridges, dos trajes normales y un tercero de príncipe hindú, de maharajá de la época de la colonia británica.

Un pantalón ajustado a la pierna en brocado blanco con visos dorados y una chaqueta de la misma tela, de hechura hindú, con cuello cerrado y abotonado de arriba abajo. Un turbante de seda verde esmeralda con una gran piedra roja en el centro y un pequeño plumero partiendo de la piedra. Sobre la chaqueta un cinturón dorado, tan en oro como los adornos de las mangas. Y en los pies unos escarpines también dorados, con la punta elevándose en curva hacia atrás. En suma, el traje que todavía usan los novios hindúes en las bodas tradicionales para llegar en un caballo blanco. Thomas se inspiró, para encargarlo, en una boda que vio en el hotel, pero no compró el caballo. En verdad no sabía si podría ponerse tal ropa alguna vez, pero decidió que quizá hubiera la oportunidad de asistir a algún baile de máscaras.

Para Thomas Wallace, el simple hecho de mandarse hacer ese traje era como una rebelión triunfante, como una liberación audaz y valiente lograda por el propio esfuerzo. Cuando se desciende de una familia tradicional de tenedores de libros, las locuras están prohibidas y Thomas necesitó ser adulto y viajar a la India para llevar a cabo su máxima rebelión: el traje hindú. Y, en el fondo, el asunto no era tan trivial como parecía.

Cuando regresó de su visita al Partido Comunista sintió que esa visita había sido, también, un acto de rebeldía. El sastre le estaba esperando y tuvo que probarse el traje, ya terminado. Viéndose en el espejo, se rió de sí mismo, pero era una risa firme, segura. La risa de quien, por fin, ha hecho lo que le ha dado la gana fuera de los cánones que se le impusieron durante toda su vida.

Cuando se fue el sastre, recordó que el hombre que buscaba –sacó del bolsillo el papel que le dieron con el nombre escrito para leer «Manavendra Bajpai»– estaba en Pondichery. Por el momento apenas se fijó en que no le habían dado el domicilio, pero pensó que Pondichery sería una aldea hindú y comenzó a buscarla en el mapa.

Cuando Thomas vio el mapa de la India y observó dónde estaba Pondichery se quedó sin aire. La India es un subcontinente de más de tres millones de kilómetros cuadrados en los cuales Delhi está al norte y Pondichery en el extremo sur, en el estado de Tamil Nadu, cuya capital es Madrás.

Viendo el tamaño que tenía en el mapa el nombre Pondichery, se dio cuenta que, no teniendo las señas de su casa, no sería fácil encontrar a Manavendra Bajpai.

Con la ayuda de American Express, hizo reservaciones en el Grand Hôtel d'Europe en Pondichery y compró billete para volar a Madrás. De ahí tendría que seguir por carretera.

Suspiró y se dijo que una amistad tan fraternal como la suya con Colin Whitman bien valía un esfuerzo. Y se imaginó a sí mismo llegando a decir a Colin dónde estaba su padre o... quizá que había muerto. Pero, fuera como fuese, lo importante era que Colin saliera de dudas y pudiese reincorporarse tranquilamente a la vida normal porque eso de andar por el mundo buscando al padre era, según Wallace, más bien de película, pero no de gente seria.

Tamil Nadu tiene ciento treinta mil trescientos cincuenta y siete kilómetros cuadrados y demasiados millones de habitantes –más de sesenta– como para considerarlo algo sin importancia, además de que es uno de los estados más avanzados de la India.

Pero a Thomas Wallace, Tamil Nadu le sonaba a dialecto africano.

En el Claridges, como en otros hoteles de lujo, los huéspedes no tenían que sufrir el régimen de vegetales o, a lo sumo, de pollo y cabra, porque se comían unos excelentes filetes de búfalo, lo que agradaba mucho a Thomas.

Lo que no le agradó tanto fue que, mientras comía un sabroso biftec, un huesped, un inglés con quien había decidido comer para no estar solo, le dijo que nunca volase en las líneas aéreas internas de la India porque la inseguridad era total. Según el súbdito de su majestad británica, esos vuelos se caían constantemente.

Thomas, que estaba a punto de volar a Madrás, no agradeció tales informes, pero la distancia era tan enorme que pensó, muy acertadamente, que en un viaje tan largo por carretera, en las carreteras de la India y con el método hindú de oprimir al mismo tiempo el acelerador y la bocina, habría mucho más peligro que en el avión.

Como de todas maneras estaba algo inquieto por culpa del inglés, por la tarde, mientras tomaba un té con leche, bebida a la que por fin se había acostumbrado, quiso conocer la opinión de un elegante caballero con turbante, vestido con un impecable traje de lino color crudo, que estaba en la mesa contigua de un restaurante casi vacío.

- ¿Cree usted inseguros los vuelos de aquí a Madrás?
- ¿Va usted a ir?
- Sí.
- Si está escrito que el avión se caiga, se caerá. Si está escrito que no se caiga, no se caerá. Si está escrito que usted viva, aunque sea el único superviviente, se salvará. Y si está escrito que debe usted morir en ese avión, morirá aunque el avión no se caiga.

Tras cuya parrafada, se levantó, se inclinó ceremoniosamente y salió.

Lo cual no tranquilizó mucho a Thomas pero le enseñó una forma de ver la vida en la que jamás había pensado.

Otro problema que él consideraba grave era el eminente final de sus pastillas para desinfectar el agua. Había usado tantas que en muchas ocasiones el agua sabía a rayos, pero, además, se le estaban acabando.

Se le ocurrió preguntar en el mostrador del hotel y, para su gran sorpresa, supo que podía comprar esas pastillas en cualquier farmacia de Delhi.

Quedaba un problema casi insoluble: ¿cómo encontrar a un hombre en Pondichery sin saber dónde vivía?

- ¿Es grande Pondichery? –preguntó al conserje del hotel.
- Depende del punto de vista.
- ¿Usted conoce Pondichery?
- Sí, lo conozco bien.
- ¿Y por qué depende del punto de vista?
- Si usted tiene que ir a pie de la Alianza Francesa a Ramkrishna Nagar, es muy grande. Pero si va de la oficina central de Telégrafos a la central de Correos, son sólo cinco calles.

Thomas recibió así una lección acerca de la relatividad de las cosas. Pero no salió de dudas. Y volvió a preguntar:

- Busco a un hombre en Pondichery, pero no sé dónde vive. ¿Cree que pueda encontrarlo?
- Si es muy conocido –respondió el conserje–, sí. Pero si es alguien desconocido, no lo encontrará.

Esto tampoco resolvió las dudas de Wallace, pero le hizo reconocer que era una respuesta sensata.

De manera que, sin saber cómo era Pondichery, se embarcó en el Airbus que lo llevaría a Madrás.

Después de un movido viaje en automóvil, llegó a Pondichery y vio que es una ciudad y no la aldea que había elaborado en su mente.

Se instaló en el hotel y acudió inmediatamente a las oficinas de la autoridad municipal a preguntar por Manavendra Bajpai. Allí los que hablaban inglés, que no eran todos, le dijeron que no conocían a Bajpai y que no tenían una lista de habitantes porque eran varias decenas de miles, para decirlo suavemente.

Visto ese fracaso, acudió a las oficinas de la policía, en las que costó mucho trabajo encontrar un intérprete para que le dijesen que sólo sabrían del tal Manavendra Bajpai si fuese un delincuente conocido.

Pero Thomas no era fácil de derrotar. Con la ayuda del conserje del hotel consiguió cuatro muchachos de entre doce y catorce años, le dio a cada uno un papel en el cual estaba escrito, en hindi y en tamil, el nombre de Manavendra. Y les ofreció treinta rupias a cada uno por cada calle que recorriesen llamando casa por casa para preguntar si conocían a ese señor Bajpai.

Comenzó de sur a norte y de occidente a oriente. El primer día recorrieron la calle de Ana Salai, un bulevar muy largo, y Sinna Supraya Pillai.

Al segundo día aumentó al doble el número de muchachos y aumentó la recompensa a cincuenta rupias para que no dejasen pasar ni una casa sin preguntar. Recorrieron la calla Bharata y una parte de la Mahatma Gandhi.

Y al tercer día Wallace se convenció de que Pondichery era demasiado grande para tener éxito con esa táctica antes de varios meses, tiempo del cual él no disponía.

Llamó a Nueva York, a su oficina, y se llevó una sorpresa: Colin estaba al frente del negocio.

- Soy Thomas, estoy en la India. ¿Hay alguna novedad o algún problema?
- No, señor Wallace. El señor Whitman ya está aquí.
- Póngalo al teléfono.
- ¡Thomas! ¿Dónde estás?
- En Pondichery, en el sur de la India. ¿Encontraste a tu padre?
- No. Ya he perdido las esperanzas. Pero encontré el amor.
- ¿Cómo?
- Ya la conocerás. Se llama Ludmila, es checoslovaca y la cosa va en serio.
- Me alegro mucho. ¿Te vas a casar?
- Lo pensaremos. Por el momento somos muy felices y eso es lo que importa. ¿Y qué haces tú en Pondichery? ¿No conseguiste la seda? Encontré aquí los pedidos y Moses me informó.
- Eso ya está arreglado y hecho el pedido.
- ¿Entonces qué haces ahí? ¿Hay algún producto para importar?
- No, no exactamente. Mi estancia aquí está relacionada contigo.

- ¿Conmigo?
- Encontré a un hindú que estuvo en España, en las Brigadas.
- ¿Y conoció a mi padre?
- No lo sé. Todavía no he hablado con él.
- ¿Por qué?
- Porque no lo he encontrado.
- ¿Estás loco? Primero dices...
- Sí, sí, ya sé. Lo que pasa es que lo estoy buscando. Él está aquí, en Pondichery, pero no tengo su domicilio. Tengo que localizarlo.
- ¡Mi buen Thomas! Te agradezco mucho tu interés.
- ¿No somos amigos?
- Y de los mejores. Como hermanos.
- Pues por eso. Ahora tú quedas al frente del negocio mientras yo encuentro a ese hombre. Te llamaré cuando sepa algo.

Al colgar el teléfono, Thomas permaneció pensativo y ante sus fracasos iniciales emprendió un procedimiento al azar: iba por la calle, él también con su papelito en hindi y en tamil, y tocaba en cualquier casa, la que le parecía, y preguntaba por Manavendra. Lo único que logró fue cansarse sin resultado alguno.

Y así se metió en un lugar que tenía la puerta abierta a un pequeño patio y al que entró sin tener idea de que era un templo a Draupadi y a los cinco Pandavas.

Al darse cuenta de que era un templo, quiso salir, pero ya dos hombres le estaban haciendo el *añjali* (las dos manos juntas por las palmas, en señal de saludo) e invitándole a pasar. Le pidieron que se quitara los zapatos a la entrada misma, en una pequeña habitación acondicionada para ese propósito, en la que ya había mucho calzado. Saliendo al patio, una mujer se acercó con lo que a Thomas le parecieron trozos de dulce con un costado cubierto de papel metálico. Era el *prasad*, el alimento sagrado que se da en los templos. Thomas tomó un trozo y pasó a una de las varias habitaciones de que constaba el templo. Vio las figuras de Draupadi, Yudishthira, Arjuna, Bhimasena, Nakula y Sahadeva. Pero, naturalmente, él no sabía ni quiénes eran ni menos cómo se llamaban, de modo que pensó que eran dioses y ya con eso quedó tranquilo.

Le mostraron muy amablemente todo el templo, que era pequeño, y quedó encantado del trato que le dieron. Los hindúes de Tamil Nadu eran amables, dulces, correctos y sonrientes. Sin saber quién era, aunque ajeno a su religión, le recibieron, le dieron alimento sagrado, le marcaron la frente un un polvo brillante color bermellón y le impusieron un hermoso y florido collar de caléndulas naranjas. Había llegado a la hora de comer, y cuando quiso retirarse haciendo inclinaciones y sonriendo, le hicieron, con toda cortesía, sentarse al lado de ellos y le ofrecieron de su misma comida: un plato metálico en el cual había un poco de arroz blanco, lentejas en caldillo, coliflor en una salsa de curry y dos o tres *roti*, es decir, el pan de la India, en forma de tortilla. La comida picaba bastante. Sus anfitriones se dieron cuenta de su problema e inmediatamente le ofrecieron un cuenco con yoghurt, que al ponerlo Thomas en su boca, inmediatamente apagó los fuegos.

Thomas no fue indiferente a ese trato. Pensó cuántas veces los norteamericanos piensan estúpidamente que toda la gente de color o todos los habitantes de países exóticos son peligrosos y hostiles. La estancia en el templo le hizo reflexionar en cosas que antes jamás atrajeron su atención. Se acordó de los puritanos y de su historia, de su intolerancia, de las «brujas» de Salem y de otras muchas cosas, y sintió vergüenza.

Al recordar aquellas figuras del templo, de las que nada sabía, se sintió pequeño, incapaz. Y se dijo que la grandeza no consiste tanto en estar seguro del liderazgo mundial de los Estados Unidos como en saber de otros pueblos, de otras naciones y de otras creencias.

Mientras caminaba pensativo, tras abandonar el templo, recordó algo que, mediante el intérprete, le había dicho el anciano del portal en el Partido Comunista: «un hindú que estuvo en las Brigadas, pero no es comunista. Es del Partido del Congreso». Con sentido práctico, acudió al hotel donde le proporcionaron un taxi que lo llevó a las oficinas locales del Partido del Congreso. En ellas fue muy bien recibido y muy bien tratado, pero nadie allí había oído jamás hablar de Manavendra Bajpai.

Despidió al taxi y caminó sin rumbo, triste y desanimado, convencido de que había fracasado en el motivo de su viaje a Pondichery y tenía que aceptarlo. Y, lo que era peor, contárselo a Colin. ¡Qué ingenuidad creer que en Pondichery encontraría a un hombre que debería ya andar entre los setenta y los ochenta años, sin saber siquiera la calle en que vivía!

Y también se lamentó de su ingenuidad al juzgar a la India desde el despotismo innato de quien se cree superior por proceder de una nación en la que impera la tecnología. ¿Acaso la tecnología enriquece la vida interior del hombre?

Abandonaría la India sin saber siquiera qué figuras había visto en un templo, es decir, como un perfecto imbécil. En tal estado de ánimo, sintió vergüenza por su traje de maharaja. ¡Qué ridículo! ¡Qué estúpido! ¡Qué visión de turista payaso, de los que tanto denigran a los Estados Unidos ante el mundo!

Y en ese momento vio un letrero en una casa: *French Institute of Indology*. Estaba en la *rue Saint-Louis*.

Era una casa color crema de dos pisos, del tiempo en que los franceses estaban en Pondichery, con puertas sólidas de madera de tipo europeo, cada una con dos batientes no muy anchos. Estaba abierto y entró. A la izquierda una habitación dejaba ver paredes cubiertas de libros. Penetró en ella y vio que era un cuarto, posiblemente un vestíbulo cuando aquello era vivienda, convertido en biblioteca. A la derecha, por otra puerta hacia el interior, se veía otro cuarto semejante también convertido en biblioteca. Los libros llenaban las paredes.

En la primera estancia-biblioteca, había un hombre de rasgos europeos y pelo rubio sentado a una gran mesa de madera sumergido en un montón de libros, varios de ellos abiertos, comparando uno con caracteres nagaris con otro en letras latinas, posiblemente una traducción. El hombre no levantó siquiera la vista cuando entró Thomas quien, tras una breve indecisión, se asomó al siguiente cuarto.

Un hindú, ya de cierta edad, estaba sentado a otra mesa y cerraba en ese momento un libro de lo que parecían ser hojas de palma ensartadas por un cordel a través de un agujero en todas ellas, escrito a mano en una tinta ya desvaída con caracteres hindúes.

Se puso de pie y al ver a Thomas sonrió y le preguntó en inglés con una voz muy suave:

- ¿Puedo ayudarle en algo?

Wallace se sorprendió. El hindú, vestido como hindú y de tez muy oscura hablaba un inglés propio de la Universidad de Oxford.

- Yo... –respondió–, bueno, en realidad...

El hindú volvió a sonreír.

- Hable con confianza. Pero antes siéntese.

Thomas se sentó y el hindú también.

- La verdad –expresó Wallace–, es que entré mecánicamente al ver el letrero del Instituto Francés de Indología y las puertas abiertas. Me preocupa estar en la India y no saber muchas cosas. Acabo de estar en un templo en el que vi una serie de figuras que ignoro en absoluto qué representan. Me siento ignorante y me avergüenzo.

- Todos nacemos ignorantes –sonrió más aún el hindú– y poco a poco vamos aprendiendo. ¿Cómo eran esas figuras?

- Una era de mujer y otras, cuatro o cinco, de hombres con espadas.

- ¿Cuántos brazos tenían?

- Sólo dos cada figura.

- Usted vio a los protagonistas del *Mahabharata*, la más grande epopeya literaria conocida hasta hoy. Esos personajes eran Draupadi y sus cinco esposos, los Pándavas, es decir, Yudishthira, Arjuna, Bhima, Nakula y Sahadeva.

- ¿Cinco maridos? Yo creí que en la India hubo poligamia pero no sabía nada de poliandria. ¿Era en el Tíbet?

- No. La poliandria del *Mahabharata* es un caso excepcional en toda la literatura de la India y ha preocupado a muchos, sobre todo después de trescientos años de estar gobernados por puritanos ingleses.

- ¿Y cómo se explica?

- Porque una madre de la época de los Saisunaga, la primera dinastía histórica de la India, no podía retractarse jamás. Hablo de la época en que se escribió la epopeya y no de la época en que se desarrollaron los hechos que la inspiraron. Los hijos llegaron con la hermosa Draupadi, que Arjuna había ganado como esposa, y antes de entrar a la cabaña en que vivían, dijeron: «Madre, mira lo que traemos hoy». Y la madre, desde dentro respondió: «Pues repartidlo entre todos, como buenos hermanos». Y Draupadi se casó con los cinco. Se dice que Draupadi es el símbolo de la belleza pura y abstracta, que pueden gozar todos los seres humanos sin mancillarla.

- ¡Qué bella imagen!
- Así, ya sabe usted qué eran las figuras que vió.
- ¿Y tienen templos en la India?
- En la India del norte no. Sólo en Tamil Nadu.
- Me sorprendió la dulzura, la amabilidad con que me trataron en el templo.
- Eso es lo habitual aquí. No falta algún brahmán malhumorado y gruñón, pero no es lo frecuente.
- No podría expresar cuánto le agradezco esta breve conversación que me ha ilustrado y me ha consolado.
- ¿Necesitaba consuelo?
- En cierto sentido sí. He fracasado en mi viaje a Pondichery.
- Cuéntemelo, si lo desea.
- Yo vine aquí buscando a un hombre, pero sin saber dónde vive. Y no lo he encontrado.
- ¿Algún amigo suyo?
- No. Ni siquiera lo conozco.
- ¿Entonces?
- Quise hacerle un favor a mi mejor amigo, que vive en Nueva York, como yo. Él está buscando a su padre. Más bien nunca lo conoció, por culpa de la madre. Pero ella, al morir, confesó que el padre vivía. El hombre que yo he buscado en Pondichery podría, quizás, haberme dicho algo acerca del paradero del padre de mi amigo.
- Caso curioso.
- Sí, en verdad es un caso muy extraño. Pero he tenido una compensación espiritual muy grande. La simple visita al templo me ha enseñado tanto sobre la India que creo que hasta me ha cambiado. Y ahora su amabilidad y su paciencia

han completado el cuadro. ¡Qué bella es la India, no sólo por fuera, sino por dentro!

- Somos una de las más antiguas naciones del mundo, quizá la más antigua sin solución de continuidad. Por lo menos en tres mil quinientos años, según la teoría más conservadora, somos los mismos, tenemos la misma religión y el mismo paisaje. En otras naciones lo único que perdura es el territorio pero los habitantes ya son otros, su cultura y sus tradiciones son otras.

- Sí, la India es antigua, muy antigua. Y llena de sabiduría.

- En algo fallamos: nuestra antigüedad se distinguió por grandes descubrimientos científicos y matemáticos, a la par con una extraordinaria espiritualidad. Pero sólo nos hemos ocupado de lo segundo. La religiosidad ha hecho que muchos pandits muy versados en sánscrito hayan ignorado descubrimientos como el gran avance de la cirugía, antes de la era cristiana, las matemáticas y la astronomía, por ejemplo.

- Seguramente consideran todo eso irrelevante frente al problema del hombre en sí mismo.

- Así es. Yo no soy particularmente religioso pero encuentro una riqueza excepcional en la antigua literatura de mi patria.

- Para mí –dijo Thomas–, su religión es muy extraña.

- Toda religión es extraña para el que no la conoce. La nuestra es la más antigua de las que sobreviven actualmente. Y ha pasado por todas las pruebas, incluyendo invasiones del islam y de la Inglaterra cristiana. Unos toman sólo las teorías del Vedanta no dualista y dicen que el hinduísmo es monista, aunque Sankaracharya no influye más que en una porción mínima de los fieles hinduístas. Otros, los más, fuera de la India, están convencidos de que somos politeístas.

- ¿Y no lo son?

- El pueblo bajo sí. Como el de todas las religiones. Yo conocí, en algunas aldeas inglesas, personas que le rezaban a San Jorge con más devoción que a Cristo. Pero el hinduismo sólo admite un Dios creador: Brahman, que en sánscrito, por ser neutro, no puede confundirse con un individuo de la casta brahmánica.

- Pero...
- Todas esas figuras que el pueblo puede adorar por separado, aunque sin enfrentarlas nunca, como Vishnu, Shiva, Krishna, Rama, Durga, Lakshmi y otras, son sólo encarnaciones o manifestaciones de Brahman, el Único. Ustedes tienen una sola encarnación. Nosotros tenemos muchas. Ésa es, a grandes rasgos, la razón de que nos llamen politeístas.

Thomas miró su reloj y se puso en pie.

- Estoy abusando de su tiempo. Perdóneme. Ya debo irme.
- Mientras esté en Pondichery, puede venir aquí cuantas veces quiera. Hablaremos y usted irá conociendo más a mi patria.
- Muchas gracias. Me iré pronto pero, si mañana estoy aquí, volveré. Esta conversación ha sido para mí tan agradable como no puede usted imaginar.
- Bien, lo espero. Y, dígame, ¿cómo se llama el hombre que busca?
- Manavendra Bajpai.

El otro sonrió al decir:

- Soy yo.

NUEVA YORK, FEBRERO DE 1986

Colin y Ludmila estaban en el despacho de él en Import-Export Inc. Ella había comenzado a ayudarle para estar juntos y resultó una mujer de empresa de condiciones excepcionales. Había estudiado pedidos, compras, expedientes de compradores, y había tenido éxitos notables ofreciendo determinados productos a clientes que no los habían solicitado antes. A unos los convenció por teléfono si estaban en otras ciudades y a los de Nueva York personalmente.

Además, visitaba los grandes establecimientos neoyorkinos y si a alguno de ellos le faltaba un producto que la empresa pudiera proporcionarle, hablaba con la persona adecuada y obtenía, en el peor de los casos, la oportunidad de probar con ese producto si era de interés para su clientela.

Así, Colin no sólo estaba encantado con ella por estar enamorado, sino por haber encontrado una perfecta compañera para secundarle en sus actividades.

Y estaban tranquilamente hablando de negocios cuando se abrió la puerta y entró, como una tromba, Thomas Wallace.

- ¡Colin...! –gritó, y al ver a la muchacha se detuvo y la miró con expresión admirativa. Supongo que usted será Ludmila, la otra mitad de Colin.

- Lo soy –dijo ella sonriente–, y usted es Thomas.

- Todavía sí, aunque por poco vuelvo convertido en Krishna o algo semejante.

- ¡Demonios, Thomas! –exclamó Colin–. Me dices que vas a llamarme si sabes algo y te presentas aquí sin más. Ni siquiera nos diste oportunidad de ir a esperarte.

- Lo que tengo es demasiado importante para decirlo por teléfono. Saca de ahí la botella de whisky, esto hay que celebrarlo.

Al tiempo que hablaba tocó el timbre del escritorio de Colin y apareció la secretaria.

- Alice, averigüe cuándo sale el primer avión para la India y reserve dos plazas, para Colin y la señorita Ludmila.

Se volvió a los dos, que le miraban asombrados, y añadió:
- Yo me quedaré otra vez al frente del negocio.
- ¿Me ha oído? –dijo a la secretaria–. Pero tiene que ver cómo enlazan en Delhi con el Airbus que les lleve a Madrás y cómo llegan a Pondichery. ¡Ya!
- Sí, señor Wallace.

Despareció la secretaria y Thomas se volvió victorioso para ver que Colin se había quedado con la botella en la mano derecha en el aire y un vaso en la izquierda, sin llegar a servirlo, y Ludmila, con los ojos muy abiertos y la boca un poco menos abierta, pero también abierta.

- ¿Qué diablos...? –empezó Colin.
- ¿Por qué vamos a Pondichery? –preguntó Ludmila.
- Si no me sirves el whisky no te digo nada.

Colin escanció tres vasos, dio uno a Ludmila y otro a Thomas y se quedó con el tercero.

- Brindo por el éxito de vuestro viaje –dijo Thomas levantando el vaso y bebiendo después.

Los otros dos bebieron un trago.

- ¿Querrás explicarnos qué pasa? ¿O es que la India te ha vuelto loco?
- Encontré a Manavendra Bajpai.
- ¿El de las Brigadas?
- Sí, un hombre que estuvo en España en las Brigadas Internacionales.
- ¿Y conoció a mi padre?
- Sí, lo conoció. Es más, estuvo a sus órdenes. Habla muy bien de él.
- ¿Y sabe su actual paradero?
- Creo que lo sabe, por lo que dijo.
- ¿Y qué dijo?

- Que no informaría a nadie que no fuese el hijo de Nigel Whitman, y para eso tienes que llevar documentación que pruebe que lo eres.

- ¡Demonios! –dijo Ludmila sin mucha originalidad.

Colin estaba demasiado emocionado para hablar.

- Conoció a mi padre –susurró–. ¡Por fin, alguien de las Brigadas que conoció a mi padre!

Hubo una pausa en la que cada uno de los tres estaba pensando, a su manera, sobre lo que había averiguado Thomas.

- No me quiso decir nada más.

Colin levantó la vista.

- Pero, ¿qué te dijo exactamente?

- Le pregunté: ¿Conoció usted a Nigel Whitman? Y él repuso: «Sí, un gran hombre». Y le dije: «¿Sabe usted dónde está ahora?» y fue cuando me contestó: «No diré nada a nadie que no sea el hijo de Nigel Whitman, y se necesitará que quien diga serlo demuestre que lo es». Y hasta ahí.

- Llevaré mi acta de nacimiento, el acta de matrimonio de mis padres, el pasaporte... ¿Qué más?

- Creo que con eso será suficiente.

Colin seguía asimilando la idea, hablando como si estuviera solo.

- Alguien que conoció a mi padre... Después de tanto tiempo... Y, ¿cómo te dijo que estuvo a sus órdenes?

- Cuando dijo: «Sí, un gran hombre», hizo una breve pausa y añadió: «Estuve a sus órdenes. Fue mi capitán». Pero nada más, absolutamente nada más.

- ¿Será que mi padre vive en la India?

- No lo sé. Bajpai no dijo nada que pudiera orientarme.

- ¿Qué clase de hombre es ese Manavendra? –preguntó Ludmila.

- Un ser extraordinario. Es hindú y de color muy oscuro, casi negro. Y tiene facciones caucásicas, como suele suceder con la mayoría de los hindúes. Tú lo sabes, Colin, que has ido tantas veces a la India.

- Sí, en efecto, tienen facciones completamente diferentes a las de los africanos.

- ¡Así es Manavendra! Pero, además, es un hombre de una cultura extraordinaria y, asómbrate, habla el inglés no como tú me dijiste muchas veces, y yo he comprobado, que suelen hablarlo los hindúes, sino como un profesor de gramática inglesa en la Universidad de Oxford.

- ¿Qué? –Colin estaba asombrado–. Si no lo dijeras tú, no lo creería. En la India muy pocas personas hablan un inglés perfecto, salvo los locutores en los noticieros de la televisión.

- Pues Manavendra Bajpai es uno de esos pocos. También sabe sánscrito y está concentrado en el estudio de la más antigua cultura de la India.

- ¿Es profesor?

- No, que yo sepa. En realidad no le pregunté de qué vive. No hubiera sido correcto.

- Siendo un hombre así –comentó Ludmila–, su testimonio es mucho más valioso.

- Exactamente –dijo Thomas.

Colin sirvió a todos un segundo vaso de whisky.

- Me siento raro, no sé qué pensar. No sé si tengo alegría o temor. ¡He buscado tanto a mi padre! Y cuando ya había perdido toda esperanza...

Ludmila se acercó a él y le pasó el brazo por la espalda.

- Tienes que estar dispuesto a todo. Pero sea que tu padre viva o que haya muerto, es ahora cuando vas a conocerlo, a través de alguien que lo trató.

- Pero...

- Creo, amado Colin –dijo ella–, que de todas maneras, viva o no viva, has encontrado a tu padre. Vas a saber quién era, cómo era, cómo pensaba.

- Ludmila tiene razón –aseveró Thomas.

Colin les miró pensativo.

- Sí, algo hay de eso. Por primera vez en mi vida, casi al medio siglo, voy a saber algo de mi padre. ¿No es extraordinario?

- De que lo es, no hay duda.

Se escuchó un toque en la puerta y apareció Alice, la secretaria.

- Pueden salir a la India mañana por la noche. Estarán dos o tres horas en el aeropuerto de Delhi antes de salir a Madrás en el Airbus. De allí a Pondichery irán por tierra. Habrá un automóvil esperándoles en el aeropuerto de Madrás.

- Perfecto, Alice, muchas gracias.

La secretaria salió y cerró la puerta.

Colin y Ludmila se contemplaban pensativos, sin saber qué les esperaba en Pondichery.

Thomas también tenía sus dudas.

PONDICHERY, FEBRERO DE 1986

Cuando Colin y Ludmila entraron en el Instituto Francés de Pondichery, Bajpai levantó la vista y se puso en pie.

- Si hubiera sabido cómo era usted –dijo sin esperar que ellos hablasen–, no le hubiese dicho al señor Wallace que trajese pruebas de ser hijo de Nigel Whitman. Es usted igual a su padre, quizá un poco mayor de como yo lo recuerdo, pero tal vez ni eso. Nigel Whitman tenía la misma estatura, la misma expresión y el mismo rostro. No necesita usted enseñarme nada.
- Claro, usted es Manavendra Bajpai.
- Sí, tengan la bondad de acompañarme.
- ¿A dónde vamos?
- A mi casa, está muy cerca de aquí.
- Pero yo quisiera saber...
- Usted ha esperado toda su vida. Por favor, espere ahora unos minutos. Lo que tengo que decirle acerca de su padre es importante y debe decirse y escucharse con absoluta tranquilidad.

Caminaron dos calles y Bajpai empujó una puerta y les invitó a pasar.

La casa, a una cuadra del Golfo de Bengala, era de las que datan de la colonia francesa. Tenía un solo piso, pero en el centro gozaba de un patio por el cual, estando puertas y ventanas de ambos extremos abiertas, circulaba el aire marino, tan necesario en esas latitudes, aún en febrero.

Los tres pasaron a una mesa baja de madera basta rodeada de viejas y enormes sillas de mimbre pintadas de blanco. Bajpai llamó aplaudiendo con sus manos y llegó un joven descalzo vestido a la usanza local, es decir, con ropa blanca suelta, muy limpia. El viejo le pidió en tamil un servicio de té para todos y el joven desapareció.

- Siéntense, por favor –dijo Manavendra, mostrando con un gesto las sillas de mimbre.

Colin y Ludmila tomaron asiento y casi de inmediato apareció el joven con una enorme bandeja en la que llevaba el servicio de té al estilo inglés, es decir, con la leche como optativa y un pequeño plato con finas rebanadas de limón.

Bajpai pidió a Ludmila que sirviera a todos, lo cual hizo con unos movimientos fluidos que agradaron mucho al viejo.

Apenas tuvo el té en sus manos, Colin, que estaba dominado por su impaciencia, preguntó:

- ¿Vive mi padre?
- Lamentablemente no. Murió en septiembre de 1964.

Colin resintió el golpe. Todas sus esperanzas se hundieron. Ludmila le oprimió la mano y por un tiempo, que pareció muy largo, hubo un silencio total.

Colin se sintió defraudado.

- ¿Y para esto...? –exclamó en tono seco–. ¿Para esto nos hizo venir?

Bajpai no se inmutó.

- Cálmese. Sé que ha sido un golpe fuerte. Pero usted necesita saber cómo era su padre, quién era Nigel Whitman y también cómo murió. Por eso les hice venir.
- Pero mi madre, al morir, hace poco más de un año, aseguró que mi padre estaba vivo.
- Hacía muchos años que no tenía contacto con él –explicó Bajpai–. Seguramente lo que quiso decir es que no era verdad que su padre hubiese muerto como ella misma le había dicho a usted en su infancia y juventud. Esto lo sé por lo que me dijo el señor Wallace.
- Es que Colin tenía esperanzas... –intentó explicar Ludmila.
- Lo siento –dijo Colin–, perdone la brusquedad. La verdad es que siempre tuve la esperanza de que mi padre viviese. De verdad siento haber hablado así.
- No tiene que disculparse. Su reacción es la natural. Y humana.

- Cuénteme cómo era mi padre, qué pensaba, qué decía... Todo lo que usted sepa de él.

Bajpai pareció, por la expresión de su rostro, mirar al pasado.

- Hubo una etapa en la que estuvimos muy cerca uno del otro. Nos entendíamos bien. Hablábamos como no todos podían hacerlo en las Brigadas. Pero esa etapa se cortó cuando me dieron un balazo en la pierna y ya no pude volver al frente.

- ¿Por eso cojea un poco? –dijo Ludmila.

- Sí. Realmente tuve mucha suerte, porque la herida era grave.

- ¿Cómo pensaba mi padre?

- Yo necesité llegar a viejo y volver a mis raíces, las de mi pueblo, para entender cosas que Nigel Whitman sentía y comprendía desde muy joven y en plena guerra.

- ¿Como qué?

- Como que luchar por la libertad no es luchar por un partido, sea el que fuere, ni por un grupo, ni siquiera por una nación. Todos esos conceptos se manipulan, más tarde o más temprano, y las más nobles causas quedan en manos de líderes y jefecillos que ya en el poder suelen traicionarlas.

- ¿Y qué es luchar por la libertad?

- Nigel decía que es luchar por algo que no se clasifica, ni se organiza, ni se contabiliza, ni en votos ni en poder.

- ¿La anarquía?

Bajpai sonrió dulcemente.

- No. Nigel se reía mucho de los anarquistas españoles, tan ingénuos o tan despistados que querían hacer la revolución antes de ganar la guerra, pero que fracasaron en el frente después de haber triunfado en algunas ciudades. Con su concepto antidisciplina y su actitud contra toda autoridad, no servían para soldados. Ellos decían que si ganaba la República, tendrían que luchar después contra el gobierno burgués que la encabezaba.

Bajpai se detuvo un momento pensativo, sin que nadie le interrumpiera.

- No. Nigel se reía de todo eso. De lo que no se reía, porque estaba en contra, era de la actitud de los comunistas, particularmente de los que Stalin mandaba a España a «combatir el trotskismo», es decir, a cometer asesinatos o a perseguir gente antifascista de uno o de otro modo. Nigel estaba contra todo eso. Se decepcionó gravemente de muchas cosas. Se enfrentó a la presión comunista y a sus crímenes. Era antiestalinista convencido. Pero creía en luchar por la libertad. Y no era el único; otros voluntarios de la libertad pensaban igual.

- Y en ese caso, ¿qué entendía mi padre por luchar por la libertad?

- Él decía que luchar por la libertad es luchar por la pureza total del pensamiento del hombre en su absoluta intimidad. Y aclaraba, por lo menos a mí me lo dijo, que luchar en España era luchar por la libertad aun estando en contra de los actos de otros que decían combatir por lo mismo.

El hindú parecía ir recogiendo poco a poco sus recuerdos y hacía pausas para ordenarlos.

- Ninguna causa humana puede desarrollarse en la perfección, porque lo humano es imperfecto. Pero la pureza del espíritu humano, ésa sí se mantiene y se salva. Los que creen fanáticamente en cualquier cosa distorsionan la pureza, pero en el fondo de su corazón la imaginan y la desean. Los comisarios comunistas que eran siempre los primeros en avanzar y los últimos en retroceder, eran esa pureza de su anhelo por la libertad, aunque creyeran de buena fe que obedecer a Stalin era servir a la humanidad. Ellos arriesgaban constantemente la vida por aquello en lo que creían. Hasta en esa ingenuidad, en el hecho de estar engañados, también había pureza. Y pureza plena fue la de los miles y miles de españoles que fueron tranquilos a la ejecución y murieron gritando «¡Viva la República!» La gente necesita una ilusión. La ilusión es un motor para la pureza. Y a veces sucede lo que dice Saul Bellow, ese brillante estadounidense de origen ruso nacido en Canadá, que mucha inteligencia puede ponerse al servicio de la ignorancia cuando la necesidad de ilusión es profunda. La necesidad de ilusión, ¿comprenden? ¿Y quién no la tiene?

Bajpai hizo una pausa y ni Colin ni Ludmila la rompieron.

- La pureza, aunque parezca contradictorio, lleva en su germen la impureza. Y viceversa. Un poco como aquello de que el ser contiene al no-ser y el no-ser al ser, que estableció hace milenios el *Rig Veda* y que Hegel incluyó en su *Ciencia de la lógica* sin haber leído el Veda. Lo vemos en los pueblos. Cuando hacen una revolución, los pueblos son puros y, en su entusiasmo, dan ejemplos extraordinarios de generosidad, de solidaridad humana, de compañerismo. Todos juntos, todos contentos, todos dispuestos a todo por todos. Así fue cuando la toma de la Bastilla en París, así en la Rusia de 1917, así el 19 de julio en Barcelona y, también así, en la India en la lucha por su independencia.

Miró a Ludmila y a Colin con gran expresión de tristeza y continuó:

- Sin embargo, aun en esa misma pureza van incluídas la injusticia y la barbarie: los asesinatos, los linchamientos, los odios. Siempre hay quienes, en la gran explosión de la fraternidad humana, alimentan odios, rencores o venganzas. Ésa es la primera contaminación de la pureza. La segunda es peor aún. Apenas pasó el momento de entusiasmo, que puede durar días o meses, el ansia de poder y la lucha por el mando, el egoísmo y la ambición comienzan a imponerse. Poco a poco van ganando terreno. Los mismos que fueron abnegados y desinteresados idealistas comienzan a querer poder, o riqueza, o mando. Así se llegó de la caída de la Bastilla al reino del Terror; del entusiasmo de la caída del zarismo al totalitarismo estalinista y del 19 de julio a los estalinistas que querían el control absoluto y eliminaban a otros antifascistas que no les obedecían, así como a los anarquistas, asesinando sin norma y sin freno.

Suspiró dolorosamente y dijo:

- Aquí, en la India, las ambiciones nos dividieron en tres países y los odios insensatos nos han llevado a terribles matanzas entre hermanos. La pureza es algo tan leve como el pétalo de una flor, tan intangible como el aire, tan imposible de conservar como lo sería querer capturar a la brisa.

- Entonces, ¿qué valor tiene? ¡Todos son iguales!

- No –aseguró Bajpai–, puede parecerlo pero no es así. Los que sienten la pureza, por fugaz e intangible que sea, sueñan con la bondad y la felicidad humanas. Pero hay otros que están libres de sueños, de idealismos y de imaginación. Y esos sólo piensan, desde el principio, en el poder, dominando y matando para lograrlo. Así fue Adolfo Hitler, así fueron los nazis. Así Mussolini, así Franco. Reconozco que la diferencia es sutil, pero existe y tiene una gran fuerza, fuerza que radica en algo también impalpable: la diferencia que hay entre soñar con un mundo mejor y la de no soñar con nada y luchar por un mundo de dominio a base de generar angustia y muerte. Creo que fue Bergson el que dijo «ata tu carro a una estrella». Ésa es la diferencia, la que hay entre atar cada uno su carro a una estrella o atarlo a un tanque de guerra.

- Sí –comentó Ludmila– pero, ¿a dónde se llega?
- A soñar y vivir conforme al sueño. ¿Le parece poco? Sólo por ese camino, por el de la estrella, se podrá algún día llegar a la humanidad que deseamos. Recuerdo que Nigel me dijo un día que a veces soñaba con una estrella. Así era él.
- Perdóneme. No acabo de entender bien qué pensaba mi padre.
- La Guerra de España empezó en 1936. Nigel solía decir que había una cosa que él sí sabía muy bien: lo que era y cómo era el fascismo. Y en ese momento de la historia, la sombra del fascismo amenazaba al mundo. Nigel insistía, cuando nos reuníamos a hablar de la guerra y de sus causas, en que el fascismo no puede ser tomado como una posición política o un partido. El fascismo, decía, es un regreso al Neanderthal, es una posición salvaje, es la ideología del tigre, que sólo sabe imponerse por sus garras y que sólo vence con la muerte del oponente. Las Secciones de Asalto de Hitler, los Camisas Negras de Mussolini y esa Falange Española que se inspiraba, como los anteriores, en la violencia como una extensión de la política. Primo de Rivera hablaba de «la dialéctica del puño y la pistola». Todo eso, el fascismo, no puede considerarse como partido político, sino como agrupaciones de gente que quiere triunfar por la violencia. Los hombres, me decía Nigel, luchan muchas veces contra sus propios intereses, porque el ser humano es fácil de engañar. Por eso la clase media, y a veces obreros o tra-

bajadores, se dejan arrastrar por el fascismo, por causas distorsionadas, por los uniformes, por la escenografía. Y por ese camino llegan al crimen y a la tortura como parte de sus tareas partidistas.

Bajpai tomó su taza y sorbió el té mecánicamente, con el pensamiento puesto en otra parte, lo que se hacía evidente por su mirada. Colin y Ludmila también tomaron cada uno un trago de té.

- Recuerdo que tu padre me dijo una vez: el fascismo es muy peligroso porque ha destruido entre los suyos los límites de contención moral y el concepto de solidaridad humana. El fascismo ignora por completo ideas o valores como amor, piedad o fraternidad. Y lo más grave es que pese a eso, o quizá por eso, logra partidarios. ¿Será el hombre un tigre?

Bajpai sacudió la cabeza, fijó la vista en sus interlocutores y dijo, como para distraer un poco su mente:

- En los mismos días de la batalla de Brunete, en la que Nigel participó y que fue terrible, la más brillante intelectualidad del mundo se solidarizaba con la República Española en un congreso de escritores en Valencia.

> *La única cosa que, a la vista de las circunstancias que enmarcan nuestra época, puede conservar viva en nosotros la esperanza de tiempos mejores, es la lucha heróica del pueblo español por la libertad y la dignidad humanas.*
>
> Albert Einstein
> (Mensaje al Segundo Congreso Internacional de Escritores para la Defensa de la Cultura)

Ludmila se sorprendió.

- ¿Era un congreso para apoyar a la República?
- Lo curioso –explicó Bajpai– es que el acuerdo de que ese congreso se celebrase en España se tomó en Londres seis meses antes de la sublevación militar. Y se celebró a pesar de la guerra. El congreso fue en Valencia, Madrid y Barcelona y refiriéndose a él dijo Romain Rolland: «En

esas capitales está reunida en estos momentos la civilización del mundo entero amenazada por los aviones y las bombas de los bárbaros fascistas, como lo estuvo en la antigüedad por la invasión de los bárbaros».

Bajpai se rió de sí mismo al decir:

- Hay algunas cosas que se quedaron en mi memoria, particularmente pensamientos o declaraciones de grandes hombres. Por cierto, yo no estuve en Brunete. En aquel tiempo todavía estaba en período de rehabilitación por la herida recibida en el Jarama.

- Me sorprende –dijo Colin– que alguien como usted, que ha sido toda su vida un hombre de acción, esté ahora concentrado en algo como el sánscrito. Y digo esto porque Thomas Wallace me contó que además de haber ido a la guerra de España, usted luchó muchos años por la libertad de la India y que esa lucha lo llevó varias veces a la cárcel.

De nuevo Manavendra mostró su sonrisa tan peculiar, tan suave y siempre un poco triste.

- Como ya dije, he vuelto a mis raíces. Mi padre fue tipógrafo, leyó mucho del mundo de hoy y eso fue lo que me enseñó. Yo soy un hinduista moderno, bastante incrédulo y no practicante. Pero ya adulto, después de conseguida la independencia y en la edad de la reflexión, me he preguntado qué clase de nación somos. Por qué Mahatma Gandhi andaba siempre en *dhoti* –sonrió y explicó–, lo que ustedes llaman un taparrabos. Por qué murió invocando a Rama, por qué nuestros templos están tan concurridos en plena era atómica y cuando aquí mismo tenemos plantas nucleares. Y en esa búsqueda de razones para saber por qué la India es la India me metí en el sánscrito, y lo aprendí para leer los grandes textos de nuestra cultura, desde la *Bhagavad Gita*, texto religioso de excepcional valor, hasta un poema amoroso como el *Gita Govinda*. Necesito el sánscrito para leer *kavya*, que es una poesía culta muy elaborada, para conocer los avances científicos de la India antigua, para conocer la teoría de los átomos, de Kanada, o estudiar el *Samkhya* o el Vedanta... Perdonen; ustedes no pueden entender todo ese galimatías que les he soltado.

Volvió a tomar té y resumió:

- Lo esencial es que en la India me he encontrado a mí mismo. El respeto por todas las formas de vida, la creencia de que los animales tienen alma y, por lo tanto, participan en la cadena de reencarnaciones, podrá ser cierta o no, pero ha producido un respeto por los animales que no se vé en otras partes del mundo. La reflexión, la necesidad de meditar en los Vedas o en los Upanishad para comprenderlos nos ha dado calma; una tranquilidad que no norma a la totalidad de los hinduistas pero que sí está muy extendida. Y de ella se deriva una cierta dulzura y una cierta actitud tranquila que contrasta con la carrera desenfrenada de la gente en Occidente. En fin, no sé si me habrán entendido, pero yo he vuelto a las raíces de mi pueblo y estoy encontrando maravillas en ellas.

Se calló y miró a Colin y a Ludmila, pero ellos permanecieron en silencio.

- Pero volvamos a lo nuestro. Fue antes de la batalla del Jarama, en la que me hirieron, cuando tuve las grandes conversaciones con Nigel Whitman, tu padre. Estábamos descansando en un pueblo de la provincia de Alicante, en un período de reorganización.

Colin escuchaba con verdadera ansia por captar todo lo que pudiera servirle para conocer al padre que nunca conoció, consciente de que ese todo sería la única madeja de recuerdos del anhelo de toda su existencia. Recuerdos de segunda mano, por así decir, pero los únicos que estaban a su alcance.

- Recuerdo –prosiguió Bajpai– cuando tu padre me dijo: «España es, en este momento, la piedra de toque para probar a los miserables, a los cobardes y a los timoratos».

Bajpai se detuvo un momento y afirmó:

- Tu padre era un gran hombre.
- Y lo perdí antes de tenerlo.
- Sólo en un cierto sentido, porque ahora ya tienes a tu padre. Ya sabes cómo era Nigel, pensador, generoso, pacifista convencido y al mismo tiempo valiente y competente militar.
- ¿Y de qué murió?
- Murió luchando por la libertad, como cuando estaba en España.

- Pero usted me dijo que murió en septiembre de 1964.
- Sí, en efecto.
- ¿Y cómo es que murió luchando?
- En agosto de ese año surgió lo que se llamó «el incidente del Golfo de Tonkín». ¿Lo recuerdas?
- Sí –respondió Colin–. Fue una mentira de Lyndon Johnson para engañar al Congreso y que le diera carta blanca en Viet Nam, lo que consiguió.
- En efecto –amplió Bajpai–. Inventó un ataque vietnamita a la flota estadounidense, ataque que jamás ocurrió. Ahora ya el mundo entero sabe que fue mentira. Pero en 1964, engañó al Congreso y al pueblo. Johnson demostró orgullo, ceguera y brutalidad inaudita.
- Hizo bombardear Hanoi y otras poblaciones civiles creyendo que así vencería en Viet Nam –expresó Colin–. Y llegó a mandar a la guerra hasta quinientos cincuenta mil soldados de Estados Unidos.
- Me alegra que usted lo sepa. ¿Se imagina lo que hubiera significado que el mundo supiese en septiembre de 1964 que el gobierno de Washington mentía cínicamente para justificar matanzas injustificables?
- Hubiera sido definitivo. Habría abreviado la guerra de Viet Nam y salvado muchas vidas, tanto estadounidenses como vietnamitas. Pero fue mucho después, con Johnson fuera del poder y la guerra prácticamente perdida para los Estados Unidos cuando se supo el engaño y el cinismo.
- Pues su padre murió por eso.
- ¿Por qué?
- Por querer revelar la verdad y así salvar vidas en una guerra estúpida que los presidentes norteamericanos manejaron como zares de siglos pasados para beneficio exclusivo de los fabricantes de armamento y de sus socios.
- Pero, ¿qué tenía que ver mi padre?
- Yo tenía un gran amigo en la guerra de España, John Donovan, que me salvó la vida y con quien estaré en deuda mientras viva. Pues bien, acabó la guerra española y pasaron veinticinco años. Donovan se estableció, se casó y tuvo un hijo que entró en la Marina. Ese Donovan hijo, que sabía quién era su padre y cómo fue a luchar por la libertad en

España, fue a estar precisamente, como simple marinero, en la nave insignia de la flota estadounidense en el golfo de Tonkín.

Ni Colin ni Ludmila se atrevieron a interrumpir la breve pausa que hizo Bajpai.

- El joven Donovan escuchó por radio, con la misma sorpresa que todos sus compañeros, que habían sido atacados, lo que les constaba que era mentira. Se enfureció mucho, pero no pudo hacer nada hasta un mes después. Cuando llegó el momento oportuno, robó el cuaderno de bitácora de la nave insignia y escapó con él, que era la prueba definitiva de las mentiras de Lyndon B. Johnson. De alguna manera se comunicó con su padre y Donovan el viejo me llamó. No me extenderé en detalles: él acudió a la gente de su confianza, a la gente de las Brigadas. Su hijo entregaría la bitácora a Nigel Whitman, quien iría con ella a Londres y denunciaría la verdad al mundo. Yo debería llevarme al muchacho Donovan a la India para que no lo encontrasen y evitar las represalias que serían gravísimas.

- Teníamos una cita los tres en Nueva York, en un lugar que se creyó seguro. Allí recibiría Nigel las pruebas y los tres partiríamos, él a Inglaterra y Donovan, que ya tenía un pasaporte falso, iría conmigo a la India. Yo tomé un taxi con anticipación, pero el taxi tuvo un ligero choque en una calle de poco tránsito y eso me retrasó. Llegué tarde, pero a tiempo para ver llegar los automóviles con los agentes del FBI que rodearon la casa y entraron con ametralladoras. Escuché los disparos. Cuando ellos huyeron, entré: tu padre y el muchacho Donovan estaban muertos y la bitácora había desaparecido. A tu padre lo mató el FBI para proteger la mentira del incidente de Tonkín, para proteger a un gobierno que traicionaba la honradez, la libertad y todo aquello en lo que creía Nigel Whitman.

Hubo un largo, largo silencio. Después Colin se acercó a Manavendra, le miró a los ojos, le oprimió ambos brazos con las manos y le dijo en voz baja:

- Gracias por todo.

Colin y Ludmila salieron en silencio y en silencio caminaron hasta que, sin proponérselo, salieron al mar. Colin caminó por la arena en línea recta al océano y se detuvo frente a la inmensa llanura de agua salada. Ludmila se quedó calladamente dos pasos atrás.

El mar se extendía majestuoso por el enorme Golfo de Bengala, enviando a la tierra, por mediación de la arena, dulces y cálidas caricias de aguas suaves y lentas. Muy por arriba, la luna parecía contemplarlo todo mientras jugaba a reflejarse en el mar.

La naturaleza es maestra en los extremos. La misma que crea las más horrísonas tormentas o los más espantosos desastres, ofrecía allí esa paz absoluta que sólo ella puede crear cuando quiere. Era la serenidad lo que dominaba el paisaje, una serenidad melancólica y tierna.

- ¿En qué podemos creer? –pensó en voz alta Colin.
- Comprendo bien lo que sientes, porque yo lo pasé –dijo Ludmila detrás de él–. Mi padre fue asesinado por el socialismo que toda su vida luchó por implantar, y el tuyo por el sistema en el que él creía: la democracia.
- ¿En qué podemos creer –repitió Colin– si, como dijo Brower, en esta humanidad los idealistas son un estorbo?
- En el hombre –musitó Ludmila.
- ¿En qué hombre?
- En el de algún día, en el de la esperanza. Y si hoy hubiese una amenaza fascista como la de los años treinta y otra guerra como la de España, yo te pediría que nos fuéramos allí, a luchar.
- ¿A pesar de todo?
- A pesar de todo. El espíritu del hombre vale la pena.
- En eso creía mi padre, sí.
- Sí, amor mío. Lo demás es silencio.

El mar estaba allí, con toda su enorme fuerza.
Pero casi no se le oía.

Todo se ha roto en el mundo.
No queda más que el silencio.

(Dejadme en este campo
llorando)

Federico García Lorca

Madrid, 19 de enero de 1996. El Consejo de Ministros concedió ayer la nacionalidad española a los seiscientos supervivientes de las Brigadas Internacionales que apoyaron a la República durante la Guerra Civil Española.

CONSTANCIA NECESARIA

Para escribir este libro, fue decisiva la cooperación de Marja Ludwika Jarocka, mi esposa, que me dio ideas, me hizo sugerencias y aportó observaciones, además de colaborar directamente en algunas descripciones, todo lo cual le agradezco, a la par con los más de treinta años de felicidad que hasta la fecha hemos vivido juntos.

Agradezco también la generosa ayuda de Gale Whittier-Ferguson de Ann Arbor, Michigan (Estados Unidos), y del doctor Miguel Zugasti, de la Universidad de Navarra, en Pamplona (España), y agradezco el excelente trabajo de dos investigadores de primer nivel cuyas obras consulté para las partes de la novela que refieren hechos de la Guerra de España, a los que se cita en el texto: Hugh Thomas: *La Guerra Civil Española*, décima edición, Ediciones Grijalbo, Barcelona, 1988, y Andreu Castells: *Las Brigadas Internacionales de la Guerra de España*, Editorial Ariel, Barcelona, 1974. Los dos me ayudaron a recordar, precisando fechas, citas y datos que mi memoria no había conservado.

También he consultado *The Daughters* de Peggy Anderson, St. Martin's Press, New York, 1974, y *The DAR* de Margaret Gibbs, Holt, Rinehart and Winston, New York, 1969, obteniendo de ambas obras una información inapreciable.

ÍNDICE   Página

Delhi, enero de 1985 9
Filadelfia, 1930 15
Delhi, 1985 17
Nueva York, 1985 22
Tabasco, 1935 25
Filadelfia 1939 31
Calcuta, 1933 33
Nueva York, 1985 39
Villahermosa, 1935-36 46
Oxford, 1936 50
Nueva York, 1985 54
Nueva York, 1936 58
Praga, 1952 60
Nueva York, 1985 64
Delhi, 1937 67
Londres y París, 1985 69
Atenas, 1985 79
Océano Atlántico, 1935-36 82
Nueva York, 1985 87
Albacete y Madrid, Octubre-noviembre de 1936 91
Moscú, 1985 100
Praga, 1951 108

Moscú, 1985	114
Oxford, 1985	119
París, 1985	126
Madrid, noviembre de 1936	133
Nueva York-Agra-Delhi-Benarés, enero de 1986	142
Madrid, diciembre de 1936	157
París, enero de 1986	160
Moscú, enero de 1986	162
Valle del Jarama, febrero de 1937	170
Delhi, enero de 1986	183
El Romeral, carretera Aranjuez-Albacete, 1937	190
Sobre el Océano Atlántico, enero de 1986	195
Nueva York, febrero de 1986	200
Brunete, julio de 1937	208
Delhi-Pondichery, febrero de 1986	217
Nueva York, febrero de 1986	229
Pondichery, febrero de 1986	234
Constancia necesaria	247
Índice	249

Este libro se terminó de imprimir en los talleres conquenses
de Alternativa Gráfica el día 17 de octubre de 2005,
sesenta y nueve años después de que –en plena guerra civil
española– las tropas *nacionales* rompiesen el cerco republicano de
Oviedo, acabando con noventa días de asedio.
Ese mismo 17, en Bombay, concluían tres días de luchas
confesionales entre musulmanes e hindúes que acabaron con la
vida de cuarenta y dos personas.